Andreas Temmer zeichnet und erfindet Geschichten, seit er denken kann, vermutlich auch schon davor. Zunächst studierte er Betriebswirtschaftslehre, um einen „richtigen" Beruf zu erlernen und arbeitete viele Jahre in Marketingabteilungen diverser Unternehmen. Das Schreiben und Zeichnen, das Erschaffen von Geschichten und Figuren ließ ihn jedoch nie ganz los. So war es nur eine Frage der Zeit, bis aus diesen Ideen die ersten größeren Roman-Projekte entstanden. Andreas Temmer lebt und arbeitet in Wien.

ANDREAS TEMMER

und
das tote Dienstmädchen

Für Maria, meine Großmutter, die mir gezeigt hat,
dass ein Leben in Bescheidenheit dennoch voller Liebe
und Geborgenheit und Schönheit sein kann.

Miss Amanda Delagore

Alles begann mit einer verschütteten Tasse Tee. Tatsächlich begann es bereits Jahre zuvor, aber der exakte Zeitpunkt ist im Nachhinein betrachtet nur schwer festzustellen, und darüber hinaus wusste Lady Lydia Ambervale an jenem Herbsttag im Jahr 1862 auch noch nichts davon. Ihrem Kenntnisstand nach begann es mit Tee, der sich im morgendlichen Sonnenschein aus der umgekippten Tasse über die Papiere auf ihrem Schreibtisch ergoss.

„Um Himmels willen!", platzte Miss Amanda Delagore, die Haushälterin, heraus, als sie sah, wie die braune Flüssigkeit das Papier wellig werden und die in schwarzer Tinte und elegant geschwungenen Lettern gesetzten Aufzeichnungen verblassen ließ.

„Ich bin untröstlich, Mylady, untröstlich. Bitte verzeiht mir!"

„Es ist gut, Mandy. Es sind nur Notizen, nicht mein Leben und auch nicht mein Wissen."

„Es tut mir schrecklich leid, Mylady. Ich weiß nicht, was in mich gefahren ist ..."

Lady Ambervale setzte sich in ihrem Lesestuhl aufrecht hin, legte die aktuelle Ausgabe der Times zur

Seite, die sie im Licht der hohen Fenster studiert hatte, und betrachtete Miss Delagore.

„Du wirkst heute nicht wie du selbst, Mandy. Ist etwas vorgefallen?"

„Nein, es ist nur ..." Miss Delagore klemmte sich eine dunkle Haarsträhne hinters Ohr, die aus dem Knoten, den sie trug, herausgefallen war, und seufzte. Sie kniete auf dem Teppich, die Papiere vor sich ausgebreitet, und mühte sich mit einem Tuch ab, sie zu trocknen und vor dem Schlimmsten zu bewahren.

„Nur eine Geschichte aus dem East End, die mich ein wenig ... aufgewühlt hat. Bitte verzeiht mir."

„Es gibt nichts zu verzeihen. Was ist das für eine Geschichte?"

Die junge Frau sah ihre Dienstherrin an und wusste, dass es keinen Sinn hatte, zu versuchen, etwas vor ihr zu verheimlichen. Also entschloss sie sich für die Wahrheit. Sie erhob sich, zupfte ihre Schürze zurecht und ließ die Hand mit den Aufzeichnungen an ihrer Seite herabhängen.

„Es ist ... eine Sache, die mich beschäftigt. Keine Sorge, sie hat nichts mit mir oder Eurem Haushalt zu tun. Ich kann meine Pflichten hier voll und ganz erfüllen und weiß eigentlich gar nicht, warum ich davon spreche. Es handelt sich um eine alte Freundin von mir. Wir sind miteinander aufgewachsen, und ich kenne sie, seit ich denken kann. Sie arbeitet als Hausmädchen ... aber seit einigen Tagen ist sie verschwunden."

„Verschwunden? Wie meinst du das?" Lady Ambervales Neugier war geweckt. Sie erhob sich und schritt im Studierzimmer auf und ab, wie sie es häufig tat, wenn sie aufgebracht war oder fasziniert, zwei Gemütszustände, die bei ihr stets nahe beieinanderlagen. Dabei betrachtete sie Miss Delagore, als wäre sie ein außergewöhnliches Exponat in einem Museum.

„Sie ist in Anstellung, wie ich, hier im Londoner West End. Aber seit einigen Tagen ist sie nicht mehr nach Hause gekommen."

„So? Woher weißt du das?"

„Man … spricht darüber, und ihre Familie ist in großer Sorge. Mistress Baker, ihre Mutter, war letzte Nacht bei mir. Sie kümmert sich nun schon seit vier Tagen um ihr kleines Töchterchen, also um Fannys Töchterchen."

„Fanny, das ist der Name deiner Freundin?"

„Ja, Mistress Fanny Holworth. Ihre Mutter hat mich um Rat gefragt und ob ich möglicherweise Erkundigungen bei ihren Dienstherren einholen könne. Sie hat mir ihr Herz ausgeschüttet. Die arme Frau ist in großer Sorge."

Lady Ambervale nahm die Papiere aus Miss Delagores Hand und legte sie zurück auf ihren großen, schwarzen Schreibtisch.

„Und was hast du nun vor? Wirst du Erkundigungen einholen?"

„Ja. Also … nach meinem Dienst hier bei Euch. Ich dachte, ich könnte abends bei ihren Dienstherren nach ihr fragen. Vielleicht weiß man dort, wo sie ist. Man könnte sie … für wichtige Besorgungen ausgeschickt haben."

„Ohne ihr die Gelegenheit zu geben, ihrer Familie Bescheid zu sagen? Das wäre möglich … wenn es sich um besonders dringliche Angelegenheiten handelte."

Lady Ambervale blickte aus den hohen Fenstern über die Grenzen ihres Anwesens hinaus auf die belebten Straßen Londons. Sie wusste, dass die helle Sandsteinmauer, die nach und nach von Efeu und Rosenbüschen überwuchert werden würde, dabei nicht die eigentliche Grenze zwischen ihr und der Welt da draußen bildete. Sie verlief vielmehr tief in ihrem Inneren.

„Soll ... sich Mister O'Learey um den Efeu kümmern, Mylady?"

„Nein, nein, ganz im Gegenteil. Manchmal wünschte ich, wir hätten mehr davon ... Ich finde jedenfalls, du solltest jetzt gleich gehen."

„Jetzt gleich? Aber wer wird sich dann hier um Euch kümmern?"

„Nun, ich gehe davon aus, dass du wieder zurückkehren wirst. Und für die wenigen Stunden werde ich schon nicht verhungern. Bei wem steht sie im Dienst?"

„Bei Lord und Lady Beaufort, soweit ich weiß."

„Die Beauforts wohnen in der Church Street, wenn ich mich nicht irre. Das ist nicht weit von hier. Du könntest in einer Stunde wieder zurück sein."

„Ich möchte Euch mit meinen privaten Angelegenheiten nicht zur Last fallen, Mylady, oder dass Euch gar ein Nachteil daraus entsteht."

Lady Ambervale lächelte die jüngere Frau an.

„Wenn es dir die Entscheidung erleichtert, kann ich deinen Lohn für diese Stunde einbehalten. Und vielleicht tröstet dich der Gedanke, dass es mir klüger erscheint, dich gehen zu lassen, als dir erneut dabei zuzusehen, wie du Tee in meinem Studierzimmer verschüttest."

Mandy warf die Hände über dem Kopf zusammen und begann aufs Neue zu lamentieren: „Oh, Lady Ambervale, bitte verzeiht mir."

Diese fasste sie an der Hand. „Das war nur ein Scherz. Geh jetzt, und sieh nach deiner Freundin, und berichte mir, wenn du zurückkehrst."

„Danke, Mylady. Das werde ich."

Lady Ambervale goss sich eine Tasse Tee ein, stellte sich ans Fenster und wartete, während sie im Stockwerk unter sich die Tür ins Schloss fallen hörte. Sie sah Miss Delagore dabei zu, wie sie sich eine Weste überzog und durch den Garten hinaus auf die Straße eilte. Dann ging sie an ihren Schreibtisch und machte sich eine Notiz auf einem noch feuchten Zettel, auf dem praktischerweise kürzlich eine Stelle frei geworden war.

***

Nahezu auf die Minute genau eine Stunde später hörte Lady Ambervale erneut die Tür im unteren Stockwerk. Sie war in ihre Zeitung vertieft gewesen, rappelte sich hoch und rief: „Gibt es Neuigkeiten?"

Miss Delagore eilte die Treppe hoch, keuchte und nestelte an den Ärmeln ihrer Dienstkleidung.

„Nein ... leider nicht. Sie ist auch an ihrem Arbeitsplatz nicht mehr erschienen. Es gab keine längere Dienstreise oder Besorgungen, die sie hätte machen sollen."

Lady Ambervale gab ihr ein Zeichen, woraufhin sich Miss Delagore einen Stuhl heranzog und sich darauf niederließ.

„Mistress Baker, Fannys Mutter, war auch schon bei
der Polizei. Gestern. Doch dort hat man sie wieder nach
Hause geschickt. Die Constables sagten, sie müsse eben
etwas mehr Geduld haben. Und nach einer Verschwun-
denen aus dem East End zu suchen, nun ja ... sie haben
bestimmt wichtigere Dinge zu tun.“

„Wichtigere Dinge?“ Lady Ambervale erhob sich,
schenkte Tee in eine frische Tasse und reichte sie ihrer
Angestellten. „Und? Was hast du nun vor?“

„Ich, vielen Dank ... oh, Mylady, Ihr solltet mich nicht
bedienen!“ Miss Delagore wollte vom Stuhl aufsprin-
gen, doch Lady Ambervale bestand darauf.

„Ich weiß es nicht ... Was würdet Ihr tun? Ich meine ...
was würdet Ihr mir raten?“

Lady Ambervale musste grinsen. „Ich würde die Herren von der Polizei herzitieren und ihnen die Hölle
heißmachen. Aber ich verstehe, dass deine Situation
eine andere ist. Was war die Empfehlung der Constables, wie viele Tage sollte sie warten?“

„Mistress Baker? Oh, ich denke, das haben sie nicht
gesagt. Es war wohl keine echte Empfehlung, sondern
lediglich eine Aussage, um sie wieder loszuwerden.“
Miss Delagore besann sich, stellte die Tasse auf das Le-
setischchen. „Aber ich verschwende Eure Zeit, Mylady.
Ich sollte wieder an die Arbeit gehen. Die Böden schrub-
ben sich nicht von selbst, fürchte ich.“

„Ja, tu das“, entgegnete Lady Ambervale und erkannte, dass Miss Delagore womöglich fürchtete, eine weitere Stunde Lohn zu verlieren. Diese erhob sich, be-
dankte sich abermals für den Tee und verließ das Zimmer.

Lady Ambervale setzte sich an ihren Schreibtisch und wollte noch einige Korrespondenzen erledigen, bemerkte aber, dass ihre Gedanken immer wieder abschweiften. Das Verschwinden der jungen Mistress Holworth ließ sie an diesem Vormittag nicht mehr los. Auch mittags grübelte sie darüber nach. Und selbst abends, nachdem Miss Delagore ihr das Dinner serviert hatte, brütete sie über dem Teller, auf dem eine nahezu unangetastete Hähnchenkeule mit Stampfkartoffeln und frischen Erbsen lag und duftete.

„Mandy, komm doch bitte kurz zu mir, ja?"

Die Haushälterin, die gerade dabei gewesen war, sich anzukleiden, um sich auf den Heimweg zu machen, eilte herbei.

„Stimmt etwas nicht, Mylady? Ihr habt Euer Abendessen kaum angerührt."

Lady Ambervale blickte ihr in die Augen. „Das Essen ist vorzüglich, ich danke dir. Ich schulde dir noch deinen Lohn für diese Woche."

Miss Delagore schaute zu Boden. „Macht Euch deswegen keine Umstände, Mylady."

„Es macht mir keine Umstände. Wir haben einen Vertrag, eine Vereinbarung, du und ich. Es scheint, als hätte mich die Erzählung über deine Freundin das kurzzeitig vergessen lassen."

Miss Delagore warf einen Blick auf die Münzen. „Oh, aber Lady Ambervale, Ihr habt Euch verrechnet. Das ist zu viel."

„Nein, ist es nicht. Ich habe dir durch meinen heutigen Auftrag die Möglichkeit genommen, deinen vollen Tagessatz zu verdienen. Ich habe dich zu den Beauforts geschickt. Betrachte es als Ausgleich ... für deinen Weg."

„Das kann ich nicht annehmen, das sind zwei ganze Shilling zu viel.“

„Keine Sorge, ich werde sie nicht zurückverlangen. Aber ...“ Lady Ambervale grübelte. „Möglicherweise habe ich einen weiteren Auftrag für dich.“

„Natürlich, Mylady.“

„Ich möchte, dass du morgen früh zur Polizeistation gehst und weitere Erkundigungen einholst.“

„Zur Polizeistation?“

„Ja, zu der Station in Stepney, wo Mistress Baker war. Sie wohnt doch ebenfalls in Stepney, nicht wahr? Ich werde ein Schreiben aufsetzen. Nimm es, und sieh zu, was du in Erfahrung bringen kannst.“

„Wie Ihr wünscht, Mylady. Aber ich weiß nicht, was es bewirken soll ...“ Miss Delagores Gesicht glühte vor Scham, ihrer Dienstherrin einen solchen Aufwand zu bescheren und dafür auch noch Extralohn zu erhalten. „Lady Ambervale ... ich weiß nicht, was ich dazu sagen soll.“

„Du wirst meinen Auftrag doch nicht etwa ablehnen?“

„Nein, gewiss nicht.“

„Dann ist es gut. Guten Abend, Mandy.“

„Guten Abend, Mylady.“

Die Haushälterin zog sich zurück. Lady Ambervale aß noch einen Bissen und wartete, bis sie erneut hörte, wie sich die Eingangstür im Erdgeschoss schloss. Dann sprang sie von ihrem Stuhl, hastete ins Studierzimmer und setzte sich an ihren Schreibtisch – den, an dem sie als kleines Mädchen ihren Vater oft über Stunden hatte sitzen sehen. Sie hatte ihn damals so lange beobachtet, bis er irgendwann zu ihr aufgeblickt und sie mit seinem mit ersten Falten gezierten Gesicht angelächelt hatte.

„Na, was tust du denn hier im Studierzimmer deines alten Vaters? Heckst du wieder etwas aus?"

Ihre Wachsmalkreiden lagen um sie herum auf dem Fußboden, und sie warf einen erneuten Blick auf ihr Kunstwerk, verglich es mit ihrem Vater und kicherte. Er kniff die Augen zusammen.

„Was hast du da? Ist es ein Geheimnis?"

Lydia nickte, und ihr Grinsen wurde breiter. Sie war damals vielleicht fünf oder sechs Jahre alt gewesen, ihr Vater ein Sinnbild der Kraft, Besonnenheit und Güte, doch all die Kraft hatte ihm letztendlich nichts geholfen.

Lady Ambervale seufzte, fuhr mit den Fingerspitzen die alten Einlegearbeiten und Verzierungen entlang, an denen längst keine Rückstände von Wachsmalkreiden mehr hafteten, und begann, ihr Schreiben aufzusetzen.

Nach einiger Zeit, als ihre Augen brannten und das Tageslicht nahezu zur Gänze verschwunden war – weitergezogen, vermutlich an einen Ort, der seiner Aufmerksamkeit mehr gerecht wurde als dieser hier ... so wie alles in ihrem Leben weitergezogen zu sein schien –, zündete sie die Lampe an, die sie vor Kurzem bei einem Händler erstanden hatte, und legte den Kopf in den Nacken. Eine völlig neuartige Entwicklung aus dem fernen Berlin, wie der Herr im Laden beteuert hatte. Ein Mann mit getrimmtem Bart und frisch geputzten Schuhen, der ihr ein Lächeln geschenkt hatte, ehe er sich mit einem Taschentuch über die glatte Stirn gewischt hatte.

„Es nennt sich Kosmosbrenner, Mylady. Erstklassige Ingenieursarbeit. Die technischen Einzelheiten würden eine so wundervolle Lady wie Euch gewiss langweilen. Deswegen, wisst nur so viel: Über dieses Drehrad an der Seite lässt sich die Länge des Dochts einstellen, wie bei einer herkömmlichen ...“

„Basiert das Prinzip auf Petroleum?“

„Basiert? ... Petroleum, ja. Stellt Euch nun vor, Ihr wärt in das Binden eines feinen Blumenkranzes vertieft oder in filigrane Stickarbeiten ...“

„Gleicht ihre Stärke der einer elektrischen Glühlampe?“

Der Mann hatte geblinzelt und dann geschluckt.

„Darüber weiß ich nichts, Mylady. Ich beschäftige mich nicht mit Elektrizität oder gar Galvanismus, die doch eher ... nun ja, dem Bereich wissenschaftlicher Experimente zuzuordnen sind als dem praktisch anwendbarer Geräte wie diesem hier.“

Das Lächeln des Mannes war verschwunden und im Verlauf ihres Gesprächs auch nicht wieder zurückgekehrt. Es schien ebenfalls weitergezogen zu sein.

Lady Ambervale drehte an dem Rädchen, und sogleich erstrahlte der Raum in einem Licht, das der Stärke von einem Dutzend Kerzen entsprach – und all das ohne den starken Geruch, der für gewöhnlich von Petroleumlampen ausging. Der Verkäufer hatte nicht zu viel versprochen.

Sie lehnte sich in ihrem Stuhl zurück und blickte zum Fenster. Als sie das Licht angemacht hatte, war die Welt davor augenblicklich in tiefschwarzer Finsternis versunken. Zu dieser Tages- oder besser gesagt Nachtzeit war sie stets am produktivsten, wenn alles zur Ruhe kam und das hektische Treiben des Tages in ein gemächliches Plätschern und schließlich absolute Stille übergegangen war. Wenn das Kreischen in den Fabriken und Straßen verstummte, war ihr Gehirn stets am aktivsten und ihre Gedanken nahmen Form an, wie Motten, die ihre Schwingen ausbreiteten, wenn niemand sie sehen konnte.

Lady Ambervale las den Brief erneut, ehe sie ihn faltete und in einen Umschlag schob, und überlegte, ob sie ein weiteres Schreiben aufsetzen sollte. Eines an Lord und Lady Beaufort, das erklärte, warum Miss Delagore an jenem Tag bei ihnen gewesen und sich nach Mistress Holworth erkundigt hatte. Mit wem hatte sie gesprochen? Lady Ambervale wusste es nicht. Und konnte sie es überhaupt? Konnte sie erklären, warum sie sich nach einem ihr fremden Dienstmädchen aus Stepney erkundigte? Nicht wirklich. Es war ein Gefühl, eine Ahnung, die sie antrieb, nichts Konkretes, und es war ein Hauch von Neugier, der sie dazu brachte, sich für den Verbleib der jungen Frau zu interessieren. So wie sie sich für viele Dinge faszinierte, die sie nach vorherrschender Meinung der Kirche, der Wissenschaft und der gehobenen Gesellschaft nichts anzugehen hatten. Aber Lady Ambervale interessierte sich nicht für ihr Heim oder ihren Herd, und ganz gewiss interessierte sie sich nicht für eine Heirat. Die verhassten H's, wie sie sie für sich nannte. Kurz überlegte sie, ob sich dieser Gruppe noch weitere Wörter hinzufügen ließen, und ergänzte Heuchelei und Hochmut. Am meisten störte sie an dem Verschwinden von Mistress Holworth, dass es niemanden zu kümmern schien. Nicht die Polizei und gewiss auch nicht die Beauforts.

Sie kannte Lord William Beaufort nur flüchtig, aber er war ihr nie wie jemand vorgekommen, der sich für irgendjemanden interessierte außer für sich selbst. Lady Ambervale entschied sich gegen einen Brief an die Beauforts und schrieb stattdessen einige Notizen für sich selbst auf.

Wer hat Fanny Holworth zuletzt gesehen?
Mit wem hat Mandy gesprochen?

Mittlerweile hatte es zu regnen begonnen, und die Tropfen trommelten an die Scheiben des Studierzimmers. Ein Geräusch, das sie unter normalen Umständen stets als tröstlich empfand, doch in dieser Nacht kam Lady Ambervale nicht zur Ruhe. Sie beschloss, mit der Lektüre des Buches fortzufahren, das sie erst vor Kurzem zu lesen begonnen hatte. Ein Werk mit dem Titel „Über die Entstehung der Arten“ von einem gewissen Charles Robert Darwin, einem britischen Naturforscher, dessen Theorien sie überaus schätzte und die sowohl in den Kreisen der Kirche als auch der Wissenschaft für erhebliches Aufsehen sorgten. Allein dafür hatte sie den Mann bereits in ihr Herz geschlossen. Sie vertiefte sich in die Kapitel und beschäftigte sich weiter damit, Passagen, die ihr wichtig erschienen, Wort für Wort in ein großes, in Leder gebundenes Journal zu übertragen, und ergänzte ihre eigenen Fragen und Anmerkungen. Sie las das Buch nicht nur, sie arbeitete daran, als wäre es ihr eigenes wissenschaftliches Werk, formulierte Gedanken und Thesen in dem Wissen, dass niemand sie jemals lesen würde außer sie selbst. Vor geraumer Zeit hatte sie mit dem Gedanken gespielt, sich als Mann auszugeben und unter falschem Namen an der Universität von Oxford oder Cambridge einzuschreiben, hatte sich dann aber dafür entschieden, stattdessen die Bücher, die sie interessierten, zu kaufen und in Briefkontakt mit deren Verfassern zu treten. So formulierte sie in dieser Nacht die ersten Zeilen ihres Schreibens an besagten Mister Darwin, bis ihre Lider schwer und ihre Gedanken träge wurden.

Als sie zum letzten Mal einen Blick auf die Tischuhr warf, deren Räder im Inneren des hölzernen Gehäuses tickten, gaben die Zeiger an, dass es beinahe drei Uhr morgens war. Lady Ambervale gähnte, schob sich auf dem Weg ins Schlafzimmer noch einen Löffel Erbsen in den Mund und deckte den Rest ihrer kaum angetasteten Mahlzeit mit der Speiseglocke ab.

- 2 -

Mister Horace O'Learey

Am nächsten Morgen erschien Miss Delagore wie jeden Tag kurz vor Sonnenaufgang, holte den großen eisernen Schlüssel aus ihrer Tasche und öffnete die Tür. Es war unüblich, als Haushälterin über den Schlüssel des Hauses zu verfügen. Für gewöhnlich wurde dieses Privileg ausschließlich den Butlern zuteil, Männern, die für ihre Dienstherren den Haushalt mitsamt der restlichen Belegschaft führten. Aber Lady Ambervale war keine gewöhnliche Adelige und ihr Haushalt gewiss kein gewöhnlicher Haushalt. Miss Delagore stand nun schon seit über zwei Jahren in ihren Diensten und hatte aufgehört, sich über die Eigenwilligkeiten ihrer Arbeitgeberin zu wundern oder gar Sorgen darüber zu machen.

Der Umstand, dass sie bei Lady Ambervale in Anstellung war, machte sie allerdings unter den Belegschaften der anderen Häuser bekannt wie einen bunten Hund, und daran hatte sie sich tatsächlich erst gewöhnen müssen. Mittlerweile erfüllte es sie jedoch mit einem gewissen Stolz, dass sie diese Stelle innehatte. Zu Beginn war sie belächelt worden, belehrt und regelrecht angefeindet, aber Stolz konnte man nicht essen, und Miss Delagore hatte es sich nicht leisten können, wählerisch zu sein.

Lady Ambervale war – selbstverständlich hinter vorgehaltener Hand – als exzentrisch verrufen, als eigenbrötlerisch, als so eigenwillig, dass sie möglicherweise sogar irrsinnig sein mochte. Seit dem Tod ihres Vaters lebte sie allein in dem weitläufigen Londoner Anwesen ihrer Familie, ohne Ehegatten, ohne Vormund oder sonstigen Mann, der sich um ihre Angelegenheiten kümmerte. Und der Zustand ihres Gartens, ihrer Hecken und Bäume, sowie die Tatsache, dass sie kaum noch das Haus verließ und allen gesellschaftlichen Anlässen fernblieb, ließen nichts Gutes erahnen. Sie müsse gewiss der Hysterie anheimgefallen sein oder irgendeinem anderen Gebrechen des Geistes, so eines der vielen Gerüchte um ihre Person. Aber Miss Delagore wusste, dass Lady Ambervale keineswegs irrsinnig war, ungewöhnlich und von Schicksalsschlägen gezeichnet ja, aber gewiss nicht verrückt. Die Lady verlangte viel, aber bezahlte sie gut für ihre Dienste und hatte sie stets anständig behandelt, manchmal vielleicht sogar mehr wie eine Vertraute, denn wie eine Angestellte.

Miss Delagore betrat die Küche, warf einige Holzscheite in den Ofen und entfachte das Feuer aus den Resten der Glut des vorangegangenen Abends neu – und sah das Schreiben dort auf dem Küchentisch liegen. Sie war Lady Ambervales einzige Haushälterin, war zugleich Köchin, Zimmermädchen und Laufbursche, aber sie hatte die Anstellung gebraucht und würde sie mittlerweile auch nicht mehr freiwillig aufgeben. Neben ihr gab es nur noch den alten Mister O'Learey, der sich um den Garten und die Pferde der Familie kümmerte, so gut er konnte, wobei sie den Eindruck hatte, dass er für die Bedürfnisse der Pflanzen ebenso wenig Verständnis hatte wie für die meisten seiner Mitmenschen. Er war einer der wenigen gewesen, die der Familie während der schweren Krankheit von Lady Ambervales Vater die Treue gehalten hatten, und der Einzige, den sie nach dessen Tod in ihren Diensten behalten hatte. Alle anderen Angestellten hatte sie – sogar mit einer großzügigen Abfindung und durchweg positiven Empfehlungsschreiben – aus ihren Diensten entlassen.

Miss Delagore nahm den Brief, neben dem abermals zwei Shilling lagen, und lächelte. Lady Ambervale hatte ihn offenbar selbst in die Küche gebracht. Miss Delagore kannte keinen anderen Adeligen noch hatte sie je von einem gehört, der freiwillig einen Fuß in den Bereich der Angestellten gesetzt, geschweige denn selbst etwas dorthin gebracht hätte, was die Angestellten genauso gut hätten abholen können. Ja, ihre Dienstherrin mochte exzentrisch sein, und sie hatte ihren eigenen Kopf, aber Miss Delagore fragte sich, ob das tatsächlich etwas Schlechtes sein musste. Sie machte Feuer in der Küche, im Esszimmer sowie im Studierzimmer an, setzte Tee auf und stellte das Frühstück bereit. Danach warf sie einen raschen Blick in die Vorratskammer und fasste den Entschluss, auf dem Rückweg von der Polizeiwache einige Besorgungen auf dem Markt zu machen sowie die neueste Ausgabe der Times mitzubringen.

Miss Delagore verließ das Haus und begab sich zu den Ställen, wo Mister Horace O'Leary gerade die Pferde versorgte und etwas murmelte, das sie nicht verstand. Er trug eine zerschlissene Arbeitshose und Jacke, und sein struppiges graues Haar war ungekämmt und ging an den Seiten seines wettergegerbten Gesichts in buschige Koteletten über.

„Guten Morgen", entgegnete Miss Delagore. „Ich brauche den Wagen."

„Den Wagen? Davon hat mir niemand etwas gesagt."

„Ich wusste es selbst nicht eher, aber ich muss nach Stepney, und wenn ich erst in vier Stunden wieder zurück bin, werde ich das Mittagessen für die Lady nicht rechtzeitig fertig haben."

„Ins East End? Sie machen der Lady doch hoffentlich keinen Ärger?"

„Nein. Ich soll lediglich Erkundigungen für sie einholen, das ist alles."

„Erkundigungen? In Stepney?" Der Alte wusste nicht, ob er lachen sollte, und zog dann die Augenbrauen zusammen. „Ich mag kein besonderer Menschenfreund sein, Miss Delagore, aber ich bin nicht dumm. Also werden Sie jetzt mit der Sprache herausrücken, sonst bekommen Sie keinen Wagen! Dann können Sie ihr selbst erklären, warum Sie für Ihren Weg so lange gebraucht haben."

„Schon gut, schon gut." Miss Delagore stemmte die Hände in die Hüften und erzählte alles, was sie über das Verschwinden der jungen Mistress Holworth wusste.

Das Gesicht des alten Mannes verfinsterte sich, und er rieb sich mit einem Tuch über den Nacken. „Ich kann Sie gut leiden, Miss Delagore, aber ich werde es Ihnen dennoch sagen: Sie werden auf die Lady achtgeben, hören Sie? Sie hat ein gutes Herz und ist hilfsbereiter, als gut für sie ist. Aber das hier geht zu weit ... was auch immer der Grund für Mistress Holworths Verschwinden sein mag, ich hoffe, dass sie rasch und wohlbehalten wieder zurückkehrt. Aber sehen Sie zu, dass der Lady kein Schaden aus dieser Sache entsteht, haben Sie mich verstanden?"

Miss Delagore schüttelte den Kopf. „Mister O'Leary, Sie überraschen mich. Es gibt also tatsächlich Menschen auf dieser Welt, die Ihnen etwas bedeuten? Aber so etwas wie Menschenkenntnis haben Sie deswegen trotzdem nicht. Ich könnte niemals etwas tun, was der Lady schadet."

Der Alte drehte sich um, um die Pferde und den Wagen vorzubereiten.

„Sehen Sie nur zu, dass Sie es nicht vergessen."

***

Die Route nach Stepney führte sie aus der gepflegten und sauberen Seitenstraße in der Nähe des Hyde Park im vornehmen Londoner West End durch die Stadtteile Mayfair und Soho, wo sich prunkvolle und hell beleuchtete Anwesen der Lords und Ladys an strahlend weiße Stadtvillen reicher Handelsleute und Politiker reihten, weiter durch den Inneren Bezirk der City of London mit der eindrucksvollen St. Paul's Cathedral, vorbei an großen Banken und Geschäftsgebäuden bis nach Whitechapel, wo sich das Bild allmählich änderte, und schließlich nach Stepney. Hier fand sie sich in den

Straßen und Gassen wieder, wo die meisten Kinder barfüßig liefen, manche davon in Kleidern, die ihnen viel zu groß waren, manche lediglich in Lumpen gehüllt. Wo Unrat in der spätherbstlichen Sonne verrottete und einen süßen, fauligen Geruch verbreitete, der alles durchdrang, jeden Stoff, den man am Körper trug, jedes Stück Holz, jede Pore der Haut. Wo Menschen vor den Häusern saßen, manche mit kleinen Tischchen oder Holzkisten, auf denen sie Waren anboten, wo Alte und Kranke in dunklen Seitengassen auf dem Boden lagen. Gassen, von denen man sich des Nachts besser fernhielt, wenn man nicht ebenfalls wie Unrat enden wollte. Hier war das Zuhause vieler Bediensteter sowie all jener, die weder eine Anstellung noch ein Dach über dem Kopf hatten. Es war eine wilde, nahezu tollwütige Mischung von Menschen aus unterschiedlichsten Herkunftsländern und all jenen, die in die große Stadt gekommen waren, um dem tödlichen Hunger auf dem Land zu entgehen; Menschen mit Hoffnung, Menschen in Verzweiflung. Wo mehr Kinder starben als überlebten und Krankheiten wie die Schwindsucht, Ruhr oder Cholera oftmals ganze Generationen auslöschten. Nein, in einer Welt wie dieser fiel tatsächlich eine Frau mehr oder weniger nicht ins Gewicht, falls man denn überhaupt bemerkte, dass sie verschwunden war.

Dennoch war Fanny ihre Freundin. Sie machte einen Unterschied – für Miss Delagore, für ihre Familie und ihre Tochter –, und sie hatte es Mistress Baker versprochen. Während sie fuhr, flogen Miss Delagores Gedanken zurück zu ihrem Gespräch mit Fanny Holworths Mutter, einer Frau, die sie kannte, seit sie selbst noch ein kleines Mädchen gewesen war. Mistress Rosemary

Baker war so etwas wie eine zweite Mutter für sie gewesen. Diese robuste, stämmige Frau, die stets wusste, was zu tun war, und gegen jedes Wehwehchen und jedes Problem ein Mittelchen kannte, so verzweifelt zu sehen, hatte sie geschmerzt. Mehr noch. Wenn die Situation so schlimm war, dass eine Frau wie sie verzweifelt war, dann musste etwas Schreckliches geschehen sein, dachte sie zum Trab der Pferdehufe. Etwas Grauenvolles. Sie hatte gelernt, dass man den Teufel nicht an die Wand malen sollte, und wusste, dass man manche Dinge allein dadurch heraufbeschwor, indem man nur oft genug über sie redete, aber je mehr sie darüber nachdachte, desto größer wurde ihre Sorge, und eine unsichtbare Hand kroch ihren Nacken hoch und packte sie. Miss Delagore schnalzte mit den Zügeln und trieb die Pferde zu einem Galopp an.

***

An jenem Morgen saß Lady Ambervale in einem Stuhl und starrte an die Decke des Studierzimmers. Sie hatte kaum gegessen und den Rest unter eine Glocke gestellt, Tee getrunken. An manchen Tagen fiel es ihr schwer, sich aufzuraffen und beim Blick auf die Welt hinter den Grenzen ihres Londoner Anwesens nicht zu denken: „Ich kann sie immer noch sehen." Denn im Gegensatz zu der Welt in ihren wissenschaftlichen Büchern kam ihr diese Stadt wie ein undurchdringliches und unverständliches Gebilde aus Täuschungen, Schmerz und Lügen vor. Nichts war, wie es vorgab zu sein, und niemand war, wer er wirklich war, all die Menschen nur wandelnde Fassaden, der Prunk und Luxus, die schönen Kleider Täuschungen, die die Hässlichkeit zu verbergen suchten. Am schlimmsten jedoch war die Freundlichkeit, die die Gleichgültigkeit verbarg und dasselbe Lächeln zeigte, ob man vor ihr nun lebte oder starb.

Nach dem Tod ihrer Mutter – Lady Ambervale war damals noch ein kleines Mädchen gewesen, viel zu jung, um die Bedeutung des Wortes Cholera zu verstehen oder dessen Konsequenzen, obwohl sie sie nur zwei Wochen später dann erkennen musste – lernte sie auch, dass die Gesten und Mimik der meisten Menschen keine Bedeutung hatten, ebenso wie die meisten ihrer Worte. Denn egal, was sie mit dem immer gleichen Lächeln auch sagten, änderte es nichts an den Tatsachen. Der geschwungene Bogen ihrer zum Zerreißen gespannten Lippen blieb, ebenso wie das Strahlen der Sonne, ihre Mutter jedoch war fort.

Im Alter von fünf Jahren hatte Lydia beschlossen, dass die Sonne eine Lügnerin war, und ihrem Vater schien es damit ganz ähnlich zu gehen. Er richtete seine Aufmerksamkeit zunehmend auf seine Geschäfte, ließ sonstige gesellschaftliche Anlässe aus und verbrachte mehr Zeit mit Lydia. Sein Lächeln war dabei so selten geworden, dass sie sich ziemlich sicher war, dass es echt war, wenn er es einmal zeigte. Ab und zu nahm er sie auf seine Geschäftsreisen mit. Sie besichtigten Industrieanlagen, Fabriken, Hallen, in denen schwarze, schmierige Gesichter auf schwarzen, schmalen Körpern saßen, Menschen, die an Maschinen schufteten. Ihr Vater schien stets dafür Sorge tragen zu wollen, dass sie gesund waren und kräftig. Lydia war sich dabei nie ganz sicher, ob er es für die Menschen tat oder für die Maschinen, vermutete jedoch, dass es Ersteres war. Die wenigen Male, an die sie sich erinnern konnte, wo er wirklich lachte, waren, wenn sie zu zweit waren, nur sie und er.

Mittlerweile machte es jedoch auch keinen Unterschied mehr, ob sie mit ihren Wachsmalkreiden heimlich Strichmännchen auf die Rückseite seines Schreibtisches zeichnete oder nicht. Ihr Vater war vor wenigen Jahren ebenfalls gestorben, hatte zuletzt nur noch Blut gehustet, bis er irgendwann überhaupt nicht mehr gehustet hatte. Und dieselben Gesichter hatten ihr dieselben Beileidsbekundungen ausgesprochen wie schon beim Tod ihrer Mutter, mit denselben Stimmen, die genauso gut Geburtstagsglückwünsche hätten trällern können, bis sie es irgendwann nicht länger ertragen konnte und sie alle hinausgeworfen hatte. Freunde, Bekannte, alle angeblichen entfernten Verwandten, die gesamte Belegschaft. Alle bis auf Mister O'Learey. Vielleicht lag es daran, dass sie ihn noch nie wirklich hatte lachen sehen oder sich zumindest nicht daran erinnern konnte.

Irgendwann – einige Wochen später – erkannte sie dann, dass sie eine neue Haushälterin benötigte. Eine. Eine musste genügen. Eine Einzige würde sie vielleicht ertragen können. Dann war Miss Delagore bei ihr vorstellig geworden. Lady Ambervale wusste noch, wie die junge Frau damals vor ihr gestanden hatte. Sie hatte weder gelächelt noch irgendwelche belanglosen Bemerkungen gemacht über die Schönheit des Gartens oder die Annehmlichkeiten des wundervollen Hauses.

Sie hatte sich ausschließlich für die Aufgaben interessiert, die ihr obliegen würden, und für die Dinge, die ihren Vertrag betrafen, nichts weiter. Lady Ambervale hatte in ihrer Gegenwart nicht das ständige Gefühl gehabt, an ihrem geheuchelten Interesse ersticken zu müssen, und das war mehr wert als jede freundliche Geste, tatsächlich war es vielleicht sogar die freundlichste Geste von allen.

Sie hatte die unerfahrene Frau eingestellt, hatte ihr erklärt, worauf sie Wert legte, und damit war zwischen ihnen alles gesagt gewesen, was gesagt werden musste. Mehr würde niemals nötig sein, und das war gut so.

3

Mistress Fanny Holworth

Als Miss Delagore zurückkehrte, war es bereits kurz vor Mittag. Sie würde die Mahlzeit für Lady Ambervale nicht rechtzeitig fertig haben, und auch sonst war sie mit ihren Aufgaben im Haus beträchtlich im Rückstand. Mister O'Leary nahm das Gespann entgegen, nicht ohne ihr erneut einen prüfenden Blick zuzuwerfen, doch sie hatte keine Zeit, sich um seine Bedenken zu kümmern, und eilte ohne ein Wort ins Haus.

Das Erkundigungsschreiben ihrer Dienstherrin hatte sie zur Polizeiwache gebracht, wie sie es ihr aufgetragen hatte, und hatte auf Antwort gewartet, wie sie es von ihr verlangt hatte. Doch diese hatte lange auf sich warten lassen, bis ein junger Constable irgendwann an sie herangetreten war.

„Miss Amanda Delagore?"

„Das bin ich."

„Ich bin Constable Porter Daniels. Was können wir für Sie tun?", hatte er gefragt, obwohl er Lady Ambervales Schreiben in der Hand hielt.

„Ich komme wegen des Anliegens meiner Dienstherrin, Lady Lydia Ambervale."

„Das habe ich gelesen. War Mistress Holworth bei ihr in Anstellung?"

„Nein."

„Und gibt es sonst irgendeinen Grund ... hat sie etwas aus ihrem Haus entwendet? Möchte sie Anzeige erstatten?"

„Nein ... haben Sie das Schreiben nicht gelesen?"

„Doch, das habe ich, aber es ist ... ungewöhnlich, dass sich eine Frau aus adeligem Hause, nun ja, für eine Frau aus Stepney interessiert ... ich will ehrlich sein, so einen Fall hatten wir noch nie."

„Ungewöhnlich, vielleicht, aber doch gewiss nicht unmöglich?"

„Nein, das nicht. Aber was ist der Grund für ihr Gesuch? Das müsste ich zumindest erfahren."

„Nun, ich selbst habe den Brief ja nicht gelesen, was steht denn darin?"

Der dunkelhaarige, groß gewachsene Mann hatte steif in seiner Uniform dagestanden, und ein Hauch von Unsicherheit huschte über seine kastanienbraunen Augen. Unter anderen, weniger offiziellen und weniger ungewöhnlichen Umständen hätte er Miss Delagore vielleicht sogar gefallen können. So aber war es nur allzu offensichtlich, dass er als unerfahrenster unter den Beamten geschickt worden war, um sie und ihr unliebsames Gesuch möglichst rasch wieder aus ihrer Wachstube zu entfernen. Er senkte den Blick und überflog die Zeilen erneut.

„Da steht, dass Lady Ambervale ein außerordentliches Interesse daran habe, zu erfahren, wie die Polizei in der Sache des Verschwindens der besagten Mistress Fanny Holworth weiter vorzugehen gedenke."

„Und?", fragte Miss Delagore, nachdem er sie wieder ansah. „Wie gedenkt die Polizei nun, weiter vorzugehen?"

„Das, ähm … es gibt keine Hinweise."

„Keine Hinweise wofür?"

„Mistress Holworth ist verschwunden."

„Richtig."

„Wir haben ihre Daten aufgenommen und festgehalten, dass sie abgängig ist. Jetzt können wir nur warten, bis sie wieder auftaucht. Möglicherweise ist sie irgendwo … ich meine, sehen Sie sich die Stadt an. Hier verschwinden immerzu Personen. Sie kommen und gehen. Täglich kommen mehr, mit Schiffen aus Irland, den Kolonien oder sonst woher. Unsere Aufgabe ist es, die Menschen vor Verbrechen zu schützen. Und eine Frau, die für ein paar Tage nicht nach Hause kommt … ihrem Ehegatten mag das nicht gefallen und ihren Dienstherren auch nicht, aber ein Verbrechen ist es bestimmt nicht."

Miss Delagore hatte auf ihre Hände geblickt.

„Nein, da haben Sie wohl recht. Ich … danke Ihnen vielmals."

Beim Hinausgehen hatte sie noch ihre Stimmen gehört, und möglicherweise hatten einige der Polizisten auch gelacht.

***

Miss Delagore stand vor ihrer Dienstherrin, und die Schamröte stieg ihr ins Gesicht, als sie über die Vorkommnisse berichtete.

„Kein Verbrechen?"

„Nein.“

„Und sie werden nicht nach ihr suchen?“

„Es hatte nicht den Anschein.“

Lady Ambervale legte die Fingerspitzen aneinander und stützte ihr Kinn darauf.

„Nun, vielleicht haben sie recht. Mandy, sag, warum beunruhigt dich das Verschwinden von Mistress Holworth so sehr?“

„Wie? Aber wohin hätte sie denn gehen sollen? Außer ihrer Familie, ihrer Mutter und einigen Freundinnen wie mir hat sie doch niemanden. Außerdem hätte sie ihren Mann und ihre Tochter niemals alleingelassen.“

„Kann es nicht möglich sein, dass sie bei einer Freundin Unterschlupf gesucht hat oder einem Familienmitglied? Vielleicht hatte sie Streit mit ihrem Ehegatten oder ... andere Sorgen? Wie oft kam es bisher vor, dass sie für einige Zeit verschwunden ist?“

„Noch nie. Kein einziges Mal.“

„Das habe ich schon vermutet. Und als du bei ihrem Dienstherren warst, bei Lord und Lady Beaufort, was hat man dir dort gesagt?“

„Nun, ich war selbstverständlich nicht in offizieller Sache dort, deswegen habe ich einen der Laufburschen gefragt, den ich vom Sehen kannte. Er sagte, sie sei auch seit vier Tagen nicht mehr zur Arbeit erschienen und man habe sich sehr darüber gewundert, weil sie bisher immer verlässlich gewesen sei. Man habe vermutet, dass sie möglicherweise krank geworden sei, aber als man dann eines Abends einen Laufburschen nach ihr geschickt habe, wäre nur ihr Ehemann zu Hause gewesen. Auch er wusste nicht, wo sie war.“

„Sie hat eine Tochter, sagst du?“

„Ja, Lilly Holworth. Sie ist ihr Ein und Alles."

Lady Ambervale fixierte das helle Viereck, das das Sonnenlicht, welches durch die Fenster fiel, auf den Boden zeichnete. An der Stelle, wo vor all diesen Jahren ein kleines Mädchen mit seinen Wachsmalkreiden gesessen hatte.

„Nun", sagte sie und erhob sich. „Dann lass uns nach ihr sehen."

„Nach ihr sehen?"

„Wir besuchen sie – ihren Ehemann und möglicherweise auch Mistress Baker."

„Ihr wollt nach Stepney?"

„Stepney wird wohl kaum zu uns kommen, nicht wahr?"

„Nein, das nicht, aber …"

„Du hast Sorge, welchen Eindruck es erwecken könnte, wenn deine Dienstherrin dort mit dir erscheint? Es wäre dir unangenehm?"

„Ihr missversteht mich … es ist nur … Stepney ist … schmutzig. Viele Menschen leben dort von der Hand in den Mund. Ihr würdet … auffallen. Bettler und Tagelöhner könnten auf Euch aufmerksam werden … oder Schlimmeres."

„Mache dir um mich keine Sorgen. Ich weiß eine Menge über Schmutz."

„Und welchen Zweck hätte Euer Besuch?"

„So wie ich es sehe, gibt es nur zwei Möglichkeiten. Wir können die Tatsache, dass deine Freundin verschwunden ist, hinnehmen und nichts tun, oder wir können der Sache nachgehen … denn niemand sonst wird es tun."

„Aber Euer Ruf …"

„Mein Ruf." Lady Ambervale musterte sie. „Nichts könnte mir weniger bedeuten."

„Mister O'Learey wird das nicht gefallen."

„Mister O'Learey ist mein Angestellter. Nicht umgekehrt!"

„Bitte verzeiht mir, Mylady. Es stand mir nicht zu ..."

„Das macht nichts. Und jetzt geh, kündige mich Mister Holworth an. Oder warte ... kündige mich auch Mister Baker an."

„Fannys Vater ist vor Jahren verstorben."

„Dann Mistress Baker. Ich werde heute Abend da sein."

Nachdem sie Miss Delagore wieder ausgeschickt hatte, warf Lady Ambervale den Kopf in den Nacken und betrachtete die Decke und die von den Kristallen des Kronleuchters reflektierten Lichter, die darüber tanzten, und fragte sich, ob sie zu weit gegangen war. Sie war drauf und dran, sich in das Leben einer Familie einzumischen, die sie überhaupt nicht kannte, einer Familie aus dem Londoner East End. Das konnte eine Menge Gerede geben.

***

„Das ist zu viel, Mylord", hatte der Vorsteher der Fabrik gestöhnt, der für ihren Vater gearbeitet hatte. „Ihr könnt ihnen nicht so viel bezahlen."

„Ich kann nicht?"

Ihr Vater hatte wie eine aus hellem Marmor gemeißelte Statue im Büro des deutlich kleineren Mannes gestanden.

35

„Nein. Es ist nicht üblich. Das ist, als würdet Ihr Euer Geld in den Kanal werfen in der Hoffnung, damit Fische zu fangen. So könnt Ihr keine Fabrik betreiben ... es kostet zu viel und hat keinen Nutzen.“

„Ich möchte, dass sich die Menschen, die hier für uns arbeiten, einer gerechten Entlohnung sicher sein können.“

„Aber das sind sie ... das können sie. Die Entlohnung ist gerecht. Ihr bezahlt jetzt schon mehr als alle anderen. Man belächelt uns schon. Es ist, als wären wir die Einzigen, die nicht wüssten ... Mein Lord, London platzt aus allen Nähten, es gibt Arbeitskräfte zuhauf, Tausende und Abertausende von ihnen ... Ihr sagt, Ihr wollt, dass sich die Arbeiter etwas zu essen leisten können, eine Unterkunft und einen Arzt, falls einer nötig sein sollte. Das ist sehr edel von Euch, aber es ist zu teuer, und sollte tatsächlich mal einer von ihnen krank werden, dann stehen da schon drei neue, die seine Arbeit übernehmen können. Ihr sorgt Euch um Probleme, die nicht existieren.“

Lady Ambervale erinnerte sich an das Funkeln in den Augen ihres Vaters, aber auch an das Verständnis und vielleicht sogar Trauer.

„Mister Edmond, ich verstehe, dass Sie sich um unseren Ruf sorgen. Unser Ansehen als Unternehmen ... sagen Sie mir, was stellen wir in unseren Fabriken her?“

„In dieser hier? Stoffe, alle möglichen Tuchwaren, Textilien. Wir haben mehrere mechanische Webstühle, Näherinnen, eine Dampfmaschine, und hinten in der zweiten Halle befinden sich zurzeit weitere in Bau ...“

„Wer kauft unsere Stoffe?“

„Nun, alle Welt kauft sie. Ein Teil davon geht in die ostindischen Kolonien, ein Teil bleibt in London. Erst unlängst erhielten wir einen großen Auftrag, von dem ich ziemlich sicher bin, dass daraus Uniformen für die königliche Marine genäht werden sollen."

„Die königliche Marine?"

Mister Edmond hatte gestrahlt. „So ist es, Mylord!"

„Und führt unsere Lohnerhöhung zu überteuerten Preisen, die unsere Aufträge gefährden könnten?"

„Nein, das ist es ja gerade, was ich versuche, Euch beizubringen. Jeder Penny, den Ihr mehr für die Arbeiter ausgebt, ist verschwendet. Wir können die Preise nicht erhöhen, wenn wir ..."

„Gut. Dann ist die Auftragslage also gesichert. Bezahlen Sie die Löhne."

„Mein Lord! So versteht doch, das ist nicht möglich. Unter diesen Umständen ..."

„Mister Edmond, schämen Sie sich, für mich zu arbeiten? Wollen Sie Ihren Posten niederlegen, ist es das, was Sie mir zu sagen versuchen?"

„Was? Nein, ich ... das wollte ich damit nicht sagen. Ich habe hart dafür gearbeitet."

„Gut. Dann ist das besprochen. Ich schätze Ihre Loyalität. Aber Sie haben etwas gesagt, das mich nachdenklich stimmt. Sie sagten: „Alle Welt kauft unsere Stoffe." Kaufen sie sie?"

Er warf einen Blick aus den Fenstern des Büros hinunter in die Fabrikhalle.

„Die Arbeiter? Nun, ich denke wohl nicht ... zumindest hoffe ich es. Unsere Stoffe ... an denen? Dann wäre unser Ruf endgültig ruiniert."

„Mister Edmond, ich möchte, dass Sie sicherstellen, dass jeder Arbeiter, jede Arbeiterin und jedes Kind ein Hemd erhält.“

„Ein Hemd?“

„Ja, eines aus unseren Stoffen ...“

„Zuerst dachte ich, Ihr wollt sie ihnen zum Kauf anbieten, jetzt bin ich mir nicht sicher, ob ich Euch recht verstehe. Wenn Ihr sie ihnen schenkt, werden sie wohl kaum jemals welche kaufen ... Ihr werdet kein einziges Hemd verkaufen.“

Lady Ambervales Vater, Lord Montgomery Ambervale, lächelte.

„Abgemacht, ich nehme Ihre Wette an, Mister Edmond.“

„Meine Wette?“

„Wenn es uns gelingt, dass die Arbeiter unsere Stoffe kaufen – freiwillig –, dann erhöhe ich Ihr Gehalt und lade Sie und Ihre Frau ins Theater ein. Sie werden in meiner besten Kutsche fahren und in der teuersten Loge sitzen.“

Nun schwitzte Mister Edmond nur noch mehr.

„Und wenn nicht?“

„Wenn nicht ... dann werde ich Ihren Empfehlungen in Zukunft Folge leisten.“

Mister Edmond wippte von einem Bein auf das andere, während die Gedanken hinter seiner breiten Stirn schwelten, Form annahmen und wieder zerfielen.

„Ach, und Mister Edmond“, sagte ihr Vater im Hinausgehen. „Sie hatten recht. Die Arbeiter sollten nicht erst zum Arzt gehen, wenn es nicht mehr anders geht, nur weil sie fürchten, ihre Arbeit zu verlieren. Ich möchte, dass Sie einen Arzt in der Nähe finden, der gelegentlich in die Fabrik kommt, um nach unseren Leuten zu sehen.“

Mister Edmond, der gerade etwas antworten wollte, verschluckte sich und lief rot an, während der Husten seinen korpulenten Körper schüttelte.

„Was denkst du, habe ich es zu sehr übertrieben?“, hatte er sie bei ihrer Rückfahrt in der Kutsche gefragt und aus dem Fenster geblickt. Da saß ein wohlhabender Lord, der mit seiner kleinen Tochter über Dinge sprach, über die er mit sonst niemandem sprechen konnte. Und Lady Ambervale wurde schon in jungen Jahren mit Themen konfrontiert, die ansonsten höchstens im Salon Gesprächsstoff waren, wenn die Lords unter sich waren und die Ladys sich in der Zwischenzeit über die schönen Dinge des Lebens unterhielten, wie ihr Vater es nannte. Es störte ihn dabei weder, dass sie ein Mädchen, noch, dass sie erst acht Jahre alt war.

„Ich denke, er hat ganz schön geschwitzt“, hatte Lydia geantwortet.

„Oh ja, das hat er, nicht wahr?“ Ihr Vater hatte gegluckst. „Sollte er recht behalten, dann haben wir es zumindest versucht ... aber er hat die Worte gesagt.“

„Welche Worte?“

„Er sagte, wir könnten es nicht tun, weil es nicht üblich sei. Aber ich will dir etwas sagen, mein Kind. Wenn alle nur das täten, was üblich ist, dann würde sich nichts jemals ändern ... wir würden immer noch in Höhlen hausen wie Urzeitmenschen.“

„Und würden an die Wände malen?“

„So ist es ... und nicht auf die teuren Schreibtische unserer Väter.“

„Haha. Das wäre aber langweilig.“

„Ja, du sagst es. Langweilig und vorsintflutlich. Nein, mein Schatz, wir werden nicht das tun, was üblich ist."

***

Lady Ambervale erhob sich, marschierte in ihr Schlafzimmer und öffnete den Kleiderschrank. Sie suchte nach einem Mantel oder einer Jacke, in der sie in den Armenvierteln nicht allzu große Aufmerksamkeit erregen würde, fand jedoch nichts, was ihren Ansprüchen gerecht wurde. Natürlich war alle Kleidung, die sie besaß, standesgemäß. Sie überlegte, eine der Arbeitsjacken von Mister O'Learey auszuleihen, verwarf die Idee dann aber wieder. Es war vielleicht klüger, auch seine Aufmerksamkeit nicht auf sich zu ziehen. Er würde es zwar nie offen zugeben, aber seit dem Tod ihres Vaters sorgte er sich auch so schon genug um sie.

Lady Ambervale schritt die Flure entlang und schlenderte schließlich in Zimmer und Kammern ihres Hauses, in denen sie schon seit vielen Jahren nicht mehr gewesen war. Als kleines Mädchen war sie häufig durch das gesamte Haus gestreift, hatte die Bediensteten in ihren Quartieren besucht, Zimmer und Kabinette, die nun leer standen, hatte dort gespielt und ihr Unwesen getrieben. Sie fuhr mit den Fingern die Oberfläche mancher Kommode entlang, öffnete Schränke und warf einen Blick hinein. Sie fand Staubwedel, Eimer und Besen in dem einen, fein säuberlich gestapelte Tischtücher und Laken in dem anderen Möbelstück. Sie betrat eine der Kammern, von der sie wusste, dass dort Dienstkleidung für die Hausangestellten lagerte, und öffnete einen Kleiderschrank nach dem anderen,

40

bis sie schließlich fündig wurde. Ein schlichter brauner Mantel in ihrer Größe war genau das, wonach sie gesucht hatte. Sie warf ihn über ihren Unterarm und machte sich auf den Weg zurück in ihr Studierzimmer, allerdings nicht, ohne zuvor in jeden Flur und jeden Gang zu lauschen, damit sie ihrem Gärtner, Handwerker, Kutscher und Dienstboten in einer Person nicht geradewegs in die Arme lief.

Und wieder schlich sie wie eine Achtjährige durch Gänge, in denen sie nichts verloren hatte, um Dinge zu entwenden, die sie eigentlich nichts angingen, und setzte nun all ihre Geschicklichkeit daran, nicht erwischt zu werden. In ihrem Studierzimmer angekommen, strahlte sie übers ganze Gesicht. Sie hatte es geschafft, nur dass die Beute dieses Mal nicht aus großen weißen Laken, einer Rolle Garn und einer Schere bestand. Sie warf einen Blick auf den Mantel und grinste. Nun ja, so unterschiedlich war die Beute vielleicht gar nicht.

4

Mistress Rosemary Baker

Die blasse Scheibe des Mondes, von der jemand ein Stück abgeschnitten hatte, stand bereits am Himmel, wächsern und starr, während ein Glühen im Westen noch von der Anwesenheit der Sonne zeugte, die der Stadt den Rücken gekehrt hatte und jenseits der Häuserdächer ihres Weges ging. Sie war ein ewiger Wanderer, rastlos und indifferent.

Lady Ambervale stellte den Mantelkragen gegen die zunehmende Kälte hoch, während Laternenanzünder allerorts die Gaslaternen entfachten.

„Sollen wir umkehren, Mylady?", fragte Miss Delagore auf dem Kutschbock neben ihr, die ihre Weste ebenfalls enger um ihren Körper schlang. „Der Weg nach Stepney ist weit und wird eine beträchtliche Menge Zeit in Anspruch nehmen. Und wer soll Euch wieder zurückfahren?"

„Nun, ich werde selbst fahren. Ich kann mit Fuhrwerken umgehen, und selbst wenn nicht, wir haben keinen anderen Kutscher. Wir sind nun mal nur zu zweit …"

Lady Ambervale musterte ihre Angestellte.

„Ist es zu viel, was ich dir abverlange, Mandy?"

„Nein, im Gegenteil." Miss Delagore warf einen Blick zur Seite. „Es tut mir leid, ich weiß, es ist anmaßend, das zu sagen, aber ich mache mir vielmehr Sorgen um Euch."

Lady Ambervale erstarrte, während sich ihre Fingernägel in den dicken Stoff ihrer Ärmel gruben.

„Halte an!", befahl sie. „Lass mich absteigen, ich laufe lieber."

„Wie? Mylady, es tut mir leid! Ich wollte Euch nicht in Verlegenheit ..."

„Verlegenheit? Nimm den Wagen ... ich gehe zu Fuß nach Stepney."

„So wartet doch, ich flehe Euch an! Mylady!"

Die Ader an der Seite ihres Halses pochte. Doch für den Moment war es Miss Delagore gelungen, sie am Absteigen zu hindern.

„Niemand sorgt sich um mich, hast du mich verstanden, Mandy? Niemand! Wenn du ... wenn deine Dienste nicht unentbehrlich für mich wären, würde ich dir hier und jetzt die Kündigung aussprechen ..."

„Nein", jammerte Miss Delagore. „Ich verstehe nicht."

„Wir haben einen Vertrag. Du kümmerst dich um das Haus, die Wäsche, die Mahlzeiten, du erledigst Botengänge und machst sonstige Besorgungen. Nichts weiter."

„Aber ja, natürlich."

Lady Ambervale fühlte, wie das Blut kochend heiß durch ihren Körper raste, und zum ersten Mal verspürte sie so etwas wie Verachtung für Miss Delagore. Aber sie wollte es nicht, sie wollte Mandy zurück, wollte sie so, wie sie noch vor wenigen Augenblicken gewesen war. Nicht wie all die anderen, die sie nach dem Tod ihrer Mutter und dann erneut nach dem Ableben ihres Vaters mit ihren mitleidigen Blicken angestarrt hatten. Sie hatte sie alle entlassen, sogar Mistress Rosenbaum, die seit über dreißig Jahren den Stab der Hausmädchen geführt hatte, bei der sie als kleines Mädchen oft Unterschlupf gefunden hatte, wenn sie nicht schlafen konnte und Albträume sie aus ihrem Zimmer gejagt hatten. Die sie zugedeckt und ihr eine Geschichte über Feen und Kobolde erzählt hatte, bis sie wieder eingeschlafen war. Unter deren Bettdecke sie gekrochen war, ihre kleinen Füße an ihren großen, wärmenden Körper gepresst, und die ganze restliche Nacht in ihrer Kammer in ihrem Bett geschlafen hatte. Ja, sogar Mistress Rosenbaum hatte sie entlassen. Mit dieser Entscheidung hatte sie lange gekämpft, hätte ihr fast angeboten zu bleiben, aber jedes Mal, wenn die alte Frau sie ansah, lag Mitleid in deren Augen. Mitleid, das Lady Ambervale nicht mehr ertragen konnte.

Sie fixierte Miss Delagores Gesicht. Ihr Blick war anders, nah dran, aber dennoch anders. Sie war ihr ans Herz gewachsen, vielleicht zu sehr. Lady Ambervale presste die Augen zusammen.

„Ich will eine neue Regel für unsere Zusammenarbeit aufstellen, Mandy. Vielleicht hätte ich es eher tun sollen, aber es erschien mir nie nötig ... du kümmerst dich nicht um mich. Meine Angelegenheiten gehen dich nichts an. Und ... sollte ich jemals bemerken, dass du für mich so etwas wie Mitleid oder Bedauern empfindest – dass du dich um mich sorgst –, dann werde ich dich aus meinen Diensten entlassen."

Miss Delagores tränenüberströmtes Gesicht war starr, sie nickte.

„Gut. Dann lass uns weiterfahren ... bitte."

Der restliche Abend verlief für Miss Delagore, als befände sich die Welt hinter einem dicken Schleier, als wären alle Geräusche gedämpft, wie durch Watte. Noch nie zuvor hatte Lady Ambervale sie gemaßregelt, nie die Stimme gegen sie erhoben oder gar Drohungen ausgesprochen. Sie stellten den Wagen in der Nähe des Mietshauses unter, in dem Mistress Holworth wohnte oder bis zu dem Zeitpunkt ihres Verschwindens gewohnt hatte, zusammen mit ihrem Mann und ihrer Tochter.

Lady Ambervale stieg ab und legte ein paar Münzen in die Hand des Invaliden, dessen rechter Hemdsärmel leer an seiner Seite herabhing. Sein Lächeln entblößte zwei Reihen schwarzer Stümpfe.

„Geben Sie gut auf sie acht", sagte sie mit einem Blick auf die Stute, die vor den Wagen gespannt war.

„Oh, gewiff, gewiff ... macht Euch um fie keine Forgen ... Fie wird gar nicht merken, daff Ihr weg wart."

„Ich danke Ihnen."

Der Wind pfiff durch die Bohlen der umstehenden Häuser. Eine Gruppe Kinder unterschiedlichen Alters saß auf der Straße um ein Feuer herum, das dünn flackerte, während sie glänzende, dunkle Stücke an Stöcken darüberhielten. Kleine dürre Lumpengestalten, das Einzige an ihnen, das nicht rußgeschwärzt und stumpf war, waren ihre leuchtend weißen Augen, die sie fixierten. Lady Ambervale erinnerte sich an die zahllosen Gesichter in den Fabriken, die sie mit ihrem Vater besichtigt hatte. Sie wandte den Blick ab.

Die Menschen hier lebten auf engstem Raum, ganze Familien zusammengepfercht in einem einzigen Zimmer – zumindest diejenigen, die sich ein Dach über dem Kopf leisten konnten. Seit den großen Choleraepidemien der letzten Jahrzehnte schritt der Ausbau der Kanalisation in London stetig voran. Dennoch schien die Stadt so schnell zu wachsen, dass das Abwassersystem nicht hinterherkam, und so blieben viele der Ärmsten von dieser Modernisierung ausgeschlossen. Ihre Nachttöpfe entleerten sie auf die Straßen, wo der Unrat allmählich versickerte, bis er irgendwann vom Regen fortgespült wurde. Der Geruch war unerträglich.

„Wohin müssen wir?“, fragte Lady Ambervale, die nur mühsam den Impuls unterdrückte, sich ein Taschentuch vor die Nase zu halten.

„Das Haus. Dort drüben.“

Miss Delagore lotste sie über die Straßen zu einem Eingang, der in einer der seitlichen Gassen lag. Sie verschwanden im Schlund des lichtlosen Flurs, und Lady Ambervale konnte trotz des nasskalten und fauligen Geruchs, der aus den Gemäuern und Bodendielen sickerte, endlich aufatmen. Hier gab es niemanden, der sie anstarren konnte. Sie schloss die Augen und verschnaufte, während die Dunkelheit an ihrer Haut klebte und aus allen Richtungen Geräusche und durch die dünnen Holzwände kaum gedämpfte Stimmen auf sie eindrangen.

„Es ist gleich da vorn“, hörte sie Miss Delagores Stimme ein Stück weiter den Flur entlang und folgte ihr.

Eine Tür öffnete sich in eine spärlich beleuchtete Kammer, in der eine ältere Frau mit einem kleinen

Mädchen auf dem Schoß saß und ihr gerade eine Geschichte erzählt hatte. Sie erhob sich und strich sich die Schürze zurecht. Es war bestimmt die sauberste, die sie besaß. Ihr Haar hatte die Farbe von Eisen und war zu einem ordentlichen Knoten gesteckt.

„Oh, bitte, kommt herein. Es ist ... nun ja, sehr schlicht, aber bitte, kommt.“

Miss Delagore und Lady Ambervale traten ein und nahmen auf zwei Hockern Platz, die die Alte ihnen anbot.

„Wollt Ihr ... etwas zu trinken, oder ...?“

„Nein, danke, das ist sehr freundlich von Ihnen. Wir möchten gerne Mister Holworth sprechen. Ist er zugegen?“

„Oh, das hier ist Arts und Fannys Wohnung“, antwortete die Frau. „Ich bin Mistress Rosemary Baker oder einfach nur Rose, wenn Euch das lieber ist ... ich passe auf Lilly auf ... ihr Vater arbeitet zurzeit. Ich bin ihre Großmutter.“

Sie senkte den Blick auf ihre Schuhspitzen.

„Sie sind Fannys Mutter.“

„Das ist richtig, ja.“ Als sie sie erneut ansah, zog sie ein Stofftaschentuch aus dem Ärmel ihrer Weste und wischte sich über die nassen Wangen. „Denkt Ihr, dass ihr etwas zugestoßen ist? Es muss ...“ Lady Ambervale war sich nicht sicher, ob sie die Stimme senkte, um das kleine Mädchen nicht zu beunruhigen, oder ob sie ihr schlicht den Dienst versagte. „Es muss etwas Schreckliches geschehen sein, nicht wahr? Sonst wärt Ihr gewiss nicht den weiten Weg hierhergekommen ...“

„Ich weiß es nicht.“ Lady Ambervale flüsterte ebenfalls. Es erschien ihr irgendwie natürlich. „Ich bin hier,

weil ich ..." Ihr Blick heftete sich auf das kleine blondge-
lockte Mädchen. Sie musste drei oder höchstens vier
Jahre alt sein, hatte sich einen rußgeschwärzten Stock
aus der Feuerstelle geholt und begann damit, auf den
Dielen des Fußbodens zu zeichnen. Sie wusste nicht,
mit welcher Erwartung sie hergekommen war. Vielleicht hatte sie ein logisches Problem erwartet, bei dessen Lösung sie behilflich sein konnte, eine intellektu-
elle Herausforderung wie ein Rätsel oder eine Schnit-
zeljagd. Sie hatte nicht erwartet, dass es sie emotional
berühren würde.

„Ich möchte helfen, wenn ich kann ... ich bin nicht besonders einflussreich und kenne auch niemanden bei
der Polizei, aber ... ich möchte es versuchen, wenn Sie
es gestatten."

„Das ist zu gütig von Euch, Mylady, zu gütig." Erneut
wischte sich die Alte mit dem Tuch über die Augen, fing
einige der Tränen auf, die unablässig ihre Wangen hin-
abglitten. „Aber ich kann nicht ... ich wüsste nicht, wie
wir uns dafür erkenntlich zeigen könnten ... Wie wir
Euch je dafür danken können."

Lady Ambervale hoffte, dass man das Glänzen in ihren eigenen Augen nicht sah. Wieder stahl sich ihr
Blick zu dem Kind. Ein Mädchen, das ohne ihre Mutter
war. Sie saß stumm, den Rücken zu ihnen gewandt,
und zeichnete. Gewiss hörte sie alles, was sie sagten,
aber hatte früh gelernt, dass man Erwachsenengesprä-
che nicht belauschte, und verhielt sich so, als wäre sie
ganz in ihr Spiel vertieft, und summte eine kleine Melodie für sich selbst.

„Dank ist nicht nötig. Ich verfüge über Möglichkeiten,
die Ihnen verwehrt blieben. Ich kann mit Fannys

Dienstherren sprechen. Aber Sie müssen mir alles erzählen, was Sie wissen."

„Aber ... ich weiß nichts."

„Seit wann wird Fanny vermisst? Für wann haben Sie
sie zu Hause erwartet?"

„Es war ..." Mistress Baker setzte sich aufrecht hin und
fasste sich. „Vor fünf Tagen."

„Freitag also?"

„Ja, Freitagabend haben wir sie von ihrer Arbeit zurückerwartet, aber sie kam nicht."

„Ist sie jeden Abend nach Hause gekommen?"

„Nein, nicht jeden Abend. Gelegentlich übernachtete
sie bei ihren Dienstherren und war von Montag bis
Samstag bei ihnen in Unterkunft, weil sie bisweilen
auch nachts gebraucht wurde, um sich um die Mädchen zu kümmern, die Töchter ihrer Dienstherren. An
Sonntagen hatte sie üblicherweise frei. Gelegentlich
auch unter der Woche. Aber diesmal durfte sie sogar einen Tag früher nach Hause."

„Es war also eine Ausnahme, dass sie bereits Freitagabend hier sein sollte?"

„Eine Ausnahme, ja."

„Galt dies für mehrere Bedienstete?"

„Das ... weiß ich nicht. Aber ich vermute, nur für sie."

„Was war der Grund für diese Ausnahme?"

„Ich glaube, es war eine Belohnung ihrer Dienstherrin
oder ihrer vorgesetzten Haushälterin. Sie wissen, dass
sie gute, gewissenhafte Arbeit leistet und dass sie ein ...
kleines Töchterchen ..."

Ihre Worte ertranken in Schluchzern, die ihren gewaltigen Brustkorb hoben und senkten und ihren

Körper krümmten, ohne ihn zu brechen. Lady Ambervale wusste, wie es in ihrem Inneren aussah.

„Wann am Freitag sollte sie hier eintreffen?“

„Das ... ist schwer zu sagen, nachdem es ja eine Ausnahme war ... sie sagte mir nur, dass sie abends nach Hause kommen würde, sobald sie mit ihrer Arbeit fertig wäre. Sie war ... so glücklich ... hatte sich schon die ganze Woche darauf gefreut.“

„Was hat sie an jenem Abend getragen? Können Sie ihre Kleidung beschreiben?“

„Ich nehme an, sie trug ihre blaue Weste ... wie immer. Einen schwarzen Rock. Ihre Dienstkleidung.“

„Was genau ist ihre Aufgabe bei den Beauforts?“

„Sie ist Dienstmädchen und kümmert sich um die Schlafräume und Badezimmer der Hausdame und ihrer Töchter, soweit ich weiß ... aber manchmal hilft sie auch bei Einkäufen oder anderen Dingen, versorgt die Mädchen. Sie war sehr stolz auf ihre Anstellung und sprach stets nur gut über ihre Dienstherren.“

„Gewiss. Wie ist sie mit den anderen Bediensteten ausgekommen? Gab es ... Streitigkeiten? Meinungsverschiedenheiten?“

„Nun, es gibt überall Menschen, mit denen man besser auskommt, und ... andere.“

„Hat sie irgendjemanden im Speziellen erwähnt?“

„Nein.“

„Wie ist ihr üblicher Weg von den Beauforts nach Hause?“

„Ich denke ... sie muss wohl den größten Teil der Strecke über die Whitechapel Road, dann über Mile End und die Stepney Green gelaufen sein, ab und zu, wenn sie Besorgungen zu machen hatte, vielleicht auch über die Commercial Road. Sie … könnte aber auch einen anderen Weg genommen haben … ich weiß es nicht."

„Das sind einige der belebtesten Straßen der Stadt. Da sind viele Menschen unterwegs."

„Das bedeutet … unsere Chancen stehen schlecht?"

„Nein", sagte Lady Ambervale und legte eine Hand auf die ihre. „Das bedeutet, dass viele Menschen sie gesehen haben könnten. Vielleicht kann sich jemand an sie erinnern."

„Ja, das wäre möglich."

Die Frau schöpfte Mut.

„Ist Ihnen in letzter Zeit sonst irgendetwas Ungewöhnliches an Fanny aufgefallen, etwas, das außer der Norm war?"

„Nein, sie war … glücklich und vielleicht ein klein wenig fröhlicher als sonst, ich weiß es nicht … es ist schwer zu sagen."

„Und hier in Stepney? Gab es Probleme? Oder hatte sie irgendwelche Sorgen?"

„Nein, es war alles …" Die Alte schüttelte den Kopf, und Lady Ambervale tröstete sie.

„Schon gut. Es tut mir leid, ich weiß, viele dieser Angelegenheiten sind sehr privat. Aber …"

Sie warf einen Blick zu Miss Delagore, die kurz nickte.

„Je mehr wir über Fanny erfahren dürfen, je mehr wir über sie wissen, desto mehr hilft es uns, zu verstehen, was sie bewegte und wo sie gewesen sein könnte. Desto besser können wir nach ihr suchen."

„Ja, das verstehe ich. Aber … je mehr ich mit Euch spreche, desto mehr erkenne ich, wie wenig ich eigentlich über sie weiß … ich … "

„Und ihre Ehe? Gab es … Probleme?"

„Nein. Art … Arthur ist ein guter Mann. Er arbeitet hart. So wie Fanny auch. Sie haben großes Glück, dass sie beide Geld verdienen, und … nun ja, ich sorge in der Zeit für Lilly … ab und zu fragt sie nach ihr und … ich weiß nicht, was ich ihr sagen soll …“

„Welcher Tätigkeit geht ihr Mann nach?“

„Er ist Tagelöhner unten an den Docks. Es ist eine harte Arbeit.“

„Wann war er das letzte Mal zu Hause?“

„Vor zwei Tagen … er schläft dann meistens. Er hat nach Fanny gefragt, aber musste wieder an die Docks … er ist ein guter Mann.“

„Hat er nach ihr gesucht?“

„Ja. Aber sie war nirgends zu finden. Deswegen hat er mich zur Polizei geschickt.“

„Er hat Sie geschickt?“

Mistress Bakers Augen weiteten sich.

„Selbstverständlich.“

„Es tut mir leid, Mistress Baker. Ich glaube Ihnen. Wissen Sie, an welchen Docks Mister Holworth zurzeit arbeitet?“

„Nein, nicht genau. Je nachdem, wo sie gerade Leute brauchen.“ Sie knetete ihre Finger. „Aber bitte, Ihr müsst mir versprechen, dass Ihr nicht mit ihm darüber redet … er weiß nichts davon. Er hält mich bestimmt für hysterisch, wenn er erfährt, dass ich einer Lady seine privaten Angelegenheiten ausgeplaudert habe …“

Sie begann wieder zu schluchzen.

„Bitte, verzeiht mir …“

„Es ist gut.“ Miss Delagore setzte sich zu ihr und nahm sie in den Arm, während Lady Ambervale dasaß und wartete. Ihre Gedanken verloren sich im schwachen

Lichtschein der Feuerstelle, und immer wieder zog es ihren Blick zu der kleinen Lilly Holworth.

„Ist Ihnen an Arthur irgendetwas Ungewöhnliches aufgefallen? In den letzten Tagen?", fragte sie, als Mistress Baker sich wieder gefangen hatte.

„An Art? Nein ... wieso fragt Ihr?"

„Alles, was in den Tagen vor Fannys Verschwinden ungewöhnlich war, könnte uns helfen, sie zu finden."

Mistress Baker biss sich auf die Lippe, und Lady Ambervale entging die Regung nicht.

„Ich bin nicht von der Polizei ... und ich möchte auch niemanden verurteilen. Ich will Ihnen helfen, Ihre Tochter wiederzufinden und sie nach Hause zu bringen. Zu Ihnen ... und Ihrer Enkeltochter."

Erneut hob und senkte sich die Brust ihrer Gastgeberin in zitternden Schüben.

„Es tut mir leid ... mir fällt sonst nichts mehr ein."

„Es ist gut. Sie haben das sehr gut gemacht", tröstete sie Miss Delagore, nicht ohne Lady Ambervale einen Blick zuzuwerfen.

***

„Und? Was hältst du davon?", fragte Lady Ambervale, als sie wieder auf der Straße standen und die Dunkelheit die letzten Sonnenstrahlen verschlungen hatte. Auch gab es hier kaum Laternen, und so fiel es ihr schwer, in Miss Delagores Gesicht zu lesen.

„Ich weiß es nicht. Ich weiß nicht, ob Fanny es mir jemals verzeihen wird, wenn wir uns in ihre privaten Angelegenheiten einmischen ..."

„Du meinst, wegen ihres Ehemanns?"

Miss Delagore wurde still.

„Ihr habt es also auch bemerkt?"

„Ja. Ich finde, wir sollten mit Arthur Holworth sprechen."

„Aber Mistress Baker hat uns angefleht, ihm nichts zu sagen. Und wir sind keine Constables ... welche Möglichkeiten hätten wir?"

Wieder dachte Lady Ambervale an ihren Vater.

„Ich denke, es gibt keine Möglichkeiten außer denen, die wir uns selbst schaffen."

„Das mag für Euch zutreffen. Ihr seid eine Lady ..."

„Du hast ein gutes Herz, Mandy. Du bist strebsam, hast einen klugen Kopf. Was brauchst du mehr? Aber ..." Sie hob den Blick zum schwarzen, wolkenverhangenen Himmel. „Es ist deine Entscheidung. Wenn du der Meinung bist, es wäre besser, uns nicht einzumischen, dann sollten wir es nicht tun. Sie ist deine Freundin."

„Wie würdet Ihr Euch entscheiden?"

Lady Ambervale fühlte den Stich der Ironie und grinste.

„Man sagt, ich hätte den Dickschädel meines Vaters geerbt. Manche Leute sagen auch noch ganz andere Dinge über mich. Ich bin vermutlich keine gute Ratgeberin in dieser Sache."

„Ich frage aber Euch. Ihr habt ein gutes Herz, Ihr seid strebsam ... und der klügste Mensch, den ich kenne."

Beide Frauen lächelten.

„Ich sagte es bereits."

Miss Delagore biss sich auf die Lippen und nickte dann.

„Ja. Wir sollten mit Arthur sprechen. Oder … zumindest nach ihm sehen? Wir haben Mistress Baker versprochen, nichts zu sagen.“

- 5 -

Mister Arthur Holworth

„Wir suchen nach Mister Arthur Holworth."

„Nach wem?" Das Gesicht des kahlköpfigen Mannes wurde von einem dichten verfilzten Bart eingerahmt, und sein Rücken war krumm wie ein Segeltuch, das so viel Zeit im Wind verbracht hatte, bis es schließlich in dieser Form verblieben war. Der Geruch nach Pfeifentabak strömte aus jeder seiner Poren.

„Sie meint Art", rief einer der anderen Arbeiter ihnen zu.

„Art?"

„Ja, bitte", antwortete Miss Delagore anstelle ihrer Dienstherrin.

„Was wollt ihr denn von dem?"

Lady Ambervale schenkte ihm ein Lächeln und sagte: „Ich bin eine Freundin der Familie und würde ihn gerne besuchen."

„Eine Freundin?" Der Vorarbeiter gackerte. „Dann arbeiten Sie bestimmt am Ratcliff Highway, nicht wahr? Hat er seine Schulden wieder nicht bezahlt?"

Er klopfte sich auf die Schenkel. Lady Ambervale hatte die Kneipen und Bordelle auf dem Weg hierher gesehen. Die Absteigen, die im Halbdunkel der wenigen

56

Gaslampen lagen – in einem ewigen Dunst aus Alkohol, abgestandenem Fett und Erbrochenem. Die dick aufgetragene Schminke auf den Gesichtern der Mädchen, die sie älter und gesünder aussehen lassen sollte, als sie tatsächlich waren. Die Männer an den Straßenecken. Einen Faustschlag, gefolgt vom Knacken eines gebrochenen Nasenbeins, eine Fontäne aus Blut. Das Klingeln einer Handvoll Münzen, die zu Boden fielen.

Ratcliff und die Docks schliefen zu keiner Zeit, und so gut wie alle Waren, exotisch oder alltäglich, die in die Stadt gelangten, wurden über diese Anlagen gelöscht und weiterverladen. Lady Ambervale war es, als würde sie aus einem der umliegenden Keller die Rufe und das Brüllen wilder Tiere hören. Auch dafür gab es einen Markt, für die Zurschaustellung in manch privatem Zoo. Denn wozu sonst sollte Reichtum gut sein, wenn man ihn nicht angemessen zeigen konnte, und was eignete sich dafür besser als das Sammeln seltener Tiere wie baumhohe Giraffen oder menschenfressende Tiger? Und das Fantastischste daran war, dass sich damit wiederum weiteres Geld verdienen ließ. Mit Bewunderern und Schaulustigen.

Lady Ambervale lächelte den Mann weiter an.

„Und? Wo finden wir ihn nun?"

Das laute Lachen des Vorarbeiters wich einem stupiden Glotzen.

„Er ... muss hinten an den Tobacco Docks sein. Die löschen gerade eine Ladung Portwein von der Fair Maid, einem Dreimaster."

„Danke. Ach, wissen Sie zufällig auch, wie lange er schon damit beschäftigt ist? Ich meine, war er die letzten Tage auch hier? Letzten Freitag vielleicht?"

„Ja, war er. Aber hören Sie, ich habe meine Zeit nicht gestohlen. Also wie wäre es, wenn Sie ihn das alles selbst fragen würden, ja?“

„Natürlich, danke für Ihre Hilfe … aber falls Sie selbst einmal Erholung von der harten Arbeit suchen …“

„Ja, ja, schon gut. Ich bin kein junger Hüpfer mehr. Sollte ich tatsächlich Bedarf haben, weiß ich, wo ich meine Erholung finden kann, keine Sorge.“

„Natürlich.“

Der Vorarbeiter verzog das Gesicht, machte eine abfällige Handbewegung und ging zurück zu einer der kleineren Barken, die gerade entladen wurden, und rief einige Kommandos.

„Los jetzt, Männer! Seht zu, dass wir hier fertig werden. Da draußen wartet schon die nächste Brigg auf uns. Verdient euch euren Lohn, ihr faulen Hunde.“

Auf den Tobacco Docks wurde nicht nur Tabak verladen, wie der Name vermuten ließe, sondern so gut wie alle Waren, die nicht unter dem Monopol der East India Trading Company standen. Wein, Brandy und andere Schnäpse, Felle, Tee, Kräuter und Gewürze. Man sagte, dass die Kellergewölbe unter den Docks die Ausmaße einer ganzen Stadt hätten, in denen die Weine, Whiskeys und Liköre in ihren Fässern zu ihrer endgültigen Reife gelangten.

Um der Rattenplage Herr zu werden, wurden ganze Heerscharen von Hunden und Katzen gehalten, die überall auf den Docks umherliefen und ihre nächtliche Kakofonie anstimmten. Von den Kanälen und der Themse her kroch Nebel herauf und verlieh den leuchtenden Gaslampen eine gespenstische Aura. Stimmen,

die nirgendwo herzukommen und nirgendwo hinzuge-
hen schienen, waberten über die Hafenanlagen.

„Wieso habt Ihr das gesagt?", fragte Miss Delagore.
„Wieso habt Ihr so getan, als wären wir von einem dieser Etablissements?"

„Der Vorarbeiter brachte mich auf die Idee. Je weniger Aufmerksamkeit wir erregen, desto besser lassen
sich die Dinge so beobachten, wie sie tatsächlich sind."

Sie kamen an ein Lagerhaus, vor dem unzählige Fässer auf dem Kai lagen und standen. Sie wurden über
Bretter von Bord eines dreimastigen Schiffes gerollt.

„Wer von ihnen ist Art?", fragte Lady Ambervale.

„Ich sehe ihn nicht."

„Dann lass uns warten."

Sie stellten sich abseits in den Schatten einiger Kisten, warteten und beobachteten, bis Mandy irgendwann die Hand hob und flüsterte: „Da ist er."

Lady Ambervale erblickte einen breitschultrigen
Mann mit rotblondem Haar, das ihm in die Stirn fiel,
und einem Bart, der von mehreren Wochen ohne Rasur
herrührte. Er rollte eines der Fässer aus den Laderäu-
men an Deck des Schiffes, überließ es dort einem anderen Arbeiter und stellte sich an die Reling. Er kramte in
einem kleinen Beutel, zündete sich eine Zigarette an
und rieb sich über die Stirn.

„Hey, Art, was soll das?"

„Gib mir zwei Minuten, Bill, sei so gut, ja?"

Die beiden Frauen konnten die Stimmen nur undeut-
lich hören und aufgrund des Nebels und der spärlichen
Beleuchtung auch nicht allzu gut erkennen, was an
Bord des Schiffes vor sich ging. Aber der Mann an der
Reling war ohne Zweifel Arthur Holworth.

„Fällt dir irgendetwas an ihm auf? Verhält er sich ungewöhnlich?"

„Nun, nein ... ich weiß es nicht. Seine Ehefrau wird vermisst."

„Du hast recht. Was wäre wohl das übliche Verhalten?"

„Ich nehme an, er muss Geld verdienen. Sie haben eine Tochter, Miete zu bezahlen ..."

Lady Ambervale nickte.

„Nun ja, zumindest wissen wir jetzt, dass er tatsächlich bei der Arbeit ist. Lass uns zurückfahren. Du ... kannst im Haus übernachten, falls du das möchtest."

„Dann müsstet Ihr nicht allein fahren."

Miss Delagore biss sich auf die Lippen, aber ihre Dienstherrin ging nicht darauf ein. Wie sorgte man sich um jemanden, der nicht wollte, dass man sich um ihn sorgte? Das war eine Sache, die sie erst herausfinden musste.

***

Während der gesamten Rückfahrt schwieg Lady Ambervale und ging in Gedanken immer wieder alle Informationen und Beobachtungen durch, über die sie sich Notizen machen wollte, und sie musste es gleich tun, bevor ihre Erinnerung verblasste. Sie würde Mandy bitten, eine Kanne schwarzen Tee für sie aufzusetzen, ehe sie sie zu Bett schickte. Den würde sie brauchen, denn es lag eine Menge Arbeit vor ihr.

Eine Sache, die ihr nicht aus dem Kopf wollte, war die erste Reaktion des Vorarbeiters. Er hatte sie für Mädchen aus einem der Bordelle gehalten und gefragt, ob

60

Art schon wieder Schulden hätte. Hatte er tatsächlich nur gescherzt? Eine weitere Sache war ein Detail, das sie beobachtet hatte, und sie fragte sich, ob es bloße Einbildung gewesen war. Sie hatte Mandy gefragt, ob ihr etwas Ungewöhnliches an Arthur Holworth aufgefallen war, wie er dort an die Reling gestützt gestanden und geraucht hatte, und Mandy hatte verneint. Nun sah sie ihn erneut vor sich, zeichnete jede Einzelheit in Gedanken nach, spielte alles durch, wie eine Szene auf der Bühne des Royal Opera House.

Er stand an Deck des Schoners, das orange Glühen der Zigarette erleuchtete sein Gesicht. Er sah müde aus und abgekämpft, blies den Rauch aus wie mit einem Seufzen, führte die Hand erneut an den Mund. Wie gerne hätte sie jetzt seine Gedanken lesen wollen ... in seine Gefühle eintauchen. War da Sorge ... oder Reue? Er nahm einen weiteren Zug, das Glühen erfasste sein Gesicht und seine Hände. Dann warf er den Stummel ins Wasser unter sich und versank wieder in Dunkelheit. Seine schwarze Silhouette stand noch einen Moment länger an Bord des Schiffes. Dann war er fort. Was war es, das ihr an diesem Bild nicht gefiel? War es die Art, wie er seine Hand gehalten hatte? Ein wenig zaghaft, zögernd? Defensiv war wohl das Wort, das es am besten traf. Oder war es bloß ihre Einbildung gewesen, die ihr mitspielte, weil Mistress Baker nicht über ihn hatte sprechen wollen? War sie deswegen ihm gegenüber voreingenommen?

Als sie die Zufahrt zu ihrem Anwesen hinauffuhren, betrachtete Lady Ambervale die Fassade des Gebäudes, blickte in die hohen lichtlosen Fenster. Vielleicht war sie zu lange untätig gewesen. Sie hatte sich zurückgezogen und hinter diesen Mauern versteckt. Aber das Leben fand hier draußen statt, ob ihr das gefiel oder nicht, und sie musste sich die Frage stellen, was sie aus den Gelegenheiten machen wollte, die sich ihr boten. Wollte sie weiter den Blick abwenden oder, schlimmer, tatenlos zusehen? Oder wollte sie etwas unternehmen? Alles, wonach sie sich sehnte, war Ruhe. Wenn sie für sich war, konnte sie tun und lassen, was sie wollte. Sie war niemandem Rechenschaft schuldig, und es gab niemanden, der sie beurteilte oder gar bemitleidete. Aber dann war da auch der Blick dieses kleinen Mädchens, Lilly, die zeichnete und auf ihre Mutter wartete. Ihre Mutter, nach der niemand suchen würde. Als der Wagen zum Stillstand kam, sprang Lady Ambervale herab.

„Bring das Gespann zu den Stallungen, und versorge das Pferd. Anschließend setze Tee auf, ich werde Tee brauchen, und dann geh zu Bett."

„Seid Ihr sicher, dass ich nicht …?"

„Vollkommen sicher. Ich muss nachdenken … Allein."

„Wie Ihr wünscht, Mylady."

Miss Delagore setzte den Wagen wieder in Bewegung und sah Lady Ambervale dabei zu, wie sie ohne ein weiteres Wort davoneilte.

$$- 6 -$$

Constable Porter Daniels

Als Miss Delagore am nächsten Morgen erwachte, war ihr, als hätte sie auf Wolken geschlafen und als wäre die Hälfte der Dinge, die sich letzte Nacht zugetragen hatten, nur in ihren Träumen geschehen. Die Kammer, die sie ausgesucht hatte, war schlicht und bescheiden, aber sie lag nahe der Küche. Das Bett war weicher als jedes, in dem sie je gelegen hatte, was zugegebenermaßen nicht allzu viele waren, und sie fühlte sich trotz der langen Nacht erholt und frisch. Sie wusch sich, kleidete sich an, machte im Herd Feuer an und fragte sich, wie es wohl wäre, öfter die Räumlichkeiten für die Bediensteten zu nutzen. Es hätte durchaus seine Vorzüge, nicht jeden Morgen über eineinhalb Stunden zu ihrem Arbeitsplatz laufen zu müssen.

Lady Ambervale würde an diesem Tag wohl erst spät aufstehen, dennoch bereitete Miss Delagore alles für sie vor, und nachdem sie mit ihrer Arbeit in der Küche fertig war, ging sie hinüber ins Studierzimmer, um auch dort nach dem Rechten zu sehen. Sie war darauf eingestellt, umherliegende Papiere und Bücher zurück an ihren Platz zu stellen, Geschirr abzuräumen, die Böden zu wischen und im Zimmer zu lüften, während ihre Herrin noch ein wenig Ruhe fand, ehe sie zur frühen Mittagszeit erwachen und erneut arbeiten würde. Mit Staubwedel, Tüchern und einem Eimer Wasser bewaffnet, betrat sie das Zimmer und schreckte zurück. Kühle Morgenluft schlug ihr entgegen, und die Vorhänge bauschten sich in der Eiseskälte des Windes, der zu den offen stehenden Fenstern hereinwehte. Papiere lagen auf dem Boden verstreut, während eine Petroleumlampe, die Lady Ambervale vergessen haben musste, immer noch das Zimmer erhellte. Miss Delagore erblickte ein aufgeschlagenes Buch zu Füßen deren liebsten Lesestuhls und schauderte. Unmittelbar daneben sah sie die Füße ihrer Dienstherrin, die blass und reglos zusammengerollt auf dem Stuhl lag. Ihr Blick heftete sich an ihren Brustkorb, der sich nach einigen bangen Sekunden hob und senkte. Lady Ambervale lag in unruhigen Schlaf versunken in ihrem Lesestuhl, das Buch, das ihr aus der Hand gerutscht war, auf dem Boden. Miss Delagore hastete ins Zimmer, schloss die Fenster und löschte das Licht, zog die schweren Vorhänge zu, um das Sonnenlicht noch ein wenig länger draußen zu lassen, und grübelte. Wenn sie ihre Herrin weckte, würde diese sich bestimmt weigern, zu Bett zu gehen, um dort weiterzuschlafen. Also machte sie im Kamin Feuer an, eilte in deren Schlafräume und brachte eine dicke Decke sowie einen gepolsterten Hocker, den sie unter ihre Beine schob. All dies tat sie so geräuschlos und sanft wie möglich. Sie betrachtete Lady Ambervale noch einige Augenblicke länger und fragte sich, ob es tatsächlich gut für sie war, wenn sie sich in die Angelegenheiten einer Familie aus den Armenbezirken mischten und nach Mistress Holworth suchten. Sie hatte auch so schon genug mitgemacht. Aber für solche Überlegungen war es vermutlich bereits zu spät.

Miss Delagore schlich aus dem Zimmer, schloss die Tür und lehnte sich mit dem Rücken dagegen. Der einzige Weg, Lady Ambervale vor allzu großem Aufsehen und möglicherweise sogar Schaden zu bewahren, war, Fanny möglichst rasch selbst zu finden.

***

Miss Delagore plagte ihr Gewissen. Sie schrieb eine kurze Nachricht für ihre Herrin, legte sie neben das aufgetischte Gedeck im Esszimmer, holte ihre Weste und verließ das Haus. Ihr Weg führte sie erneut in die Church Street, wo sie auf der gegenüberliegenden Straßenseite der Stadtvilla von Lord und Lady Beaufort innehielt. Auf den Straßen herrschte ein geschäftiges Treiben. Kutschen fuhren vorbei, Wagen brachten Lieferungen zu den Häusern, wo sie von den jeweiligen Belegschaften entgegengenommen wurden. Laufburschen kreuzten ihren Weg. Miss Delagore betrachtete das Haus, unentschlossen, was sie tun sollte. Dann erblickte sie einen jungen Mann, der einen Wagen steuerte und offenbar den Lieferanteneingang der Villa zum Ziel hatte. Miss Delagore kannte ihn nicht, dennoch fasste sie Mut und folgte dem Gespann. Weitere Angestellte kamen aus dem Haus, um die Waren entgegenzunehmen, und Miss Delagore wartete in einiger Entfernung. Alles schien seinen gewohnten Gang zu gehen, und niemand von ihnen wirkte aufgebracht oder in Sorge, gerade so, als hätte Mistress Fanny Holworth nie hier gearbeitet.

Miss Delagore wartete, bis die Waren entladen und fortgebracht worden waren und die Belegschaft wieder im Gebäude verschwunden war. Der Herbstwind blies totes Laub vor sich her, das über die sauberen, gepflasterten Straßen raschelte. Dann verließ eine Angestellte das Haus, ein junges Dienstmädchen, das sie flüchtig aus dem East End kannte, und Miss Delagore beschloss, ein letztes Mal ihr Glück zu versuchen. Sie überquerte die Straße und fiel neben ihr in dasselbe Tempo.

„Hallo", sprach sie das Mädchen an. „Wir kennen uns vom Sehen, nicht wahr? Ich bin Amanda Delagore, eine Freundin von Fanny Holworth ..."

Die Angestellte blickte sich um, ehe sie antwortete.

„Ich weiß, wer du bist. Was willst du?"

Miss Delagore stutzte. „Ich ... suche nach Fanny. Ihre Familie macht sich große Sorgen."

„Wir dürfen nicht darüber sprechen", sagte das Dienstmädchen, ohne stehen zu bleiben.

„Wie meinst du das?"

„Hör zu, ich brauche diese Anstellung. Ich kann es mir nicht leisten, sie zu verlieren."

„Ich verstehe nicht ... ist etwas vorgefallen? Mit Fanny?"

„Nein ... ich weiß es nicht. Aber die gesamte Belegschaft wurde angehalten, nicht darüber zu sprechen. Die Haushälterin, meine Vorgesetzte, sagte, das Gerede missfiele den Hausherren ... es sorge für unnötiges Aufsehen und Unruhe. Sie sagte, eine Belegschaft müsse ordentlich und diszipliniert sein und könne sich nicht wie ein Haufen schnatternder Gänse benehmen. Das

Gerede aus dem East End habe in einem angesehenen Hause wie unserem nichts verloren. Und auf keinen Fall ein Wort zu Außenstehenden ... also lass mich bitte in Ruhe. Wenn uns jemand sieht ..."

Miss Delagore blickte sich nun ebenfalls um. Wagen fuhren die Straßen entlang, Postboten gingen ihres Weges, und zwei feine Damen führten ihre kleinen Hunde an der Leine.

„Aber hier ist doch niemand. Wer sollte uns hier ...?"

„Ich sagte Nein, hörst du! Es tut mir leid."

Sie packte den Korb, der an ihrem Arm hing, fester und eilte davon. Miss Delagore blieb stehen und fröstelte – nicht nur wegen des Windes, der um ihre Schultern blies.

***

Als sie einige Zeit später wieder am Anwesen von Lady Ambervale ankam, hatte sie jeglicher Mut verlassen. Sie schob den Schlüssel ins Schloss, öffnete die Tür zum Dienstboteneingang und wünschte sich nichts mehr, als sich in der Ruhe und Stille dahinter verkriechen zu können. Aber kaum hatte sie ihre Kleider aufgehängt, hörte sie die Stimme ihrer Hausherrin.

„Mandy, bist du das?"

„Ja, Mylady. Bitte verzeiht ..."

„Sei so gut und komm nach oben, ja? Und spute dich!"

„Sehr wohl, Madam."

Miss Delagore eilte die Treppe hoch ins Studierzimmer.

„Was kann ich für Euch ...?" Sie stockte.

„Komm zu mir. Ich möchte dir etwas zeigen!"

Lady Ambervale stand vor einem großen Plakat, das sie mit Reißzwecken an einer der Wände angebracht hatte, an der noch am Morgen Bilder gehangen hatten. Sie hatte sie abgenommen und an eines der Regale gelehnt, in dem unzählige ihrer Bücher lagerten, ein Großteil noch aus der Sammlung ihres Vaters, die sie zusammen mit allem anderen geerbt hatte.

Auf dem Fußboden lagen aufgeschlagene Bücher verteilt, und direkt auf dem Plakat befanden sich Notizen und rote und grüne Linien, die kreuz und quer verliefen wie auf der Zeichnung eines kleinen Kindes.

„Mylady, geht es Euch gut? Kann ich …?"

„Komm näher! Sieh es dir an!"

Miss Delagore machte einige zögerliche Schritte.

„Was … ist das?"

„Eine Karte", antwortete Lady Ambervale grinsend und wischte sich über die glänzende Stirn. Sie hatte die Ärmel ihres Kleides hochgerollt, und ihr Haar hing in alle Richtungen aus dem Knoten heraus, den sie mit einigen Klammern zusammengesteckt hatte.

„Eine Karte wovon?", fragte Miss Delagore. Sie bemühte sich, die Aufzeichnungen zu lesen, konnte die Augen jedoch nicht von ihrer Herrin nehmen. Dann ertappte sie sich dabei, dass sie sich wieder um sie sorgte, und blickte rasch zurück auf die Karte.

„Oh, das … sieht sehr interessant aus", sagte sie und bemühte sich, ebenfalls zu lächeln.

„Es ist eine Nachbildung von Mistress Holworths Arbeitsweg, von der Church Street … bis zu ihrer Wohnung in Stepney. Und hier drüben …" Sie packte Miss Delagore am Arm und führte sie zu einer weiteren Stelle, an der sie Papiere an die Wand geheftet hatte.

„Das ist eine Aufstellung aller Personen, die ihr nahestehen, und hier haben wir alle Personen, die sie an jenem Freitag vor sechs Tagen gesehen haben könnten."

„Das ist eine überraschend lange Liste ..."

„Ja, ein großer Teil davon sind Platzhalter, und die tatsächlichen Personen müssen erst noch gefunden werden, aber es ist ein Anfang."

Miss Delagore seufzte.

„Nur dass ein Großteil von ihnen nicht mit uns reden wird."

„Warum nicht?"

„Die Angestellten der Beauforts haben strenge Anweisungen, kein Wort über die Sache zu verlieren. Probleme aus dem East End haben in einem feinen Haus nichts verloren."

„Ich verstehe. Nun, dann müssen wir eben andere Wege finden ... Wir beginnen mit den Personen am oberen Ende dieser Liste. Diejenigen, die ihr nahestehen, wissen möglicherweise mehr über den Grund ihres Verschwindens, und die hier ... nun, diese finden wir vermutlich entlang des Arbeitsweges. Irgendjemand muss sie gesehen haben. Wir suchen nach dem Grund ihres Verschwindens, nach dem exakten Zeitpunkt und dem Ort ... je enger wir diese drei Faktoren eingrenzen können, desto eher gelingt es uns, sie zu finden."

„Und ... wenn sie gar nicht gefunden werden will?"

„Wie meinst du das?"

„So wie die Angestellten der Beauforts ... sie wollen nicht darüber sprechen. Was, wenn Fanny nicht gefunden werden will?"

„Du meinst, sie hüten ein Geheimnis? Welchen Grund hätte sie?"

„Ich weiß es nicht. Es ist alles so … verwirrend. Sie würde doch nie ihr Töchterchen zurücklassen, oder?"

„Tja. Genau das gilt es, herauszufinden." Lady Ambervale blickte erneut auf ihre Aufzeichnungen. „Wenn wir Mistress Baker Glauben schenken, dann ist Fanny eine fürsorgliche und liebevolle Mutter. Sie hat sich darauf gefreut, an jenem Freitag nach Hause zu kommen, und Arthur ist ein guter Vater und Ehemann. Allerdings wüsste sie, dass die kleine Lilly bei Mistress Baker in guten Händen wäre. Und laut der Auskunft unseres geschätzten Constable bei der Polizei steht sie mit keinem der gemeldeten Verbrechen an jenem Abend in Verbindung. Wie war gleich sein Name?"

„Daniels, wenn ich mich recht erinnere. Constable Porter Daniels."

Lady Ambervale ergänzte den entsprechenden Eintrag auf ihrer Liste.

„Möglicherweise können wir das noch einmal prüfen … ich könnte Erkundigungen einholen über Verbrechen und Meldungen zu anderen Vorkommnissen, die an jenem Abend bei der Polizei eingingen, von allen Orten entlang dieser Route."

Lady Ambervale machte sich erneut Notizen auf einem Stück Papier. Sie schrieb:

Polizeiwachen
Haushälterin
Lord und Lady Beaufort

„Die Beauforts?", fragte Miss Delagore.

„Ja. Möglicherweise", entgegnete Lady Ambervale, nachdem sie erneut darüber nachgedacht hatte. „Es erscheint mir ungewöhnlich, dass sie dem Gerede aus dem East End solche Bedeutung beimessen. Allerdings muss es nichts heißen – vermutlich tut es das nicht. Immerhin sind sie ihre Dienstherren, und es erscheint mir nur logisch, wenn wir bei den Personen an ihrem Arbeitsplatz beginnen sowie bei ihren Freunden und ihrer Familie. Das sind die Menschen, mit denen sie die meiste Zeit verbrachte. Wenn es kein Verbrechen und kein Unfall war, der zu ihrem Verschwinden führte, dann muss jemand von ihnen etwas wissen."

„Mylady ...", Miss Delagore betrachtete erneut ihre Hände, während sie sprach. „Bitte verzeiht mir, aber wollt Ihr diese Mühen wirklich auf Euch nehmen? Es ... wird Gerede geben ... und ich fühle mich unwohl dabei, Euch mit dieser Sache zur Last zu fallen. Vielleicht ist es das Beste, wenn wir die Dinge auf sich beruhen lassen? Fanny wird bestimmt bald wieder auftauchen ... ganz so, wie die Polizei es gesagt hat. Alles, was wir brauchen, ist lediglich ein wenig Geduld."

Lady Ambervales Blick gefror, aber sie schalt sie nicht.

„Mandy, glaubst du tatsächlich, dass sie von allein wieder auftauchen wird? Ebenso plötzlich, wie sie verschwunden ist?"

„Ich weiß es nicht. Aber ... ich möchte nicht, dass Ihr meinetwegen Ärger bekommt."

„Ärger? Ich bin selbst für meine Entscheidungen verantwortlich, ich allein. Und daran wird niemand etwas ändern, auch du nicht, Mandy."

„Gewiss, Mylady."

„Hier." Lady Ambervale legte eine Schreibfeder in Miss Delagores Hand. „Ergänze die Namen, die dir einfallen. Ich werde in der Zwischenzeit Tee aufsetzen."

Miss Delagore stand mit der Feder in der Hand da und wusste nicht, ob sie sich freuen oder schämen sollte. Sie betrachtete die Unordnung, dachte daran, wie viel Arbeit es sein würde ... dann legte sie die Feder auf den Schreibtisch und eilte aus dem Zimmer.

„Lady Ambervale, Mylady, bitte, ich bereite den Tee für Euch, macht Euch keine Umstände."

„Es macht mir keine Umstände! Ich habe zwei gesunde Arme und Beine. Jetzt sieh zu, dass du die Namen auf die Liste schreibst."

Miss Delagore erkannte, dass ihre Herrin keinen Widerspruch duldete, und begab sich zurück in das Studierzimmer.

„Sehr wohl, Mylady."

Dort nahm sie erneut die Feder zur Hand, blickte auf die unzähligen aufgeschlagenen Bücher und Notizen sowie die Karte, die Lady Ambervale angefertigt hatte. Sie hatte es sich in den Kopf gesetzt, Fanny zu finden. War es nicht das, was sie gewollt hatte? Hatte sie ihr nicht deswegen davon erzählt? Miss Delagore wusste es nicht. Vielleicht hatte sie sich tröstende Worte erhofft oder einen guten Rat. Aber ein völlig verwüstetes, unkenntlich gemachtes Studierzimmer? Damit hatte sie bestimmt nicht gerechnet. Nachdem sie ihre Bedenken und ihre erneut aufkeimende Sorge unterdrückt hatte, begann sie Mistress Holworths Arbeitsweg mit dem Finger nachzufolgen. Sie prüfte die Listen, ergänzte Namen und dachte abermals nach.

„Was, wenn das alles nur ein riesengroßes Missverständnis ist?", grübelte Miss Delagore, als Lady Ambervale das Zimmer betrat und ein Tablett mit einer Kanne und zwei Tassen hereintrug.

„Ist es das, was du ihrer Tochter sagen möchtest?", entgegnete Lady Ambervale. „Dass wir wussten, dass niemand nach ihr suchen würde, und uns dann dazu entschlossen, es ebenfalls nicht zu tun? Aus Sorge um unseren guten Ruf?"

„Nein, ich …"

„Es gibt auf dieser Welt bereits genug Töchter, die ohne ihre Mütter aufwachsen müssen. Diese hier hat eine, und ich werde sie ihr zurückbringen."

„Und wenn es uns nicht gelingt?"

„Dann … gelingt es nicht. Aber wir werden alles in unserer Macht Stehende getan haben. Und wir werden keine Reue in unseren Herzen tragen."

Bei dem letzten Teil war sich Lady Ambervale nicht sicher, aber sie wusste, dass Miss Delagore diese Worte hören musste.

„Also gut", sagte sie dann. „Legen wir uns einen Plan zurecht, wie wir Mistress Holworth zu finden gedenken."

- 7 -

Lord Archibald Whitmore

Die folgenden zwei Tage verbrachte Miss Delagore damit, Erkundigungen bei allen Polizeistationen entlang Mistress Holworths üblichem Arbeitsweg einzuholen. Sie befragte Kaufleute, Postboten, Händler und Kutscher, deren Routen sie entlang derselben Strecke führten. Sie sprach mit einigen der Straßenkinder, die in nahe gelegenen Seitengassen ihre Quartiere aufgeschlagen hatten.

„Ist sie gläubig?", fragte Lady Ambervale am Nachmittag des zweiten Tages und schickte sie mit einer Liste aller umliegenden Kirchenhäuser erneut aus. Als sie spätabends eine Waschschüssel mit heißem Wasser füllte und ihre Füße hineinsteckte, brannten Miss Delagores Fußsohlen, ihre Beine zitterten vor Überanstrengung, und zwischen einigen ihrer Zehen hatten sich Blasen gebildet.

Die Ergebnisse, die sie an Lady Ambervales Wand auf der Karte und in ihren Listen zusammengetragen hatten, waren umfangreich, aber dennoch hatten sie nicht den gewünschten Effekt erzielt. Mistress Holworth blieb weiterhin verschwunden.

Einer der Postboten hatte davon berichtet, an jenem Abend eine junge Frau gesehen zu haben, auf die Mistress Holworths Beschreibung passen konnte. Sie sei allein unterwegs gewesen und entlang der Whitechapel Road in Richtung Stepney gelaufen. Aber es wäre bereits dunkel gewesen, und er könne nicht mit Sicherheit sagen, ob es sich tatsächlich um Fanny gehandelt habe. Die Dienstkleidung wäre jedenfalls deutlich erkennbar gewesen. Auf ihre Frage hin gab er an, dass es gegen neunzehn Uhr gewesen sein musste, vielleicht auch eine halbe Stunde später.

Eines der Straßenkinder, ein Mädchen mit roten Locken und Sommersprossen, die wie Zimtstreusel ihr gesamtes Gesicht bedeckten, hatte Miss Delagore erzählt, sie hätte an jenem Abend mehrere junge Frauen gesehen, die als Hausangestellte arbeiteten. Sie konnte sich allerdings an eine bestimmte erinnern, die vor sich hin gesummt und ihr einige Pennys in die Hand gedrückt hatte. Sie hatte dunkles, beinahe schwarzes Haar gehabt und freundliche, leuchtend blaue Augen – eine Beschreibung, die auf Mistress Holworth zutraf. Allerdings war sich Miss Delagore nicht sicher, ob ihr das Mädchen in der Hoffnung auf einige weitere Pennys nicht einfach nur erzählt hatte, was sie von ihr hören wollte.

Der Priester einer vergleichsweise kleinen Kirche, der St Mary-at-Hill nahe der Themse, hatte ihr mitgeteilt, dass eine junge Dame zu Füßen der Marienstatue gebetet und eine Kerze angezündet hätte, und er hätte den Eindruck gehabt, sie wäre unruhig oder sogar aufgeregt gewesen. Allerdings hätte sie die Kirche wieder verlassen, ehe er sich um sie kümmern konnte. Er hätte ihr Gesicht nicht gesehen und könnte deshalb ihre Augenfarbe nicht benennen, aber sie hätte ziemlich sicher dunkles Haar gehabt und eine dunkle Weste getragen. Freilich trugen viele Menschen in London dunkle Westen und Mäntel im Herbst, wenn die Luft kalt und feucht war.

Die Constables von der Polizeistation an der Whitechapel Road hatten Miss Delagore von einem Raubüberfall und einer Schlägerei berichtet, die sich am Freitagabend zugetragen hatten. Keines der Opfer war eine junge Frau gewesen, und darüber hinaus wären keine Meldungen bei ihnen eingegangen.

***

Lady Ambervale und Miss Delagore standen im Studierzimmer vor den Ergebnissen ihrer Arbeit, abgekämpft und müde, mit glänzender Stirn und nassen Rändern unter den Achseln. Und dennoch fehlte von Mistress Holworth weiterhin jede Spur.

„Möglicherweise ein Unfall, der nicht der Polizei gemeldet wurde?", grübelte Lady Ambervale und machte sich eine Notiz, alle Armen- und Krankenhäuser in der Umgebung auf eine weitere Liste zu setzen, um dort ebenfalls Erkundigungen einzuholen. Die beiden Frauen tranken Tee, Lady Ambervale vor ihren Aufzeichnungen auf und ab schreitend, Miss Delagore still und nahezu reglos stehend.

„Zu Beginn, am westlichen Ende der Whitechapel Road, hat man sie noch gesehen. Dann hier, nahe der Mile End der Bericht des Straßenmädchens, dem sie ei-

76

nige Pennys geschenkt hat. Doch hier, etwa ab der halben Strecke die Mile End entlang, verliert sich ihre Spur.“

„Und die Frau in der alten Kirche, St Mary-at-Hill?“

„Mag sein, dass sie es war. Der Priester konnte sich nicht an die genaue Uhrzeit erinnern und auch nicht mit Sicherheit bestätigen, dass es sich bei der Frau um Mistress Holworth handelte.“

„Und ... falls sie danach einfach die Docks entlanggelaufen ist?“, fragte Miss Delagore, während sie die Karte studierte.

Lady Ambervale fuhr die Strecke mit den Fingerspitzen ab.

„Du meinst, ohne auf die Mile End zurückzukehren? Das wäre möglich ... falls sie ihren Mann an den Docks besuchen wollte ... Jedenfalls spricht bisher nichts dafür, dass sie bewusst fortgegangen wäre. Sie trug weder Koffer noch sonstiges Gepäck bei sich. Und soweit wir wissen, hätte sie keinen Grund gehabt, einfach zu verschwinden. Und wohin hätte sie auch gehen sollen? Nahezu ihre gesamte Familie lebt hier in der Stadt, genauer gesagt in Stepney. Also ... wo ist sie hin?“

Miss Delagore hielt ihre Tasse mit beiden Händen und zog sie näher an sich, als würde sie ihr nicht nur Wärme, sondern auch Trost spenden.

„Ich weiß es nicht“, sagte sie. „Ich kenne sie schon so lange, und dennoch habe ich das Gefühl, überhaupt nichts über sie zu wissen ...“

„Ja“, entgegnete Lady Ambervale. „Dasselbe hat ihre Mutter auch gesagt. Merkwürdig, nicht?“ Sie wusste, dass sie vor der naheliegendsten Lösung herumtanzten wie zwei junge Debütantinnen vor ihrem ersten großen Ball, dass sie sich davor drückten. Aber noch fühlte sie sich nicht bereit für ein Gespräch mit Arthur Holworth. Aus irgendeinem Grund hatte sie das Gefühl, dass ihr noch wesentliche Informationen fehlten und sie noch nicht genug wusste. Sie schimpfte sich einen Feigling ... aber sie hatte Mistress Baker ein Versprechen gegeben. Eines, das sie wohl demnächst würde brechen müssen.

„Es gibt vieles, was wir noch in Erfahrung bringen müssen. Aber ich fürchte, ohne den genauen Grund für ihr Verschwinden zu kennen, kommen wir nicht weiter. Und es gibt nicht mehr allzu viele Personen, die wir fragen können ... Sind in den letzten Tagen Einladungen eingetroffen?"

„Einladungen, Mylady?"

„Für Feierlichkeiten, Dinners, sonstige Anlässe?"

„Ähm, ja ... ein paar. Aber nachdem Ihr sie niemals ansehen wolltet ... ich weiß, Ihr habt angeordnet, ich solle sie zum Anzünden des Ofens verwenden, aber ... irgendwie habe ich es nicht übers Herz gebracht. Einige davon sind recht hübsch gestaltet ... verzeiht mir."

„Gut ... das ist sogar sehr gut, Mandy. Bitte bringe mir alle davon, und anschließend sieh zu, dass meine Kleider bereitliegen."

Miss Delagore machte große Augen.

„Natürlich, Madam."

„Wir werden zwei Dinge tun, Mandy. Auch wenn es ihnen nicht gefällt, wirst du weiterhin die Angestellten der Beauforts im Auge behalten. Folge ihnen, notiere alles, was dir merkwürdig erscheint."

„Sehr wohl. Und ... die zweite Sache?"

„Um die werde ich mich selbst kümmern."

„Seid Ihr …?"

„Ja, bin ich. Ich bin mir sicher, dass, wenn wir es nicht tun, niemand nach Mistress Holworth suchen wird. Also lass uns keine Zeit verlieren."

***

Das Parfüm an ihren Handgelenken und den Seiten ihres Nackens duftete nach Blüten aus fernen Ländern, und ihr Kleid war opulent gestaltet, aus edlen violetten und roten Stoffen genäht und mit filigranen, goldglitzernden Details verziert. Miss Delagore hatte ihr beim Ankleiden geholfen, ihr den Schmuck angelegt und das Haar zu einer aufwendigen Steckfrisur zurechtgemacht. Der Abend war kühl, und dennoch hatte sie das Gefühl, vor Hitze vergehen zu müssen, während die Aufregung durch ihre Adern schoss.

„Lady Lydia Ambervale", rief der Bedienstete an der Tür, und sie trat in den hell erleuchteten Saal, nahm ein Glas entgegen, das ihr ein Angestellter auf einem silbernen Tablett anbot, und lächelte, während sich ihr die Gesichter zuwandten – alle Gesichter – und die meisten Gespräche für einen kurzen Moment verstummten. Vom anderen Ende des Saals ertönte Musik, und die Kristalle der Kronleuchter brachen das Licht der Kerzen zu einem Schauspiel aus tanzenden Lichtpunkten, während die üppigen Colliers der anwesenden Damen funkelten, als würden sie unentwegt um die Aufmerksamkeit der Anwesenden wetteifern. Manche ihrer Trägerinnen, die in Grüppchen zusammenstanden, hielten ihre behandschuhten Hände vor den Mund, um dahinter einige Worte zu wechseln. Lady Ambervale lächelte, so wie sie lächelten, ihr zunickten und hinter der perfekt sitzenden Fassade tuschelten. Heuchelei, dachte sie, während sie sich einige Schritte in den Saal hineinwagte. Niemand war, wie er vorgab zu sein. Einer der Männer löste sich aus einer Gruppe, mit der er in eine Unterhaltung vertieft gewesen war, und trat vor sie, während um sie herum die Gespräche allmählich wieder aufgenommen wurden und der Ausrufer am Empfang die Ankunft des nächsten Paares verkündete.

„Lady Ambervale, erlaubt mir, dass ich mich Euch vorstelle, mein Name ist Lord Archibald Whitmore." Er streckte ihr die Hand entgegen, sie legte die ihre darüber, und er hauchte einen Kuss darauf. Eine Formalität, die ihm dennoch großes Vergnügen zu bereiten schien.

„Herzlich willkommen." Er trug einen blau schimmernden Rock über seinem Hemd, und sein gewelltes rötliches Haar hing ihm in die Stirn.

„Es freut mich, Eure Bekanntschaft zu machen, Lord Whitmore. Das Ambiente ist überaus geschmackvoll – sehr exquisit."

„Ich danke Euch." Er wippte von einem Bein aufs andere. „Ich bin neu in der Stadt und freue mich, falls mir der Einstand geglückt sein sollte."

Lady Ambervale musste grinsen.

„Nun, ich denke, der Auftakt ist Euch gelungen."

„Ach, bitte verzeiht mir, ich muss schon wieder weiter. Ich hoffe, Ihr amüsiert Euch gut. Oh, und Ihr müsst unbedingt die Horsd'œuvres probieren. Die sollen vorzüglich sein …"

Er warf einen Blick auf das Paar, das soeben den Saal betrat, nicht ohne sich ein weiteres Mal zu Lady Ambervale umzudrehen. Seine Augen funkelten wie helle Kristalle.

„Es hat mich wirklich sehr gefreut."

Dann atmete er tief durch, und Lady Ambervale konnte nicht anders, als ebenfalls zu lächeln.

„Mich ebenso. Aber ..." Sie stockte, denn sie hatte ihm raten wollen, dass er, wenn er in der Stadt überleben wollte, möglichst rasch lernen sollte, seine Gefühle nicht allzu offen zur Schau zu stellen, entschied dann aber, dass es genau dieser Umstand war, der ihre Begegnung zu einer angenehmen Abwechslung gemacht hatte.

„Ja?"

„Ach, nichts. Ihr müsst weiter, man wartet auf Euch."

„Ja, richtig. Verzeihung."

Er riss sich los und spurtete zum Eingang, um das Paar in Empfang zu nehmen und ihm seine Aufwartung zu machen. Ein Neuling auf dem Parkett der Stadt, und sie hatte es nicht übers Herz gebracht, ihn zu warnen. Sie konnte nur hoffen, dass es ihm irgendwie gelingen würde, sich diese Unbedarftheit zu bewahren. Aber die Chancen dafür standen vermutlich nicht gerade gut.

Lady Ambervale ließ ihren Blick durch den Raum gleiten. Vielerorts schien sie immer noch das Thema der Stunde zu sein. Immer wieder hob sich das eine oder andere Augenpaar und fixierte sie gerade lang genug in der Hoffnung, dass sie es nicht bemerken würde, aber Lady Ambervale konnte ihre Gespräche förmlich hören.

„Oh, seht da. Ist das nicht die Tochter des verstorbenen Lord Ambervale?“

„Was will sie hier?“

„Ich hörte, sie wäre aufgrund der Trauer schwachsinnig geworden.“

„Ich hörte, sie lebt allein. Ohne Ehegatten, ohne Belegschaft. Ohne sonstigen Mann, der sich um ihre Angelegenheiten kümmert.“

„Ihre Gärten sollen in einem grauenvollen Zustand sein.“

„Oh, nicht nur die …“

„Ist es, weil sie niemanden erträgt?“

„Oh nein … es ist vielmehr, weil niemand sie erträgt.“ Gekicher und Getuschel.

„Ich hörte, sie hätte die Stadt verlassen.“

„Ich hörte, sie wäre tot.“

„Ich hörte …“

„Schweig still, da kommt sie!“

Und erneut dieses grässliche Lächeln – mit dem sie einem das Messer ins Herz rammten. Sie ging durch den Saal, um sich einen Platz zu suchen, und ihre Hand verkrampfte sich um das Glas, in dem der teure Champagner vor sich hin perlte.

„Es wird leichter, wenn man ihn trinkt“, sagte eine Stimme zu ihrer Rechten, und sie zuckte zusammen.

„Randolph!“

„Lady Lydia Ambervale.“

Lord Randolph Lancaster sah sie an, und sein Blick war derselbe wie damals, vor Jahren – vor einer gefühlten Ewigkeit. Er trug einen dunkelroten Gehrock, der eng um seine kräftigen Schultern saß und gut zu seinem dunklen Haar passte – und zu seinen dunklen Augen.

„Was führt dich in diese Schlangengrube?"

Er leerte sein Glas in einem Zug, stellte es ab und ersetzte es umgehend durch zwei volle, die er mit beiden Händen vom Tablett eines Dieners fischte.

„Ich freue mich, dich zu sehen", sagte sie, ohne Zeit gehabt zu haben, darüber nachzudenken, und zu ihrer Überraschung stellte sie fest, dass es der Wahrheit entsprach. Sie war froh über seine Gesellschaft, hier in dieser Schlangengrube, wie er es nannte.

„Wie geht es dir?"

Er trank, wischte sich über die Lippen und dachte einen Moment nach.

„Ganz gut, denke ich." Er grinste, erwiderte die Frage nicht, musterte sie einen Augenblick länger, als angebracht gewesen wäre, und sagte: „Du siehst umwerfend aus, Lydia. Ganz wie früher. Wie immer."

Lady Ambervale hütete sich vor jeglicher Antwort darauf. Nicht aus Angst vor den Konsequenzen oder aus Sorge, seine Gefühle zu verletzen.

„Man beobachtet uns", sagte sie und hielt ihr Lächeln aufrecht.

„Natürlich, sie glotzen immer. Aber kannst du es ihnen verübeln? Sie sind wie Mücken, die sich am Blut der Lebenden laben. Sie verstehen Menschen nicht, die anders sind."

„Seltsam?"

„Nein ... außergewöhnlich." Er grübelte. „Ein wenig bemitleide ich unseren armen Lord Whitmore. Du stiehlst ihm die Schau. Sie werden tagelang über nichts anderes sprechen."

„Nun, vielleicht ist das der Einstand, den er sich erhofft hat."

„Bist du deswegen hier?"

„Nein. Ich kenne ihn nicht. Tatsächlich habe ich die Gesellschaft vermisst."

Lord Lancaster prustete los, und Lady Ambervale musste ebenfalls lachen und nippte an ihrem Glas.

„Lady Mildred und Lord William Beaufort", rief der Ausrufer, und sie blickten zum Eingang, wo die beiden bereits von Lord Whitmore in Empfang genommen wurden. Lord Beaufort trug sein dünnes Haar zurückgekämmt und stützte sich mit seinem linken Arm auf einen eleganten Gehstock, während er die Hand des Gastgebers schüttelte und seine Frau mit stoischer Ruhe und einem gemeißelten Lächeln, mit geradem Rücken, perfekt sitzendem Kleid und einem funkenden Collier um ihren schlanken Hals an der Seite ihres Gatten wartete. Währenddessen schien sie das Ausmaß der neidvollen und bewundernden Blicke abzuwägen, die sie auf sich zog, und die Aufmerksamkeit für angemessen zu erachten. Lord Lancaster leerte ein weiteres Glas und ersetzte es durch ein neues, das er Lady Ambervale reichte, obwohl sie ihres gerade erst angetastet hatte.

„Ich weiß nicht, ob ich dich willkommen heißen oder mir Sorgen um dich machen soll", sagte er. „Aber es ist schön, dich zu sehen. Bitte entschuldige mich."

Er legte die Hand auf ihren Arm, wo sie die Berührung immer noch fühlen konnte, während er sich seinen Weg zum Eingang bahnte, Lord Beaufort die Hand schüttelte und sie gemeinsam zu einem Tisch schlenderten.

Lady Ambervale blieb allein zurück, mit zwei Gläsern in den Händen. Sie stellte eines auf einer Kommode ab, von wo es einer der Bediensteten umgehend entfernte und auf sein Tablett hob, und entschied, einen Ausgang zu einer der Terrassen zu suchen, um ein wenig frische Luft zu schnappen. Sie wusste nicht, wie viele Monate es her war, seit sie keinen Einladungen mehr gefolgt war und keine Veranstaltungen wie diese mehr besucht hatte, keine Galas, keine Partys, keine Dinner. Waren es drei Jahre gewesen, vier – oder mehr? Sie hatte alle Brücken abgebrochen, und nun schwirrte ihr aufgrund der vielen Menschen und der dröhnenden Lautstärke im Raum der Kopf. Die Musik spielte zu einer niemals enden wollenden Kakofonie an Stimmen. Wortfetzen bahnten sich einen Weg in ihr Gehör und ihren Verstand wie eine Gruppe Schaulustiger, die sie nie hereingebeten hatte. Sie wankte durch eine verglaste Tür in einen Wintergarten, von dem aus sie auf die Terrasse gelangte, wo sie endlich das Gefühl hatte, wieder Luft zu bekommen.

Ihr Atem bildete dünne Wolken, während sie verschnaufte und die kühle Nachtluft an ihre Haut drang, als würden sich Hunderte eisige Schmetterlinge darauf niederlassen.

„Ganz schön laut, nicht wahr?", sagte eine Stimme, und die Silhouette einer Frau, die am anderen Ende der Balustrade gestanden hatte, löste sich aus den Schatten. Lady Ambervale wusste, wer sie war.

„Lady Lancaster. Guten Abend. Schön, ein vertrautes Gesicht zu sehen."

„Guten Abend." Die Frau kam auf sie zu. „Manchmal ist die Stille gar keine schlechte Gefährtin." Sie lächelte. „Aber ich muss wieder hinein, sonst ende ich hier draußen noch so festgefroren wie unsere Schiffe im arktischen Eis."

„Ihr interessiert Euch für die Erkundung der Nordwestpassage?"

„Nicht allzu sehr ... weniger für die Passage als vielmehr für die unsäglichen Opfer, die diese Männer bereit sind, auf sich zu nehmen. Die Entbehrungen, die sie erdulden. Ihr Heldenmut sollte uns Anerkennung abverlangen, findet Ihr nicht? Dennoch stimmt er mich melancholisch. Das klingt sicherlich albern, nicht wahr?"

„Ganz und gar nicht. Ich interessiere mich ebenfalls für die Wissenschaften, wobei ich mir nicht ganz sicher bin, ob es hierbei tatsächlich um Entdeckergeist geht."

„Natürlich nicht. Es geht um Profit und das Prestige unserer königlichen Nation. So wie bei allem, was von Belang ist. Nun ja ... ich muss jetzt wirklich wieder hinein."

„Selbstverständlich."

„Es war schön, mit Euch zu plaudern, Lady Ambervale."

„Ja ... das finde ich auch."

Lady Ambervale wusste nicht, wie sie sich ein Gespräch mit Randolphs Gattin vorgestellt hatte, fand aber, dass es schlimmer hätte verlaufen können. Tatsächlich empfand sie es sogar als tröstlich, eine Person getroffen zu haben, die sich ebenfalls für ungewöhnliche Themen interessierte. Sie schlenderte die Terrasse entlang um das Anwesen und begann, einige der Kutschen zu beobachten, die der Reihe nach am Eingang vorfuhren, um ihre parfümierten und in feinste Stoffe gekleideten Passagiere am Fuße der Treppe herauszulassen. Sie sah Gesichter von früher, manche, die sie noch aus den Tagen ihres Vaters kannte. Es war beinahe so, als wäre sie nie wirklich weg gewesen, und das stimmte sie auf eine eigentümliche Weise traurig. Sie trank ihr Glas leer, stellte es auf die Balustrade und ging wieder hinein.

Sie versuchte, sich auf ihre Aufgabe zu konzentrieren, und fragte sich, wie sie all das ertragen sollte. Eine junge Adelige, die sie nicht kannte, kam auf sie zu, hakte sich bei ihr unter und sagte: „Verzeiht mir, ich muss kurz verschnaufen, gleich kommt der Tanz, und ich hatte wohl ein, zwei Gläschen mehr, als gut dafür wäre. Aber ... so einen Tanz will man sich nicht entgehen lassen, findet Ihr nicht auch? Wo sonst sollte man anständige Lords von den unanständigen zu unterscheiden lernen, nicht wahr? Werdet Ihr tanzen? Oh, Ihr müsst mich begleiten, kommt!"

Lady Ambervale stockte, doch die Unbefangenheit der jungen Frau, die sich ihr als Lucy vorstellte, war ansteckend, und so kam eines zum anderen. Lady Ambervale wurde deren Freunden vorgestellt und dann auf die Tanzfläche entführt, wo sie irgendwann wieder Lord Whitmore in die Arme lief.

„Und, wie gefällt es Euch? Ich hoffe, Ihr amüsiert Euch gut?", fragte er, als er sie in den Armen hielt.

„Oh, ja", antwortete sie, und die Bewegungen des Tanzes und die Ausgelassenheit der Gäste führten dazu, dass sie sich zu ihrer eigenen Überraschung ebenfalls

entspannte und lachte. „Ja, ich finde, Euer Einstand
hätte nicht grandioser sein können!"

Sie sah das rosige Glühen auf seinen Wangen, das zur
Hälfte gewiss von Freude stammte und zur Hälfte möglicherweise von dem einen oder anderen Glas Champagner, das er sich gegönnt hatte, um seine Nerven zu
beruhigen.

„Ich finde, Ihr seid eine außergewöhnliche Frau, Lady
Ambervale!"

„Das ... ist sehr freundlich von Euch, Lord Whitmore.
Ihr seid ein wundervoller Gastgeber."

Sie tanzten und drehten sich, und als der Zeitpunkt
für den Wechsel gekommen war, verloren sie einander
wieder aus den Augen, und Lady Ambervale atmete
auf. Ihr blieb kaum Zeit, sich auf ihren neuen Tanzpart-
ner einzustellen, da wurde sie schon wieder weiterge-
wirbelt. Sie ließ ihren Blick, so gut sie konnte, über die
Gesichter schweifen, während sie ein klein gewachse-
ner, älterer Lord mit breiter Brust und schmalen Stel-
zenbeinen lachend über das Parkett führte.

„Ich weiß nicht, ob Ihr Euch an mich erinnert,
Mylady? Mein Name ist Lord Richard Calvert. Ich ... war
ein Freund Eures Vaters", sagte er und fügte hinzu: „Er
wäre sehr stolz, Euch so zu sehen."

Lady Ambervale hatte etwas antworten wollen und
den Mund geöffnet, weil auch sie den Lord wiedererkannt hatte, und schluckte. Ihr Kleid kam ihr plötzlich
zu eng vor, die Luft, die sie umgab, zu heiß, während
ihre Augen brannten und gleichzeitig die Eisschmetter-
linge ihre Haut erneut zum Kribbeln brachten. Seine
Hände, die sie überall zu berühren schienen, kamen ihr
klamm und feucht vor, und sie ekelte sich.

„Es ... oh, bitte verzeiht mir", sagte er. „Meine Freude, Euch zu begegnen, hat mich wohl ... mit sich fortgetragen, wie es scheint. Es tut mir leid. Ihr ... erinnert mich sehr an ihn."

Lady Ambervale blinzelte ihre Tränen weg und zog die Nase hoch, während sie den Tanz fortführten.

„Bitte, vergebt einem alten Narren."

„Es ... ist gut. Ich vermisse ihn ebenso."

„Nein. Ich bitte Euch aufrichtig um Entschuldigung, und ich möchte mein Angebot, das ich Euch vor Jahren machte, erneuern. Ich weiß nicht, ob Ihr Euch daran erinnert. Solltet Ihr jemals Unterstützung oder Rat benötigen oder einfach nur jemanden zum Reden brauchen, seid Ihr in meinem Hause jederzeit herzlich willkommen."

„Ich danke Euch, Lord Calvert."

Die Musik endete, und die meisten anderen Paare zogen sich zurück oder tauschten Plätze, um sich auf den nächsten Tanz vorzubereiten.

„Ich fürchte, meine Beine erzwingen eine Pause", sagte er und pustete. Er sah sie erneut entschuldigend an und ließ sie allein zurück. Und während die Musik wieder anhob und sich alle Paare in Bewegung setzten, verblieb Lady Ambervale starr und allein im Zentrum der Tanzfläche.

„Hat er dich angefasst, der alte Lüstling?", fragte Lord Lancaster, als er sie von hinten an der Hand fasste, zu sich herumdrehte und zur Melodie führte.

„Ach, Quatsch, nein", rief sie und lachte, trotz der Schwere, die sich auf ihre Brust gelegt hatte. Heuchlerin, dachte ihr Kopf, während ihr Mund plapperte: „Er war ein Freund meines Vaters."

„So?“ Lord Lancasters Augen glänzten wie trübe Glasgefäße, in die jemand große Mengen Champagner gefüllt hatte.

„Nun, ich denke, dafür kann ich ihn wohl schwerlich zu einem Duell fordern, was meinst du?“

„Nein, natürlich nicht! Er war überschwänglich und ... es geht mir gut, danke.“

Sie besann sich.

„Seit wann tanzt du?“

„Ich tanze nicht, ich eile zu deiner Rettung. Das ist ein wesentlicher Unterschied.“

„Ich verstehe. Dann sollte ich dir wohl danken.“

Sie entschied, dass dieser Zeitpunkt so gut war wie jeder andere.

„Du kennst Lord Beaufort?“

Er warf einen Blick zu dem Mann, der abseits der Tanzfläche mit einigen anderen Lords zusammenstand und sich auf seinen Stock lehnte.

„Seit vielen Jahren, um nicht zu sagen Jahrzehnten, wieso?“

„Wie ist er so?“

Er beäugte sie und grinste.

„Verheiratet.“

„Dummkopf, das meine ich nicht! Ich meine seine Art.“

Darüber schien er erst nachdenken zu müssen.

„Er ist einer meiner ältesten Freunde. Ein Offizier und Held der königlichen Krone. Er kämpfte während der Aufstände in den ostindischen Kolonien.“

„Interessant. Und wie ...?“

Sie deutete mit dem Kopf.

„Der Splitter einer Granate bohrte sich in seinen Rücken und hat wohl beschlossen zu bleiben. Wieso fragst du?“

Lady Ambervale biss sich auf die Lippen. Sie war mit dem Vorsatz hergekommen, sich nach den Beauforts zu erkundigen, zu sehen, wie sie sich verhielten, wie sie waren … jedoch mit Lord Lancaster über sie zu sprechen, darauf war sie nicht vorbereitet gewesen.

„Na, so schlimm wird es doch wohl nicht sein, oder?“

„Nein, mach dir keine Gedanken. Es ist … eines der Zimmermädchen der Beauforts ist verschwunden.“

Lord Lancaster schmunzelte.

„Und, hat sie das Tafelsilber gestohlen … oder die Pantoffeln?“

„Nein, ich suche nach ihr.“

Er glotzte sie an.

„Hat sie dir etwas gestohlen?“

„Niemand hat etwas gestohlen, sie ist einfach nur verschwunden.“

„Und?“

„Und seit über sechs Tagen hat niemand sie mehr gesehen.“

„Vielleicht ist sie verreist“, sagte er und hatte bereits wieder das Interesse verloren.

„Ja, vielleicht.“

Sie tanzten eine Zeit lang schweigend nebeneinanderher.

„Und was macht er jetzt, seit er nicht mehr im Dienst der Krone steht?“

„Wer? William? Geschäfte aller Art … Aber offen gestanden weniger erfolgreich, als ihm lieb ist. Das

Händchen, das er in der Schlacht hatte, fehlt ihm anscheinend für manch andere Dinge."

Er warf einen Blick auf Lady Beaufort, den sie nur schwer deuten konnte.

„Nun ja", sagte er, als der Tanz vorüber war.

„Ich danke Euch für meine Rettung, edler Ritter."

„Gern geschehen, holde Maid." Dann lachte er. „Aber du weißt ja, wie das ist. Heldenmut macht durstig. Also bis später ... schätze ich. Es war mir ein großes Vergnügen."

„Ja", antwortete sie, während er ihr bereits den Rücken zukehrte.

„Mir auch."

Den restlichen Abend verbrachte sie damit, das Geschehen aus der Ferne zu verfolgen. Sie grüßte noch den einen oder anderen alten Freund ihres Vaters. Auch die junge Lucy lief ihr ein weiteres Mal in die Arme und stellte sich ihr vor, als würden sie sich zum ersten Mal begegnen. Lady Ambervale stand in dem mit Menschen gefüllten Saal und fühlte sich einsamer, als sie es zu Hause in ihrem Studierzimmer je getan hätte. Lady Lancaster stand mit anderen Ladys in einem Pulk zusammen und lachte, die Beauforts nutzten den Anlass, um sich mit den ranghöchsten und einflussreichsten der anwesenden Lords zu besprechen, während Lord Lancaster eine Gruppe jüngerer Lords und Ladys mit einigen seiner Jagdgeschichten unterhielt, wobei sich eine der Damen an seinem Arm untergehakt hatte. Sie würde ihn nicht mehr bitten, ob er sie den Beauforts vorstellte – überblickte den Saal und fand die gedrungene Gestalt von Lord Calvert –, aber vielleicht hatte

sich an diesem Abend ja auch noch eine andere Möglichkeit aufgetan.

- 8 -

Lord Richard Calvert

„Lady Ambervale! Was für eine freudige Überraschung", rief Lord Calvert, als er sie am Morgen des folgenden Tages begrüßte. „Ich hätte nicht damit gerechnet, dass Ihr meiner Einladung so bald Folge leisten würdet."

Lady Ambervale betrat den Salon, als der Lord sich erhob und auf sie zukam, gefolgt von einem kleinen Terrier, der bellend um ihn herumsprang.

„Ach, Monty, schweig still!"

„Monty?", fragte Lady Ambervale, als er ihre Hand nahm.

„Oh, bitte verzeiht mir. Es … ich habe ihn nach Eurem Vater benannt. Es war seine Idee. Wir fanden das immer sehr amüsant. Seht!"

Er bemühte sich zu einer Kommode, während der Hund, der gerade noch gekläfft und wie ein Hüpfball auf und ab gesprungen war, plötzlich still saß und geduldig wartete.

„Schaut! Seht Ihr das? Er ist ein kleines, verschlagenes Monster."

Lord Calvert drehte sich herum und nahm ein kleines Stück, das er dem Hund in der offenen Hand hinhielt.

„Er liebt Dörrfleisch.“

Der Hund fraß, und kaum hatte er den Happen verschlungen, begann er wieder zu bellen und zu springen.

„Seht Ihr es? Er quält mich, dieser kleine Teufel! Chadwick! Kümmere dich um den Hund!“

Ein Bediensteter kam herbeigeeilt.

„Mylord?“

„Der Hund, Chadwick! Nimm das Tier! Es raubt mir meine Geduld, los, nimm ihn! Hinfort.“

„Sehr wohl, Mylord.“

Nachdem der Kammerdiener wieder verschwunden war, begann der Lord zu lachen.

„Habt Ihr das gesehen? Er ist ein Raubtier! Kaum füttert man ihn, wird er nur umso fordernder! Einige Male hat er mich sogar ins Bein gebissen! Soll Chadwick sich mit ihm herumschlagen.“

„Für einen kurzen Moment hat er still gesessen.“

„Ja, der Halunke, er verstellt sich, damit ich ihn füttere!“

Er lachte wieder.

„Aber … Ihr seid bestimmt nicht zu mir gekommen, um Euch meine Hundesorgen anzuhören. Bitte verzeiht mir meine Offenheit, aber … ist bei Euch alles in Ordnung? Habt Ihr ein Anliegen?“

„Nein, es geht mir gut. Danke. Ich bin hier, um Euer Angebot anzunehmen. Es gibt da einige Fragen, die mich beschäftigen. Und ich dachte, vielleicht könnt Ihr mir bei der Beantwortung der einen oder anderen davon behilflich sein.“

„So?“

„Es handelt sich um Lord und Lady Beaufort. Kennt Ihr sie?“

„Nicht allzu gut, fürchte ich. Wieso fragt Ihr nach ihnen?"

„Ich bin auf der Suche nach jemandem, und die Beauforts könnten möglicherweise mehr darüber wissen."

„Das klingt ja recht geheimnisvoll."

Der Lord rückte näher an sie heran und zog seine buschigen Augenbrauen zusammen.

„Nähere Details möchte ich gerne noch für mich behalten."

„Oh, wie schade. Nun, ich könnte Euch vorstellen oder Erkundigungen für Euch einholen, falls Euch das von Nutzen wäre."

„Vielleicht ... zu einem späteren Zeitpunkt. Aber ich würde gerne erfahren, was Ihr über sie wisst."

Lord Calvert goss sich ein Gläschen Brandy ein und nippte daran.

„Nun, der junge Lord William soll dem Vernehmen nach ein Heißsporn sein, ungestüm. Sein Vater hat ihm vor Jahren den Weg für eine erfolgreiche Offizierslaufbahn bei der königlichen Armee bereitet. Danach hatte er Pech oder Glück, je nachdem, wie Ihr es betrachten wollt. Eine Granate explodierte, als sie die Aufständischen in den ostindischen Kolonien niederschlugen. Er wurde schwer verletzt, kehrte als Held zurück nach England, erhielt Abzeichen und Ehrungen. Seitdem versucht er, als Geschäftsmann Fuß zu fassen."

„Erfolgreich?"

„Nicht besonders, wenn meine Informationen stimmen. Jedenfalls gibt es einige Gerüchte, selbstverständlich nur hinter vorgehaltener Hand. Beaufort selbst hält sich darüber bedeckt. Manche scherzen sogar, wenn man erfolgreich Investitionen tätigen wolle, müsse man nur darauf achten, in welche Unternehmungen Beaufort sein Vermögen investiere, und diese dann konsequent meiden. Nun ja, seine Wettschulden in den Clubs begleicht er jedenfalls wie ein Ehrenmann stets auf der Stelle, aber was heißt das schon. Eine schwierige Situation. Denn die Gefahr bei Gerüchten wie diesen liegt darin, dass sie sich bewahrheiten, wenn sie nur allzu lange Bestand haben. Nehmen sie überhand oder würden sie gar bestätigt werden, droht ihm, bald gar keine Geschäfte mehr tätigen zu können, weil niemand mehr willens wäre, sich darauf einzulassen.“

„Und Lady Beaufort?“

„Sie ist eine geborene Stewart. Ich kannte ihre Mutter gut. Sie ist sehr ... strebsam, wenn Ihr so wollt. Es würde mich nicht weiter wundern, wenn sie der wahre Antrieb hinter Lord Williams Ehrgeiz wäre. Sie ist sehr auf ihr Ansehen und ihren guten Ruf bedacht – das sind wir natürlich alle, aber sie in ganz besonderem Maße. Sie kümmert sich um die Erziehung ihrer vier Kinder, um die Disziplin im Haushalt und legt besonderen Wert auf ihren strengen Glauben und ihre Tugendhaftigkeit.“

„Sie lenkt Lord Beauforts Bestrebungen?“

„So würde ich es vielleicht nicht ausdrücken – zumindest nicht offiziell –, aber ich nehme an, es würde ihm nicht besonders gut bekommen, wenn er nicht bald geschäftliche oder politische Erfolge verzeichnen kann.“

Der Lord lachte wieder.

„Die Erfolge blieben bisher aus?“

„Selbstverständlich weiß ich nichts davon mit Gewissheit ... es ist vielmehr Hörensagen. Demzufolge musste er erst kürzlich eine Reihe von finanziellen Rückschlägen hinnehmen. Es scheint ihm nicht leichtzufallen, sich in einer Welt zurechtzufinden, in der ein freundliches Wort bisweilen eine gefährlichere Waffe darstellt als ein Offizierssäbel."

Sie saßen einander gegenüber auf zwei gepolsterten Stühlen mit hohen Lehnen, und Lord Calverts Hände ruhten auf seinem Bauch. Er warf einen Blick zu der gläsernen Karaffe, in der noch ein kleiner Vorrat des bräunlich schimmernden Brandys schlummerte, und erhob sich.

„Nun, ich weiß nicht, ob Euch meine Antworten über Lord und Lady Beaufort von Nutzen waren ... sagtet Ihr nicht, Ihr seid auf der Suche nach jemandem?"

Er goss sich erneut ein Gläschen ein.

„Ja, ich mache mir Sorgen um die Freundin ... einer Freundin. Sie wird vermisst."

Lord Calvert kippte den Inhalt seines Glases hinunter und füllte es erneut. Diesmal ein wenig höher als zuvor.

„Vermisst? Eine Freundin, sagt Ihr? Wie ist das möglich? Um wen handelt es sich denn?"

„Bitte verzeiht mir, ich habe schon zu viel gesagt. Es wäre ihr bestimmt sehr unangenehm, wenn ich so offen darüber sprechen würde."

„Ich verstehe ... wann wurde sie zuletzt gesehen?"

Er nahm erneut einen Schluck, ließ sich auf seinen Stuhl sinken und rückte näher an sie heran.

„Vor mittlerweile sieben Tagen."

„Sieben Tage! Das ist ein Skandal ... ein Fall für die Polizei! Ich gehe davon aus, Ihr wart bereits dort, was gedenken sie in dieser Sache zu unternehmen? Suchen sie nach ihr?"

Lady Ambervale schwieg eine Zeit lang.

„Nun, nein. Sie ist keine Adelige.“

„Ist sie nicht? Aber sagtet Ihr nicht, sie wäre Eure Freundin?“

„Ich betrachte sie als Freundin, ja. Sie hat eine kleine Tochter.“

Der Lord kippte die Reste des Brandys hinunter.

„Nichtsdestoweniger ist es die Pflicht der Polizei, nach ihr zu suchen! Aber ... wie hängt all dies mit den Beauforts zusammen?“

„Das versuche ich herauszufinden.“

„Ihr denkt doch nicht etwa ... sie könnten etwas mit der Sache zu tun haben?“

„Nein. Aber möglicherweise wissen sie etwas, ohne dass es ihnen klar ist. Etwas, das als Hinweis dienen könnte.“

„Ich verstehe. Was wollt Ihr also, das ich tue?“

„Wie? Ich ... weiß Eure Unterstützung sehr zu schätzen, und Ihr habt mir möglicherweise bereits mehr geholfen, als Ihr ahnt. Ich muss Euch allerdings bitten: Sprecht mit niemandem auch nur ein Wort darüber.“

Sie sah seine Mundwinkel herabsinken und die Aufregung in seinen Augen einer leichten Enttäuschung weichen, die er sich jedoch nicht anmerken lassen wollte. Lady Ambervale wusste nicht, ob es eine gute Idee gewesen war, den alten Freund ihres Vaters aufzusuchen, aber wenn sie Erkundigungen einholen wollte, musste sie Fragen stellen, und Lord Calvert erschien ihr vertrauenswürdiger als alle anderen, die den Beauforts möglicherweise näherstanden. Sie dachte wieder an Lord Lancaster, der Lord Beaufort an jenem Abend ebenfalls die Hand geschüttelt hatte, schob den Gedanken aber beiseite.

„Die Vermisste arbeitet als Zimmermädchen im Haushalt der Beauforts."

„Als Zimmermädchen? Ich fürchte, ich verstehe Sie nicht ..."

„Sie ist eine enge Freundin meiner Haushälterin, und ich habe ihr versprochen zu helfen, wenn ich kann."

Lord Calvert musterte sie lange und eindringlich, sie konnte die Sorge und die Einwände förmlich sehen, die sich hinter seiner breiten Stirn formten. Den sich verengenden Abstand seiner Augenbrauen, die Spannung in seinen Lippen. Dann wurde sein Blick weich.

„Ihr seid Eurem Vater wirklich sehr ähnlich, Lady Ambervale."

Er erhob sich, um erneut den Weg zu der gläsernen Karaffe zu suchen, stützte sich auf die Kommode, entschied sich dann aber dagegen, sich ein weiteres Glas einzuschenken.

„Er war einer meiner besten Freunde, wisst Ihr. Ich denke oft an ihn. Er fehlt mir."

Er drehte sich zu ihr, und seine Augen schwammen in Tränen.

„Ja, mir auch."

„Ich will Euch helfen, sofern ich dazu in der Lage bin. Vielleicht hätte ich das schon viel eher tun sollen, aber ... ich war nicht stark genug, den Weg zu Euch zu suchen ... vielleicht hatte ich sogar Angst. Ich kann es nicht ungeschehen machen, dass ich Euch mit alldem alleingelassen habe ... aber ich will Euch dennoch um Verzeihung bitten. Es tut mir leid."

Lady Ambervale war von seinem plötzlichen Geständnis überrascht, und es schnürte ihr die Brust zusammen.

„Nein", platzte sie heraus und sprang von ihrem Stuhl. „Ihr könnt das nicht tun! Ich ... brauche weder Eure Entschuldigung noch Euer Mitleid! Und ich bin auch kein Beichtstuhl, an dem Ihr Eure Gewissensbisse abladen könnt! Alles, was ich benötige, sind Informationen über Lord und Lady Beaufort. Die vermisste Frau war bei ihnen in Anstellung, und aus irgendwelchen Gründen soll niemand in ihrem Haushalt über sie sprechen. Vielleicht fürchten sie, dass ihr Ansehen darunter leiden könnte, vielleicht ... gibt es andere Gründe."

„Ich verstehe nicht. Bitte verzeiht mir, falls ich Euch verärgert haben sollte ..."

„Nein! Ich verzeihe nicht! Ich ... danke Euch für Eure Gastfreundschaft, Lord Calvert, aber ich benötige keine Hilfe. Guten Tag."

Sie stürmte aus dem Salon, griff sich ihren Mantel, den ihr ein Diener hinhielt, um ihr beim Ankleiden zu helfen. Doch auch diese Hilfe schlug sie aus und verließ Lord Calverts Anwesen ohne ein weiteres Wort.

***

Es war Abend, und das Licht, das durch die Wolkendecke fiel, umspielte die herabhängenden Äste der Weiden, die um den kleinen Teich standen. Lady Ambervale saß auf der Bank und betrachtete die glänzende Wasseroberfläche, auf der die Seerosen auf und ab schwebten. Es war, als könnte sie durch sie hindurch einen Blick in eine andere Welt werfen, eine Welt, in

der die Dinge auf dem Kopf standen, in der alles schwerelos war – mühelos. Sie fragte sich, ob sie sich auf der
falschen Seite befand. Irgendwo in dieser anderen Welt
musste es auch eine andere Lydia geben, eine, die möglicherweise nicht kopfstand, die stets wusste, was sie
tat und was sie wollte, die glücklich war und lachte,
wenn sie Freunde traf, die … ihren Vater umarmte,
wenn er nach einem harten Tag, den er stundenlang
über Papiere gebeugt in seinem Studierzimmer verbracht hatte, endlich herauskam, um sich gemeinsam
mit ihr bei einem Spaziergang die Beine zu vertreten.
Eine, die eine Mutter hatte … und die niemand bemitleidete – weil es keinen Grund dafür gab.

Sie fühlte die kalten Linien, die der Wind auf ihren
Wangen getrocknet hatte. Ja, vielleicht gab es diese Lydia irgendwo auf dieser anderen Seite, aber definitiv
nicht hier.

„Lady Ambervale …?"

Es gelang ihr nicht, sich zu Miss Delagore umzudrehen oder sie anzusehen. Sie würde kein weiteres Mitleid ertragen. Doch als diese weitersprach, war ihr Ton
sachlich und geschäftsmäßig.

„Ich habe das Dinner für Euch bereitgestellt, Mylady,
und werde mich nun zurückziehen, sofern Ihr meiner
Dienste heute nicht mehr bedürft. Ich … wünsche Euch
einen schönen Abend."

„Dir ebenfalls, Mandy. Wir sehen uns dann morgen
früh."

„Sehr wohl, Mylady."

Sie hörte die Schritte über den Kiesweg knirschen, als
sich die Haushälterin entfernte, und es fiel ihr wieder

leichter, zu atmen. Sie schnaufte, während Schweißperlen auf ihrer Stirn standen und ihre Wangen glänzten. Sie erhob sich, ohne einen weiteren Blick auf den
Teich zu werfen, und als sie sicher war, dass Miss
Delagore sich auf ihrem Heimweg befand, ging sie in
das leere Haus. Ihr Magen schmerzte, und sie war froh
darüber, denn es gab ihr etwas zu tun – zumindest
hoffte sie das.

Als Lady Ambervale bei Tisch saß und ihr Dinner zu
sich nahm, lief ihr das Wasser im Mund zusammen,
aber sie verspürte weder Hunger, noch fand sie Freude
an den geschmackvoll aufeinander abgestimmten Aromen. Dann fiel ihr ein, dass sie Mandy nicht gefragt
hatte, wie ihre eigenen Nachforschungen vorangekom-
men waren. Sie hatten vereinbart, dass Miss Delagore
weiterhin die Angestellten beobachten würde, während sie selbst versuchte, mehr über die Beauforts in Erfahrung zu bringen. Vielleicht war es an der Zeit, mit
Mister Holworth zu sprechen oder mit einigen ranghö-
heren Vertretern der Polizei in Whitechapel und
Stepney. Vielleicht hätte sie das von Anfang an tun sollen.

Lady Ambervale ging ins Studierzimmer, machte sich
Notizen und begann erneut, einige Schreiben aufzusetzen, bis sie schließlich aufsprang, das Papier zerknüllte
und es in den Kamin warf. Das Papier welkte wie ein
Blatt und wand und krümmte sich, als die Flammen es
verzehrten.

„Nein", sagte sie zu dem leeren Raum. „Ich werde
selbst gehen. Mister Holworth wird mir Rede und Antwort stehen und diese Constables ebenso."

Sie kleidete sich an, nahm ihren Schlüssel und machte sich zu Fuß auf den Weg nach Stepney.

***

Zur selben Zeit befand sich Miss Delagore auf ihrem Heimweg und lief entlang der Whitechapel Road. Sie folgte der Biegung in die Mile End und konnte sich des beklemmenden Gefühls nicht erwehren, denselben Weg wie Mistress Holworth entlangzulaufen – und möglicherweise demselben unbekannten Schicksal entgegen. Der aufkommende Wind trieb sie vor sich her, zog und zerrte an ihrer Kleidung. Die letzten Stunden und Tage hatte sie damit verbracht, unterschiedlichen Bediensteten der Beauforts zu folgen, festzuhalten, wer sie waren und zu welchen Uhrzeiten sie wohin gingen und was sie dort üblicherweise taten, und es fühlte sich nicht im Geringsten so an, als wäre sie damit Mistress Holworths Auffindung auch nur ein Stückchen näher gekommen.

Einige der Angestellten verließen das Haus so gut wie nie, andere waren für Botengänge und Besorgungen aller Art regelmäßig auf den Straßen Londons unterwegs. Manche ihrer Namen kannte Miss Delagore, wusste aber nicht, ob diese wiederum Mistress Holworth kannten. Manche derer, die sie zumindest vom Sehen kannte, sprach sie an, doch niemand von ihnen wollte mit ihr über Fanny Holworths Verschwinden sprechen. So war sie dazu übergegangen, sie nur zu beobachten und sich Notizen darüber zu machen, wer welche Aufgaben wahrnahm. Eine aufwendige Tätigkeit, die sich dennoch nicht nach Fortschritt anfühlte, ganz im Gegenteil. Nur weil das Mühlrad sich bewegte, hieß das nicht, dass es auch von der Stelle kam.

Miss Delagore steckte fest, und ihr Verhältnis zu Lady Ambervale schien zunehmend angespannter zu sein, je mehr sich diese mit Mistress Holworths Verschwinden befasste. Mittlerweile bereute sie es, mit ihrer Dienstherrin darüber gesprochen zu haben. Lady Ambervale hatte sich so tief in die Aufklärung des Falles involviert, dass Miss Delagore sich große Sorgen machte, weil es ihr dabei nicht gut zu gehen schien. Doch je mehr sie sich um sie sorgte, desto größer wurde die Gefahr eines erneuten Konfliktes. So machte sich Miss Delagore ihre eigenen Gedanken über den Verbleib von Mistress Holworth, um die Angelegenheit möglichst rasch aufzuklären und damit gleichsam aus der Welt zu schaffen.

An diesem Abend hatte sie beschlossen, einen bestimmten Angestellten der Beauforts zu beobachten. Sie folgte dem jungen Mann mit einigem Abstand, und es fiel ihr nicht schwer, sich zwischen die anderen Bediensteten, die denselben Weg hatten, zu mischen. Der Verdacht, dem sie nachging, lautete in etwa so: Nachdem Mistress Holworth weder zu Hause noch an ihrem Arbeitsplatz wieder aufgetaucht war, gab es nur zwei Möglichkeiten. Entweder sie blieb den Orten fern, weil sie sich vor jemandem fürchtete, oder aber es hatte sie zu jemand anderem hingezogen. Im Haushalt der Beauforts könnte sie unbeabsichtigt Zeugin eines Umstands geworden sein, ein Gespräch mit angehört haben, das nicht für ihre Ohren bestimmt war, oder etwas dergleichen. Es musste etwas gewesen sein, das sie in genügend Angst versetzte, dass sie sich nun versteckt hielt.

Oder aber sie fürchtete sich vor etwas aus dem East End, das mit dem Haushalt der Beauforts gar nichts zu tun hatte. Vielleicht war sie Zeugin eines der Verbrechen geworden, die an jenem Abend bei der Polizei gemeldet worden waren, und war geflohen ... oder war entführt worden. Oder sie fürchtete sich vor Arthur ... war das möglich? Miss Delagore begann der Kopf zu schwirren, und sie versuchte, sich auf ihre Aufgabe zu konzentrieren, den jungen Bediensteten der Beauforts nicht aus den Augen zu lassen ...

Oder aber Fanny war nicht vor jemandem geflohen, sondern zu jemandem? Einem heimlichen Geliebten möglicherweise? Aber wieso hatte man sie dann nirgends mehr gesehen? Hatte sie vielleicht die Stadt verlassen und ihre Tochter mit ihrem Ehemann und ihrer Mutter zurückgelassen, weil sie wusste, dass sie dort wohlbehütet war? Hatte Fanny eine Affäre gehabt?

Während Miss Delagores Gedanken sich im Kreis drehten – wie ein Mühlrad –, folgte sie dem jungen Dienstboten. Sie kannte ihn vom Sehen, wusste, dass er ebenfalls in Stepney wohnte und hatte Fanny sich das eine oder andere Mal mit ihm unterhalten sehen. Er war ein schlanker, dunkelhaariger Mann, nicht sonderlich groß gewachsen, aber mit glatter Haut und auffallend dunklen, tief liegenden Augen und entsprach damit nahezu dem perfekten Gegenteil von Arthur Holworth. Miss Delagore versuchte, sie sich mit ihm vorzustellen. Konnte sie Gefallen an einem wie ihm gefunden haben? Sie vermochte sich gut vorzustellen, dass er sie zum Lachen gebracht hatte, dass er höflich war und zuvorkommend. Zugleich fragte sie sich, ob sie Arthur jemals hatte lachen sehen.

Trotzdem, Fanny hatte eine Tochter und würde nicht still und heimlich mit einem Geliebten das Weite suchen, vielmehr noch, falls dieser Geliebte hier in diesem Augenblick direkt vor ihr die Straße entlanglief.

Nein. Es musste etwas geschehen sein – etwas Schreckliches. Etwas, das Fanny so sehr in Angst versetzt hatte, dass sie geflohen war und sich nun versteckt hielt – vor jemandem, der wusste, wo sie wohnte und wo sie arbeitete. Aber was konnte sie gesehen oder gehört haben? Wer oder was konnte sie so sehr erschreckt haben ...?

„Hallo.“

Miss Delagore unterdrückte einen Schrei. Ohne dass sie es bemerkt hatte, hatte sich der Dienstbote zu ihr umgedreht und stand nun direkt vor ihr und sah sie mit seinen dunklen Augen an.

„Wir kennen uns, nicht wahr? ... zumindest vom Sehen.“

Miss Delagore schluckte.

„Sie sind eine Bekannte von Mistress Holworth?“

„Oh, ja, ich habe Sie gar nicht gesehen.“

„Ich denke, wir wurden einander nicht vorgestellt, ich heiße Timothy. Timothy Smolden. Ich arbeite im selben Haushalt wie Mistress Holworth, bei Lord und Lady Beaufort.“

Er wirkte plötzlich verlegen.

„Sie ... wissen nicht zufällig, ob es ihr gut geht? Ich meine, es geht mich selbstverständlich nichts an, aber sie ist seit Längerem nicht zur Arbeit erschienen, und es gibt allerlei Gerede.“

„Und das fragen Sie mich, eine Wildfremde?“

„Nun ja, ich kann wohl schwerlich ihren Ehemann fragen ... das würde vielleicht einen merkwürdigen Eindruck erwecken." Er rieb sich über den Nacken. „Ich möchte nicht, dass sie meinetwegen Ärger bekommt oder sich erklären muss für ... nun ja ... für nichts, in Wahrheit. Ich sorge mich lediglich um sie."

„Ich mich auch."

„Ja, ich hörte davon ... deswegen habe ich Sie angesprochen."

„Sie hörten von mir?"

„Oh, das hätte ich vielleicht nicht sagen sollen ... es wirkt bestimmt etwas seltsam. Aber ja, Sie sind ein wenig aufgefallen." Er lächelte kurz. „Sie haben einigen Leuten Fragen gestellt, über Mistress Holworth. Deswegen dachte ich, Sie hätten in der Zwischenzeit vielleicht etwas in Erfahrung gebracht ..."

„Nein, leider. Und Sie?"

„Ich ... nein. Die Lordschaften wollen nicht, dass wir darüber sprechen. Sie wollen kein Gerede im Haus und schon gar nicht das Geschwätz aus dem East End."

„Das kann ich verstehen." Miss Delagore erinnerte sich an die Fragen, die Lady Ambervale Fannys Mutter gestellt hatte.

„Wann haben Sie sie zuletzt gesehen – und wo?"

„Ich? Oh, bei der Arbeit ... letzte Woche. Nein, die Woche davor. Am Freitag, es muss wohl früher Nachmittag gewesen sein."

Mittlerweile liefen sie nebeneinanderher, um keine Aufmerksamkeit zu erregen.

„Wie war sie so? An jenem Tag?"

„Sie wirkte vergnügt, freute sich auf ein paar Tage mit ihrer Familie – auf ihre Tochter."

„Gab es Anzeichen, dass sie sich wegen irgendetwas
sorgte?"

„Nicht dass ich wüsste. Wie gesagt, eher das Gegenteil
war der Fall."

„Und wie kam sie mit den anderen Angestellten zurecht?"

„Nun, ich bin Laufbursche und sie Zimmermädchen.
Wir laufen uns nur gelegentlich über den Weg oder
wechseln ein paar Worte während einer kurzen Pause.
Soweit ich das beurteilen kann, war sie immer sehr
beliebt. Auch bei ihrer Vorgesetzten, der Haushälterin,
Mistress Elisabeth Godwin."

„Hat Fanny ... möglicherweise etwas gesehen, das sie
nicht sehen sollte?"

Er blickte sich um, betrachtete die anderen Personen,
die auf der Straße unterwegs waren, und kaute an seiner Lippe.

„Ich wüsste nicht, was das sein sollte ... aber ich muss
mich entschuldigen, ich hätte eigentlich schon drei
Straßen zuvor abbiegen müssen, ich ... wünsche Ihnen
noch einen schönen Abend. Und ... geben Sie gut auf
sich acht."

„Ja, Sie ebenfalls", antwortete Miss Delagore und verspürte plötzlich den brennenden Drang, umzukehren
und zu Lady Ambervale zurückzulaufen, um ihr von ihrem Gespräch mit Mister Smolden zu berichten. Und
wovor auch immer sie sich in Acht nehmen sollte, sie
hatte das Gefühl, dass auch Mister Smolden vor irgendetwas Angst hatte. Sie zog die Weste enger um ihren
Körper, blickte sich erneut um und sah die Gesichter
der anderen Personen in einem völlig neuen Licht. Wer
von ihnen konnte ein dunkles Geheimnis hüten, wer

konnte gefährlich sein? Miss Delagore fröstelte. Sie konnte das Gefühl nicht abschütteln, plötzlich selbst beobachtet zu werden.

- 9 -

Mister Albin Serkins

„Ich suche nach Constable Daniels", sagte Lady Ambervale, kaum dass sie das Gebäude betreten hatte. „Constable Porter Daniels?"

Ihre Wut, die auf dem Weg hierher teilweise verflogen war, flammte erneut auf. Sie war mehr als eine Stunde gelaufen, der Wind, die kühle Abendluft und die Bewegung hatten ihr beim Nachdenken geholfen, hatten schließlich ihr eigenes Tempo aufgenommen und begonnen, eigenständig Gedanken zu formen. Lady Ambervale war daraufhin zunehmend in die Rolle einer Zuschauerin verfallen, beobachtete Gedankengänge, die ihr nicht wie ihre eigenen vorkamen. Sie hatte gefroren, hatte Personen beobachtet, die denselben Weg hatten, die meisten in ihre eigenen Gedanken vertieft, manche hatten sich miteinander unterhalten.

Ein älterer, etwas fülliger Polizist hob den Blick von den Papieren, über denen er gebrütet hatte.

„Constable Daniels! Besuch für Sie."

„Jawohl, Sergeant Pembrook." Er kam herbeigeeilt. „Mistress?"

„Mein Name ist Lady Lydia Ambervale, ich habe Erkundigungen eingeholt."

„Selbstverständlich, Mylady. Ja. Was kann ich für Euch tun?“

Lady Ambervale blickte sich in der Empfangshalle um.

„Sollen wir uns an einem anderen Ort unterhalten? Wir haben ein Office, wo wir …“

„Dieser Ort ist so gut wie jeder andere. Ich komme, um mich über den Verbleib von Mistress Fanny Holworth zu erkundigen. Sie wird vermisst. Soweit ich informiert bin, sind Sie mit ihrem Fall betraut?“

Der Sergeant hinter dem breiten Holztresen hob den Blick über den Rand seiner Brille.

„Das bin ich“, bestätigte Constable Daniels. „Aber wir haben keine Neuigkeiten.“

„Sie ist seit zwölf Tagen verschwunden. Haben Sie mit ihrem Mann gesprochen?“

„Ihrem Mann? Nein. Ihre Mutter war hier, um sie als vermisst zu melden. Mit ihr haben wir gesprochen.“

„Und ihre Dienstherren im West End?“

„Es tut mir leid, darüber weiß ich nichts.“

„Sind Sie dort gewesen?“

„Natürlich nicht. Wir sind einfache Beamte. Wir können unmöglich Mitglieder des Londoner Adels befragen … nicht ohne ein Verbrechen oder schwerwiegende Beweise.“

„Ja, Sie haben recht. Was ist mit den anderen Angestellten?“

„Es tut mir schrecklich leid, Mylady, aber soweit wir wissen, liegt in diesem Fall kein Verbrechen vor. Eine junge Frau ist abgängig, aber solange es keinerlei Hinweise auf ein Verbrechen gibt …“

„Ich verstehe." Lady Ambervale wippte ungeduldig von einem Bein auf das andere.

„Gab es an jenem Abend andere Verbrechen, die gemeldet wurden?"

„Äh, ja. Und ich denke, darüber haben wir Eurer Angestellten umfassende Auskünfte erteilt."

„Wurden in der Zwischenzeit weitere Verbrechen von jenem Freitag gemeldet – nachträglich?"

„Nein, keine." Der Polizist erkannte etwas in ihrem Blick und fügte hinzu: „Aber ich kann nochmals in unseren Archiven nachsehen, falls Ihr dies wünscht."

„Bitte ... tun Sie das."

Constable Daniels zog sich zurück und kam einige Minuten später wieder und überreichte ihr eine handgeschriebene Notiz.

„Es gab lediglich die Verbrechen, über die wir Euch bereits in Kenntnis gesetzt hatten, Mylady. Ich habe nun noch zwei hinzugefügt, die weiter entfernt stattfanden. Einen Raubüberfall auf einen Laden nahe der Upper Shadwell und eine Auseinandersetzung in der Charles Street, bei der einem der Kontrahenten mit einem Messer der Bauch geöffnet wurde."

„Es tut mir leid, ich kenne diese Orte nicht. Könnten Sie ...?" Sie ärgerte sich, dass sie nicht eher daran gedacht hatte. „Könnten Sie mir diese Orte auf einer Karte zeigen?"

„Ich ... ja, natürlich."

Er führte sie in einen angrenzenden Raum, wo in einem Schrank mehrere zusammengerollte Karten lagerten. Der anfänglich verwirrte Gesichtsausdruck des Sergeanten an der Theke wich nun einer besorgteren Miene. Er konnte seinen Dienstrang geltend machen und das Gespräch anstelle seines Constable führen, aber einer Lady aus adeligem Hause eine Auskunft zu verweigern, dazu reichte seine Stellung bei Weitem nicht aus. Er trommelte mit seinen Fingern auf den Papieren.

Constable Daniels rollte einige Karten auf einem Tisch aus und zeigte Lady Ambervale die entsprechenden Stellen.

„Sie sagten, einem Mann wurde der Bauch geöffnet?"

„Ja ... eine Auseinandersetzung, die sich offenkundig zu einem Kampf auf Leben und Tod entwickelte."

„Konnten Sie den Täter dingfest machen?"

„Glücklicherweise ja. Es gab mehrere Zeugenaussagen über den Vorfall."

Lady Ambervale grübelte.

„Dann passt es nicht. Es müsste ein Verbrechen sein, bei dem die Täter noch unbekannt sind oder auf der Flucht. Etwas ..."

„Wie kommt Ihr darauf?"

„Falls sich Mistress Holworth versteckt hält, weil sie sich vor jemandem fürchtet, kann es schwerlich jemand sein, der bereits in Gewahrsam ist."

„Da habt Ihr recht. Und es müsste vermutlich jemand sein, den sie kennt, nachdem sie weder nach Hause noch an ihren Arbeitsplatz zurückgekehrt ist. Aber ... warum ist sie dann nicht zur Polizei gegangen?"

„Das weiß ich nicht. Demnach versteckt sie sich aller Wahrscheinlichkeit nach doch nicht freiwillig."

„Nein, vermutlich nicht."

Lady Ambervale schaute auf und erkannte in dem Blick, mit dem er die Karten studierte und mit den Namen der Tatorte in Verbindung brachte, denselben feurigen Eifer, der auch sie selbst antrieb. Constable Daniels stockte kurz und errötete. Dann räusperte er sich und heftete seinen Blick wieder auf die Karten.

„Nun, jedenfalls ... könnte sie natürlich auch Zeugin eines Verbrechens gewesen sein, das uns bisher nicht gemeldet wurde und vielleicht auch niemals wird."

Lady Ambervale rieb sich über die Stirn und schnaufte.

„Ja, vielleicht."

Sie hatte immer noch das Bild der geöffneten Bauchhöhle vor sich. Ein Mann, der in einer schmutzigen Gasse lag, dessen Innereien aus ihm herausquollen wie lange, glänzende Würste, während der Ausdruck auf seinem Gesicht von Panik zeugte und der Unfähigkeit zu begreifen. Ein Rinnsal von Blut, das aus seinem Mundwinkel lief, während sich sein gesamter Unterleib und die Straße um ihn herum rot färbten. Was war in diesen letzten Sekunden geschehen? Gerade war er noch unversehrt gewesen. Hatte mit Freunden Ale getrunken. Wie konnte ...?

„Wie können Sie diesen Beruf nur jeden Tag ausüben? Es ist ... grauenvoll."

„Ja, nicht alle Menschen sind gut."

„Die wenigsten sind es."

„Das ist ein hartes Urteil ... eine sehr düstere Sichtweise. Tatsächlich glaube ich, dass die meisten von ihnen gut sind, sonst wäre diese Stadt bereits im Chaos versunken – die gesamte Menschheit vermutlich."

„Ich möchte Ihre Sichtweise nicht unbedarft nennen,

das wäre unhöflich, aber ich finde sie ... bemerkenswert. Bei all dem Leid und den Gräueltaten, die Sie sehen, wie können Sie nur so darüber empfinden?“

„Ich denke, sonst würde ich wohl verrückt werden.“

Lady Ambervale begann so laut zu lachen, dass einige andere Polizisten die Köpfe aus ihren Büros streckten. Auch der Sergeant kam herbeigeeilt, und dem Constable trat die Schamröte ins Gesicht.

„Bitte verzeiht mir, Mylady. Mit keinem meiner Worte habe ich Euch gemeint ... diese Aussage bezog sich allein auf mich selbst. Ich würde nicht einmal im Traum ...“

„Es ist gut. Sie ... sind ein bemerkenswerter Mann, Constable.“ Dann verschwand ihr Grinsen. „Ich wünschte nur, wir wüssten mehr über Mistress Holworth.“

„Ja. Es tut mir sehr leid.“

Der Sergeant wirkte aufgebracht, mischte sich aber dennoch nicht ein. Vermutlich hoffte er inständig, dass diese Angelegenheit auch ohne sein Einschreiten bald geklärt wäre. Obwohl er seinem Constable später gewiss noch allerlei Verwünschungen an den Kopf werfen würde.

„Ich würde es sehr zu schätzen wissen, wenn Sie mich über Neuigkeiten umgehend in Kenntnis setzen“, sagte Lady Ambervale.

Diese Aufforderung nahm der Sergeant nun doch zum Anlass, das Wort an sie zu richten.

„Sehr gern, Mylady. Constable Daniels hier wird Euch über die Fortschritte in dem Fall auf dem Laufenden halten.“

Sie blickte den Sergeanten an.

„Das ist sehr freundlich von Ihnen. Und sollte ich Sie auf irgendeine Weise unterstützen können, lassen Sie es mich wissen.“

„Das ist ein überaus großzügiges Angebot, Mylady, aber das können wir unmöglich annehmen. Dennoch vielen Dank.“

Lady Ambervale prägte sich die Stellen auf der Karte ein, nickte den beiden Männern zu und verabschiedete sich, allerdings nicht, ohne ein letztes Mal einen Blick zu Constable Daniels zu werfen.

***

Arthur Holworth. Was würde sie tun, wenn sie er wäre? Diese Frage beschäftigte Lady Ambervale, während sie ihren Weg zu Mistress Holworths Wohnung fortsetzte. Dann schoss ihr ein Gedanke durch den Kopf, und sie machte kehrt.

„Verzeihen Sie, meine Herren“, sagte sie, als sie erneut in die Wachstube platzte. „Wie oft waren Mistress Baker und Mister Holworth in den letzten Tagen hier?“

Constable Daniels hatte sich noch nicht wieder an seine Arbeit gemacht, er erhob sich von seinem Schreibtisch und sagte: „Mistress Baker war bisher drei Mal hier, Mylady, und Mister Holworth ... nun ja, gar nicht.“

Lady Ambervale starrte durch den Constable hindurch, während sie versuchte diese Information einzuordnen.

„Danke.“

Ohne ein weiteres Wort und ohne die Beamten anzusehen, verließ sie das Gebäude und stürmte in Richtung

Arthur Holworths Wohnung, denn einer Sache war sie sich absolut sicher: Wenn sie er wäre, dann wäre sie jeden Tag zur Polizei gelaufen, hätte jeden Morgen und jeden Abend nach Neuigkeiten gefragt, weil es ihr keine Ruhe gelassen hätte. Sie wäre zu ihren Dienstherren gelaufen, hätte jeden Zentimeter ihres Arbeitsweges nach ihr abgesucht ... hätte jeden Angestellten befragt. Denn das Allerschlimmste an Mistress Holworths Verschwinden war, dass sie den Grund dafür nicht kannte. Doch das musste nicht zwangsläufig auch auf Arthur Holworth zutreffen.

Dieses Mal fand sie den Weg zu der bescheidenen Behausung auch ohne Miss Delagores Unterstützung. Es war eine Wohnung von vielen, die in einem Mietshaus auf mehreren Etagen zusammengepfercht und von so dünnen Wänden getrennt waren, dass man von seinen jeweiligen Nachbarn und auch allen anderen Mitbewohnern bestimmt mehr private Details mitbekam als einem lieb war.

Die wenigen Menschen, denen sie auf ihrem Weg begegnete, wirkten trostlos und kraftlos, aus ihren Gesichtern glotzten leere Augen. Manche suchten ihr Heil darin, sich das Bewusstsein um ihren bedauernswerten Zustand aus dem Verstand zu trinken. Lachend und über die Straßen taumelnd waren sie auf der Suche nach dem nächsten Rausch, der nächsten Eskapade, sei es in billigem Alkohol, bezahlter Gesellschaft oder der einen oder anderen Schlägerei. Jedes Mittel, das dazu dienen konnte, Sorgen zu zerstreuen, wenn auch nur für den Augenblick, war willkommen. Die Glücklichen, die es sich leisten konnten, tranken und verschafften sich leibliches Vergnügen, während die Gewalt das einzige Mittel der Mittellosen blieb.

Lady Ambervale bemerkte all dies aus der Warte einer unbeteiligten Zuschauerin, obwohl sie oftmals nur wenige Meter vom Geschehen entfernt war. Sie stellte ihren Mantelkragen hoch und versuchte, keine Aufmerksamkeit zu erregen. Schließlich trat sie von der Straße in das Mietsgebäude, in der Hoffnung, dem Gestank und den Eindrücken zu entfliehen. Jedoch verstärkte sich der üble Geruch ganz ohne den Wind, der ihn vertrieb, zusätzlich. Die schmalen Gänge wurden von einer einsamen Petroleumlampe beleuchtet, deren Glaskolben trüb und deren Metallkorpus stumpf geworden war. Als sie die Treppe zur oberen Etage erklomm, erschrak Lady Ambervale und fuhr zurück. Auf dem Treppenkopf kauerte eine gekrümmte Gestalt. Sie wippte vor und zurück wie zu einer Melodie, die nur sie selbst hören konnte.

Lady Ambervale schob sich an ihr vorbei, versuchte die Augen geradeaus zu richten und konnte dennoch nicht umhin, einen Blick auf die Gestalt zu werfen, als sie an ihr vorüberging. Die schmächtige Person trug ein Tuch um den Kopf, darunter lugte schlohweißes Haar wie Spinnweben hervor, und immerzu wippte sie vor und zurück. Als sie beinahe auf derselben Höhe waren, stoppte das Wippen, die Gestalt hob den Kopf, und das Gesicht einer alten Frau kam zum Vorschein, eingefallen und faltig, als wäre die Haut im Laufe der Zeit zu groß und zu schwer für den schmalen Schädel geworden. Sie lächelte ein zahnloses Lächeln und wünschte ihr einen guten Tag.

„Ihnen ebenfalls", erwiderte Lady Ambervale. Erst kostete es sie Überwindung, dem Anblick der Alten standzuhalten, aber sie wollte nichts unversucht lassen.

„Entschuldigen Sie die Störung, aber wohnen Sie hier?"

„Seit über vierzig Jahren lebe ich hier, zwei Türen weiter, den Gang entlang. Ich wurde zwar nicht hier geboren – meine Familie kam auf der Suche nach Arbeit nach London, als ich ein junges Mädchen war –, aber so Gott will, sterbe ich vielleicht hier."

„Dann kennen Sie vielleicht auch Mister und Mistress Holworth, die ebenfalls hier wohnen?"

„Fanny Holworth, ja. Eine hübsche Frau, sehr attraktiv. Ich denke ... es liegt an ihren Augen, blau wie Kristalle aus Eis. Habe sie schon seit Tagen nicht mehr gesehen. Ist einfach verschwunden ... Als wäre es das, was sie tun."

„Was wer tut?"

„Die Hübschen, Mylady."

„Kennen Sie auch Mister Holworth?"

„Arthur, ja. Ein stiller Mann, aber kräftig und hilfsbereit."

„Sitzen Sie öfter hier?"

„Wenn es draußen kalt wird, ist es hier wärmer als in meiner Wohnung. Der Gang liegt genau in der Mitte des Gebäudes. Und hinter dieser Mauer befindet sich ein Kamin. Wenn ich mich dagegenlehne, kann ich seine Wärme spüren."

„Ist Ihnen in den letzten Tagen etwas an Mister Holworth aufgefallen? Etwas, das anders war als sonst?"

„Krach ... an einem Abend. Ungewöhnlich laut für einen Mann wie ihn."

„Hatten sie Streit?"

„Streit ja, aber Mistress Holworth? Nein, ich denke nicht. Habe sie nicht gehört."

Dann erinnerte sich Lady Ambervale daran, wie er dort gestanden hatte, an die Reling des Schoners gelehnt, und geraucht hatte. Das orange Glühen auf seinen Fingern.

„Ist Ihnen an seinen Händen etwas aufgefallen?", fragte sie, und die Alte schwieg für einen Moment.

„Ja, vielleicht. Ich weiß es nicht. Er arbeitet viel, eine harte Arbeit an den Docks. Da gibt es oft Verletzungen. Manchmal Unfälle. Manchmal Tote."

„Ja, vielleicht", wiederholte Lady Ambervale ihre Worte. „Arbeitet er heute?"

„Weiß nicht, jetzt gerade ist er zu Hause. Vielleicht später."

„Ich danke Ihnen für Ihre Hilfe. Einen schönen Abend noch."

„Euch ebenfalls, Mylady. Möge Gott Euch segnen."

Lady Ambervale zuckte zusammen, als hätte ihr die Alte eine Ohrfeige verpasst. Sie hoffte zwar, dass es einen Gott gab, der über sie wachte, und betete auch manchmal zu ihm, wenn sie an ihre Eltern dachte, aber die Art der Gottesfürchtigkeit, die ihnen die Kirche und all ihre Priester aufzuerlegen versuchten, war ihr ein Gräuel. Sie war nur eine weitere Form der Knechtschaft, unter die man sie zu stellen versuchte, auferzwungene Frömmigkeit nur eine weitere Eigenschaft für ihre verhasste Liste, allerdings hatte sie bisher noch kein gutes Wort mit H dafür gefunden.

Die Alte betrachtete sie, als wäre sie eine Erscheinung.

„Man sieht mir wohl an, dass ich nicht von hier bin?"

„Ihr seid fein gekleidet und riecht wie eine Blumenwiese im Frühling. Natürlich seid Ihr nicht von hier."

Lady Ambervale fischte eine Münze aus ihrer Geldbörse und reichte sie der Alten.

„Hier, es ist vielleicht nicht viel, aber hoffentlich genügt es, um Sie für einige Zeit warm und satt zu halten."

„Ich danke Euch, Mylady, vielen Dank. Möge der Allmächtige Euch …"

„Bitte nicht."

Lady Ambervale hob abwehrend die Hand, verabschiedete sich und wandte sich erneut ihrem Vorhaben zu, während die Alte sie weiterhin betrachtete, schwieg und nach einiger Zeit wieder begann, auf ihrem Platz vor und zurück zu wippen.

Als sie an die Tür klopfte, war sie in Gedanken noch immer bei dem Gespräch mit der Alten und fragte sich, ob es klug gewesen war, allein herzukommen. Zeit für Zweifel blieb ihr nicht, denn im nächsten Moment wurde ihr geöffnet, und der breite Umriss Arthur Holworths füllte den Türrahmen.

„Ja, bitte?"

„Guten Abend, ich heiße Lydia Ambervale. Ich weiß nicht, ob Mistress Baker Ihnen möglicherweise von mir erzählt hat … Sie sind Mister Arthur Holworth, richtig?"

„Ihr seid die Lady. Was wollt Ihr?"

„Ich hatte gehofft, mich kurz mit Ihnen unterhalten zu können."

„Worüber?"

Das wenige Licht, das aus der Wohnung fiel, ließ ihn

wie einen breiten Schatten erscheinen, seine Gesichtszüge waren kaum erkennbar und sein Ausdruck unmöglich zu deuten. Alles, was Lady Ambervale sah, waren seine glitzernden Augen.

„Ich bin auf der Suche nach Eurer Frau, Mistress Fanny Holworth."

Er blickte auf den Gang, wie um sich zu vergewissern, dass sie allein war.

„Was geht sie Euch an?"

„Wir haben eine gemeinsame Freundin. Sie ist in großer Sorge um sie."

Er dachte eine Zeit lang darüber nach, während seine Kiefer mahlten, und Lady Ambervale konnte nicht anders. Trotz des kaum vorhandenen Lichts versuchte sie, einen Blick auf seine Hände zu erhaschen. Sie wusste nicht, ob sie dort die Blutspuren seines jüngsten Opfers zu entdecken hoffte. Es kam ihr geradezu lächerlich vor. Er folgte ihrem Blick, betrachtete seine zerschundenen Knöchel, und seine Augen fixierten sie. Sie hatte gehofft, dieses Gespräch nicht hier auf dem Gang führen zu müssen, aber er bat sie nicht herein und blockierte weiterhin den Durchgang.

„Sie ist nicht hier. Kann ich ihr ... etwas ausrichten?"

„Ich weiß, dass sie schon seit Tagen vermisst wird. Wir waren bei der Polizei, bei ihren Dienstherren. Niemand hat sie gesehen oder weiß, wo sie ist. Ich hatte gehofft, wir könnten vielleicht ..."

„Wir?"

„Ja", sie versuchte sich an einem Lächeln. „Meine Freundin und ich."

„Das … ist sehr großzügig von Euch, aber wir bedürfen Eurer Wohltätigkeit nicht. Sucht Euch jemand anderen, der …“

„Wissen Sie, wo sie ist?“

Er rieb sich über die Knöchel seiner Hand.

„Bitte verzeiht, ich kenne Euch nicht, und ich wünsche auch nicht, dass Ihr Euch in unsere Angelegenheiten mischt. Und … sollte Albin Euch geschickt haben, sagt ihm, er soll sich zum Teufel scheren.“

„Albin?“

Für einen Moment schien er darüber nachzudenken, ob ihre Verwunderung echt war.

„Schon gut“, sagte er dann. „Ich wünsche Euch einen schönen Abend. Ich muss zur Arbeit.“

Ohne auf ihre Antwort zu warten, schloss er die Tür vor ihrer Nase und ließ sie allein im Dunkel des Ganges zurück. Sie hob den Arm und zögerte. Wer war Albin? Es stimmte. Arthur Holworth kannte sie nicht und hatte keine Veranlassung, ihr zu trauen oder gar mit ihr über seine vermisste Ehefrau zu sprechen. Sie klopfte erneut und hörte ihn hinter der Tür seufzen, ehe er öffnete.

„Was wollt Ihr noch?“

„Es tut mir sehr leid …“ Wie Nadeln stachen sie ihre eigenen Worte in die Seite. Sie wusste genau, wie es sich anfühlte, bemitleidet zu werden. „Ich möchte Ihnen meine Hilfe anbieten.“

„Das ist nicht …“

„Ich weiß, dass es nicht nötig ist. Ich will es dennoch aussprechen. Sie können mir über Miss Amanda Delagore jederzeit eine Nachricht zukommen lassen.“

„Ich bin kein Bittsteller.“

„Selbstverständlich nicht. Aber …“

Für den Bruchteil einer Sekunde wurden seine Gesichtszüge weich.

„Hört, ich kann Eure Hilfe nicht annehmen. Ich kann es mir nicht leisten, in Eurer Schuld zu stehen.“

Lady Ambervale öffnete den Mund, doch er unterbrach sie erneut.

„Ihr seid eine Lady, eine Adelige aus dem West End. Ihr wisst nicht, wie das ist, wenn man Geld heranschaffen muss. Man kann es sich nicht borgen, und man kann es nicht stehlen, und nehmt es mir nicht übel … man kann es sich auch nicht schenken lassen. Denn irgendwann wird jemand kommen, um diese Schuld einzufordern. So etwas wie Geschenke gibt es nicht. Und jetzt entschuldigt mich bitte. Ich muss zur Arbeit.“

Anstatt die Tür erneut vor ihrer Nase zu schließen, trat er durch diese hindurch, sodass seine massige Gestalt den Gang neben ihr füllte.

„Guten Tag.“

Er kehrte ihr den Rücken, und sie ließ ihn ziehen, bis sie allein auf dem dunklen Flur zurückblieb, unsicher, was sie als Nächstes tun sollte.

Die Sonne war längst untergegangen, und Lady Ambervale fühlte sich rastlos. Die Gespräche mit Constable Daniels und Arthur Holworth hatten nicht den erhofften Erfolg gebracht. Die eisigen Schatten, die aus der Dunkelheit emporgestiegen waren, ließen sie frösteln, und erneut nahm sie ihren Weg zu Fuß auf sich und folgte dem nicht mehr vorhandenen Tageslicht in Richtung Westen. Sie wusste, dass sie es nicht einholen würde, und tat es dennoch, weil es nichts gab, was sie sonst tun konnte. Sie musste nachdenken, und auch wenn die Kälte ihr mittlerweile bis unter die Haut kroch, wusste sie, dass die Bewegung das einzige Mittel für sie war, um einen klaren Kopf zu bekommen.

- *10* -

Doktor Charles West

Als sie in jener Nacht nach Hause kam, war Lady Ambervale abgekämpft und müde. Sie hatte sich verausgabt, und ihre Füße fühlten sich wund an, und dennoch hatte sie das Gefühl, nicht genug getan zu haben. Sie hatte sich bis zuletzt geweigert, ein Cab zu nehmen – eine der zweirädrigen Kutschen, wie sie mittlerweile überall durch Londons Straßen fuhren –, obwohl sie an einigen vorbeigelaufen war. Die Kutscher hatten sich wie überdimensionierte Nachtschwärmer im Schein einer Gaslaterne unterhalten und mit hochgestellten Mantelkragen eine Zigarette geteilt, während sie auf eine nächtliche Fuhre warteten. Auch wenn sie sich in London bisher immer sicher gefühlt hatte, hatte sie Unwohlsein verspürt bei dem Gedanken, dass sie sie sehen konnten, ihr zuwinkten und mit einer angemessenen Verbeugung eine Fahrt anboten.

Als sie die Tür endlich hinter sich geschlossen hatte, versperrte sie sie, lief ins obere Stockwerk, und obwohl sie immer noch fror, entkleidete sie sich und wusch sich – und so wie die unsichtbaren Eiskristalle auf ihrer Haut formte sich ihr Verstand zu einer scharfen Klinge.

Die Beauforts hatten womöglich mit finanziellen Engpässen zu kämpfen, und auch deren Belegschaft war dazu angehalten worden, mit niemandem über Mistress Holworths Verschwinden zu sprechen. Hatte es einen Unfall gegeben? Hatte sie ein Gespräch mit angehört, das nicht für ihre Ohren bestimmt gewesen war? Sie hatte sich an jenem Freitag auf den Heimweg gemacht, hatte aber möglicherweise einen anderen Weg als ihren üblichen genommen. Vielleicht war sie in der Kirche St Mary-at-Hill nahe der Themse gesehen worden. Hatte es einen Grund für diese Änderung gegeben? Bisher war es Lady Ambervale nicht gelungen, eine Verbindung zu einem der an jenem Abend gemeldeten Verbrechen herzustellen. Was nicht zwangsläufig bedeuten musste, dass es kein Verbrechen gegeben hatte. Und dann gab es da noch die Gespräche dieses Abends, und während sie sich an all die Worte zu erinnern versuchte, ging ihr eine Sache nicht aus dem Kopf. Es waren Arthur Holworths Hände. Die Schrammen an seinen Knöcheln. Darunter zwei quer verlaufende Einkerbungen, die sie an einen Apfel erinnerten, genauer gesagt an die Abdrücke ihrer eigenen Zähne in dem Apfel, den sie am Morgen zuvor gegessen hatte.

Sie schlüpfte in ihr Nachtkleid, kroch unter die Decke ihres Himmelbetts und dachte darüber nach, was Arthur Holworth gesagt hatte. An den Namen, den er genannt hatte und ihr damit eine mögliche Richtung für ihre weiteren Nachforschungen gegeben hatte. Die Frage war, wer war Albin? Und wieso hatte Mister Holworth angenommen, dieser hätte sie zu ihm geschickt? Sie kniff die Augen zusammen, öffnete sie erneut, und alles blieb schwarz. Sie wusste, dass sie sich

ihre Notizen jetzt machen musste, wo ihre Eindrücke
noch frisch waren. Lady Ambervale seufzte, verließ die
wärmende Höhle unter ihrer Daunendecke und stapfte
durch die pechschwarze Dunkelheit in ihr Studierzimmer.

***

Der nächste Morgen war kein Morgen mehr, sondern
ein früher Mittag, vielleicht elf Uhr, vielleicht später,
und es klingelte an der Tür. Wenige Augenblicke später
hörte sie Miss Delagores Aufschrei. Lady Ambervale
wälzte sich aus dem Bett und taumelte die Treppe
hinab.

„Mandy? Mandy, ist etwas passiert? Ist alles in …?"
Sie sah die Uniform des Boten und verschlang die
Arme vor ihrem dünnen Nachtkleid. Der junge Mann
wandte den Blick ab. Miss Delagore stützte sich an der
Wand ab, während sie die Hand vors Gesicht schlug.

„Es … tut mir sehr leid", begann der Laufbursche seine
Nachricht. „Mylady. Aber …"

„Aber was?", blaffte sie ihn an, während Miss
Delagore sich wand, gepeinigt von Qualen, die sie nicht
sehen konnte und nicht verstand. Lady Ambervale riss
ihm das Schreiben aus den Händen.

„Es gibt Neuigkeiten im Fall der vermissten Mistress
Fanny Holworth."

„Sie ist tot", wimmerte Miss Delagore.

Lady Ambervale, die die Zeilen überflogen hatte, fixierte das Gesicht des jungen Polizisten und sagte lediglich ein Wort. „Wie?"

„Sie ist ertrunken."

Der restliche Tag verlief wie im Traum, wie ein aus losen Erinnerungsstücken zusammengesetztes Mosaik, bei dem die Steine nicht recht aneinanderpassen wollten. Er waberte dahin, träge und schwerelos, als wäre nun doch sie diejenige, die sich in jener Teichwelt unter Wasser befand.

Sie waren mit der Kutsche zum Polizeirevier gefahren. Mister O'Leary hatte es sich nicht nehmen lassen, sie selbst zu fahren, während die in Nebel gehüllten Häuser wie geisterhafte Schemen vorbeizogen. Lady Ambervale, die starr war und in Gedanken versunken, Miss Delagore, aufgelöst und in immer neue Tränenausbrüche verfallen, die ihren Körper schüttelten. Der Bote hatte neben Mister O'Leary auf dem Kutschbock Platz genommen und die gesamte Fahrt über dessen strafende Blicke über sich ergehen lassen müssen.

Als sie an der Polizeiwache ankamen, öffnete dieser die Tür und sagte: „Ich warte hier auf Euch, Mylady … solltet Ihr mich brauchen, ruft nach mir", seinen argwöhnischen Blick immer noch auf den Boten gerichtet.

„Danke, das wird nicht nötig sein, Horace. Es wäre nett, wenn du hier auf uns warten würdest."

„Sehr wohl, Mylady."

Damit bezog er erneut seinen Posten auf dem Kutschbock und zog die Krempe seines Hutes tiefer ins Gesicht, um die heraufkriechende Feuchtigkeit abzuhalten. Lady Ambervale und Miss Delagore betraten das Gebäude, wo sie Sergeant Pembrook zusammen mit Constable Daniels in Empfang nahm.

„Wir danken Ihnen, dass Sie uns über den … Verlust von Mistress Holworth umgehend informiert haben", begann Lady Ambervale, und die Polizisten senkten die

Köpfe. Sie sahen niedergeschlagen aus. Constable Daniels strich sich eine Haarsträhne aus der Stirn, während Sergeant Pembrooks Gesicht gerötet war, was Lady Ambervale zuerst als Folge seiner Aufregung deutete, bis sie erkannte, dass die Rötung lediglich einseitig war.

„Wir haben als Erstes selbstverständlich Mistress Baker und Mister Holworth informiert."

„Sind sie hier?"

Sergeant Pembrook hielt sich die Seite.

„Nicht mehr."

Constable Daniels übernahm das Gespräch.

„Mister Holworth. Er wollte ... bitte verzeiht mir, dass ich es so ausdrücke ... er wollte Mistress Holworths sterbliche Überreste mitnehmen."

„Fünf Männer waren nötig, ihn davon abzuhalten ... er war von Trauer übermannt. Hat um sich geschlagen wie ein Wilder."

„Er wollte sie nach Hause bringen, wie er sagte, aber wir müssen sie den Bestattern übergeben."

„Wie ist sie gestorben?"

„Nun, dieses Gespräch wird vermutlich etwas länger dauern. Wollt Ihr ... dürfen wir Euch eine Tasse Tee anbieten?"

Lady Ambervale stützte Miss Delagore am Arm.

„Falls es Ihnen nicht allzu große Umstände bereitet, würden wir ein Glas Brandy bevorzugen."

„Selbstverständlich."

Der Sergeant nickte und wirkte, als könnte er jetzt selbst das eine oder andere Glas benötigen. Er führte sie in sein Büro, schenkte jedem von ihnen ein Glas ein, und sie alle, die beiden Frauen wie auch die beiden Polizisten, tranken, und allmählich legte sich ihre Aufregung ein wenig, nicht aber das dumpfe und lähmende Gefühl, das die Neuigkeit bei ihnen allen ausgelöst hatte.

„Können Sie uns erzählen, was Sie bisher in Erfahrung gebracht haben? Falls das für dich in Ordnung ist, Mandy?"

Miss Delagore leerte ihr Glas in einem Zug und nahm all ihren Mut zusammen.

„Ich möchte es gerne wissen."

„Einige der Schlammwühler – Straßenkinder und Bettler, die bei Ebbe am Flussufer nach Dingen suchen, die sie möglicherweise verkaufen können – haben sie gefunden. Wir gehen davon aus, dass sie sehr lange im Wasser war, vermutlich seit dem Tag, an dem sie vermisst wurde. Sie muss in einen der Kanäle gestürzt sein, wo sie ertrunken und von dort dann in die Themse gespült worden ist."

„Sie sagten, sie sei ertrunken. Hatte sie Verletzungen an ihrem Körper?"

„Keine nennenswerten ..."

„Blutergüsse?"

„Sie meinen, ob ihr jemand Gewalt angetan hat?"

„Hat sie möglicherweise jemand ermordet, lautet meine Frage."

„Nein, wir denken nicht. Und wer ...?"

„Was für Verletzungen hatte sie?"

Der Sergeant wirkte überrascht.

„Sie sagten, keine nennenswerten. Welche nicht nennenswerten Verletzungen hatte sie?"

„Nun, sie hatte einen Bluterguss am Hals, etwa hier, der möglicherweise von einer kleinen Verletzung stammte.“

„Sie wurde nicht geschlagen oder möglicherweise mit Gewalt in den Kanal geworfen?“

Nun war auch Constable Daniels verblüfft.

„Nein, Mylady, ich bedauere. Dieser Bluterguss stammt nicht von Schlägen, er sind auch keine Würgemale. Wieso vermutet Ihr das?“

Noch wollte Lady Ambervale den Polizisten nichts von ihrem Apfel erzählen oder den Verletzungen an Arthur Holworths Händen.

„Wovon könnte diese Verletzung stammen?“

„Das ist schwer zu sagen, möglicherweise ein Kratzer.“

„Wird sie untersucht werden, von einem Doktor der Medizin?“

„Dafür sahen wir bisher keine Veranlassung … und wer würde diese Untersuchung bezahlen?“

„Aber ich sehe eine“, sagte Lady Ambervale. „Wie ist in einem solchen Fall die übliche Vorgehensweise?“

„Wenn es den Verdacht eines Verbrechens gibt …“

„Den gibt es.“

„Nun, wie ich sagte, sie ist unverletzt …“

„Ich will sie sehen … und ich möchte einen Doktor der Medizin hinzuziehen, der Untersuchungen an ihr vornimmt.“

„Aber Mylady“, mischte sich Miss Delagore nun ein. „Ihre Familie würde das womöglich nicht gutheißen … ihr Körper sollte unversehrt hinübergehen.“

Lady Ambervales Gemüt erhitzte sich, aber sie zwang sich, ruhig zu bleiben.

„Mandy, ich verspreche dir, ihr wird nichts geschehen. Ihr Körper wird unversehrt bleiben." Sie wandte sich erneut den Polizisten zu. „Gibt es einen Arzt, den Sie herbeiholen können?"

„Ja, aber in einem Fall ohne Verdacht wird niemand die Kosten ..."

„Ich werde sie tragen. Schicken Sie nach ihm ... jetzt sofort."

Constable Daniels blickte zu seinem Vorgesetzten, der widerwillig nickte.

„Constable, schicken Sie einen Boten. Ich werde in der Zwischenzeit alle Papiere vorbereiten."

„Jawohl, Sergeant."

„Mandy", sagte Lady Ambervale, „nimm dir den restlichen Tag frei, wenn du möchtest. Geh und kümmere dich um Mistress Baker. Ich verspreche dir, Mistress Holworths Körper wird mit dem größtmöglichen Respekt untersucht werden, und sie wird unversehrt hinübergehen."

„Danke, Mylady."

Als Miss Delagore das Polizeirevier verlassen hatte und sie mit Constable Daniels allein war, sagte Lady Ambervale: „Ich möchte sie sehen. Jetzt."

„Ohne den Arzt?"

„Ja."

„Es ... wird Euch nicht gefallen. Sie war sehr lange im Wasser."

„Es muss mir nicht gefallen. Ich will wissen, was geschehen ist ... und wer dafür verantwortlich ist. Und danach, wenn die Untersuchungen abgeschlossen sind, möchte ich den Arzt sprechen."

Der Polizist wollte erneut etwas einwenden, sah aber die Entschlossenheit in ihrem Gesicht und nickte dann.

„Ich werde sie Euch zeigen, aber … sagt nachher nicht, ich hätte Euch nicht gewarnt."

***

In den Kammern unter dem Polizeirevier roch es modrig, die Luft war feucht und schwer und berührte sie wie ein aufdringlicher Verehrer, den sie nicht abzuwehren vermochte. Hier befanden sich Zellen für Insassen, die an eines der Londoner Gefängnisse überstellt werden mussten, die jedoch zurzeit leer standen, Lagerräume für Ausrüstung, Archive und ein Raum mit zwei Tischen in der Mitte. Auf einer Anrichte lagen Untersuchungsgeräte, ein Stück weiter stand ein Möbelstück, das wie ein Medizinschrank aussah, aus weiß gestrichenem Holz und mit gerahmten, gläsernen Türen. Kaltes Licht fiel durch die schmalen Kellerfenster, und die Temperatur schien schlagartig um einige Grade gesunken zu sein. Auf einem der Tische befand sich eine lange, schmale Holzkiste, ein schlichter Sarg, und Lady Ambervale musste wieder an das Begräbnis ihres Vaters denken.

Constable Daniels drehte sich zu ihr.

„Ihr könnt es Euch jederzeit anders überlegen."

Als sie nicht antwortete, trat er an einen der Schränke, beträufelte ein Tuch mit einigen Tropfen einer Flüssigkeit und bot es Lady Ambervale an, ehe er sich selbst ein zweites davon unter die Nase band.

„Was ist das?"

„Pfefferminzöl. Es hilft gegen den Geruch … wenn auch nicht gegen den Anblick."

Er wartete, ehe er weitersprach.

„Ich möchte Euch bitten, Euch umzudrehen. Ich sage es euch, wenn alles bereit ist."

Lady Ambervale kehrte ihm den Rücken zu, wandte den Blick auf einen der Schränke, in dem einige Fläschchen und unterschiedliches medizinisches Werkzeug lagerten, während sie in den Glasscheiben sein geisterhaftes Spiegelbild beobachtete. Sie hörte das Knacken des Holzes, als er den oberen Teil des Sargs entfernte und an die Wand lehnte, und das Rumoren, als er weitere Vorkehrungen traf.

„Ihr … könnt sie Euch nun ansehen, wenn Ihr bereit seid."

Constable Daniels stand wieder neben ihr.

„Ihr müsst das nicht tun. Wir können auf den Arzt warten und uns danach seine Untersuchungsergebnisse ansehen."

„Nein", sagte sie und verspürte trotz seiner Fürsorge keinen Groll. „Ich muss sie sehen … ich muss es verstehen."

„Ihr solltet Euch nicht mit den schrecklichen Seiten des Lebens befassen. Ihr könntet ein Leben in Glück und Schönheit …"

„Das Leben besteht aber nicht nur aus schönen Dingen."

„Nein, gewiss nicht."

„So wie das Licht den Schatten braucht, um ihm Bedeutung zu verleihen."

Darauf wusste der Polizist nichts zu antworten. Er nickte und bot ihr seine Hand an. Lady Ambervale ergriff sie und drehte sich zu dem Sarg um, der nun geöffnet auf dem Tisch lag. Zuerst sah sie nur das spröde Holz, das den Körper verbarg. Erst als sie näher herantrat, gab der Sarg den Blick auf sein Inneres frei. Die aus einfachen Brettern gezimmerte Kiste war gänzlich anders als die Särge ihres Vaters und ihrer Mutter. Es gab kein gepolstertes, mit Seidentuch verziertes Inneres, keinen Schmuck, keinen Trost. Nur die Wahrheit. Lady Ambervale trat einen weiteren Schritt näher heran.

Constable Daniels hatte ein Tuch über das Gesicht der Toten gelegt. Sie trug ein schlichtes Kleid, ihre Füße, die zweifellos in Schuhen gesteckt hatten, waren nackt, Schuhe und Strümpfe nicht länger da, wo sie hingehörten, womöglich gestohlen und verkauft. Lady Ambervale fragte sich, ob die Person, die sie nun trug, wusste, dass sie in den Schuhen einer Toten lief, und ob es sie kümmerte. Der Saum des dünnen Kleides gab den Blick auf blasse Knöchel frei, an denen die Haut nahezu transparent war. Lady Ambervale konnte die Kälte des Körpers, der vor ihr lag, förmlich fühlen und fröstelte, während der intensive Geruch des Pfefferminzöls sie einhüllte. Und für einen absurden Augenblick fragte sie sich, ob sie jemals wieder würde Pfefferminztee trinken können, ohne dabei an den Anblick der toten Mistress Holworth zu denken. Obwohl das Gesicht der jungen Frau verdeckt war, konnte Lady Ambervale die Umrisse der feinen Gesichtszüge darunter erkennen, den sanften Bogen ihres Kinns, die geschwungene Form ihrer Nase, die eingesunkenen Stellen, wo ihre Augen lagen. Einige dunkle Haarsträhnen ragten unter dem Tuch hervor und klebten an ihrem schlanken Nacken.

„Wo sind ihre Sachen?", flüsterte Lady Ambervale, als fürchte sie, sie könnte die Tote wecken.

„Sie trug wahrscheinlich einen Mantel. Aber wir haben ihn nicht ... auch ihre Taschen waren bereits geleert worden. Vermutlich von den Schlammwühlern."

„Und Sie sagten, sie habe keine Verletzungen? Haben Sie sie untersucht?"

„Wir ... haben selbstverständlich nicht ihren gesamten Körper untersucht, aber sie hatte keine offenkundigen Verletzungen."

„Zeigen Sie mir den blauen Fleck ... bitte."

„Er ist gleich hier, an ihrem Hals."

Constable Daniels drehte den Kopf sanft zur Seite, und dort an ihrem Hals sah Lady Ambervale die Stelle, von der er erzählt hatte. Ein dunkler Fleck, nicht größer als der Abdruck eines Daumens, pflaumenfarben, und in der Mitte saß ein kleines Loch.

„Wovon mag der stammen?", fragte Lady Ambervale, die sich bemühte, nicht daran zu denken, dass diese blasse, nahezu transparente Haut noch vor wenigen Tagen von pulsierendem Leben erfüllt gewesen war, voller Lachen und der Freude, ihre Tochter bald zu sehen. Ein Wiedersehen, das jedoch nie stattfinden sollte.

„Soll ich Euch nach oben bringen?", fragte Constable Daniels, und Lady Ambervale war überrascht. Dann bemerkte sie, dass ihre Wangen nass waren und sie über dem Sarg der Toten zu weinen begonnen hatte.

„Nein, es ist gut. Ich ... dachte nicht, dass es mir so nahegehen würde."

„Es wäre schlimm, wenn es das nicht täte." Er stützte sie am Arm, und zu ihrer eigenen Überraschung ließ sie ihn gewähren.

„Diese Verletzung", sagte sie. „Für mich sieht sie wie ein Einstich aus."

„Ein Einstich? Wovon?"

„Das weiß ich noch nicht."

***

Einige Stunden später hatte auch der Arzt seine Untersuchungen abgeschlossen und berichtete von seinen Erkenntnissen. Er war ein junger, äußerst schlanker Mann, der gänzlich in Schwarz gekleidet war. Sein dunkles Haar saß glatt an seinem Kopf und glänzte vor Pomade. Er stand am Fenster mit einem Glas Brandy in der Hand und fasste die Ergebnisse zusammen, während Lady Ambervale das Gefühl nicht abschütteln konnte, dass er den Umgang mit Toten dem mit lebenden Menschen jederzeit vorzog.

„Die Frau ist ertrunken", sagte er, als würde ihn jedes einzelne Wort Überwindung kosten.

„Haben Sie die Verletzung an ihrem Hals gesehen?", fragte Lady Ambervale.

„Selbstverständlich."

„Wovon könnte sie stammen?"

„Ein Kratzer, ein Stich? Jedenfalls nicht tödlich."

„Eine Injektion?"

„Am Hals? Das wäre äußerst unüblich. Keine mir bekannte Medizin wird auf diese Weise verabreicht. Darüber hinaus ist die Entstehung eines Blutergusses höchst ungewöhnlich."

„Außer wenn man sie gegen ihren Willen betäubt hätte?"

„Das wäre denkbar ... theoretisch."

„Könnte die Verletzung von einem Einstich mit einer Injektionsnadel stammen?"

„Natürlich."

Lady Ambervale fand seine Art, sich auszudrücken, überaus verwirrend.

„Heißt das, Sie können bestätigen, dass sie betäubt wurde?"

„Nein. Aber es wäre möglich." Er seufzte. „Dennoch halte ich dieses Szenario für unwahrscheinlich. Hypothetisch gesprochen könnte es sich bei dem Täter um einen Arzt handeln, da er im Umgang mit ärztlichen Utensilien geübt ist, wozu zumindest medizinische Grundkenntnisse erforderlich wären. Und er müsste selbstverständlich über einen Zugang zu Betäubungsmitteln verfügen. Dem steht allerdings entgegen, dass jemand mit einer medizinischen Ausbildung gewiss keine Injektion als Betäubungsmethode gewählt hätte, sondern viel eher Chloroform oder Äther benutzt hätte. Die Verabreichung wäre wesentlich einfacher und effektiver."

„Chloroform?"

„Chlorkohlenstoff. Ein modernes, äußerst wirksames Narkotikum, das über die Atemwege verabreicht wird. Ein damit getränktes Tuch über Mund und Nase gehalten wäre völlig ausreichend, um eine entsprechende Betäubung zu erzielen ... was ein studierter Mediziner selbstverständlich gewusst hätte. Daher halte ich, wie bereits erörtert, eine Betäubung oder gar Mord für äußerst unwahrscheinlich."

Lady Ambervale hatte angefangen, im Raum auf und ab zu marschieren, und setzte ihre Unterredung mit dem Arzt fort, ohne ihn anzusehen.

„Und wäre ein ähnlicher Effekt auch auf anderem Wege herbeiführbar?"

„Ihr meint über eine Injektion? Gewiss. Die Verabreichung einer großen Menge Schmerzmittel wie Morphium könnte eine ähnliche Wirkung erzielen. Eine Betäubung. Und in weiterer Folge ... aber das hängt natürlich ganz von der Dosierung ab. Aber schlimmstenfalls? Orientierungslosigkeit, Bewusstlosigkeit, Stillstand der Atmung, Stillstand des Herzens."

„Wenn man sie also auf diese Weise betäubt und in den Kanal geworfen hätte?"

Der Arzt leerte sein Glas.

„Dann wäre sie jetzt höchstwahrscheinlich tot, ertrunken – wie sie es ja ist."

- 11 -

Lord Randolph Lancaster

„Lydia?", rief Lord Lancaster.

„Hallo, Randolph."

Sie hatte auf ihn gewartet, nahe dem Gentlemen's Club, in dem er regelmäßig verkehrte – auch damals schon. Seine Augen waren glasig.

„Was tust du hier? Hast du wieder versucht, dich hineinzustehlen?"

Bei der Erinnerung musste sie lächeln.

„Nein, diese Zeiten sind vorbei. Können wir sprechen?"

Lord Lancasters Grinsen wich einem dümmlichen Glotzen, als er die Ernsthaftigkeit in ihrer Stimme bemerkte. Dann blickte er zu seiner Kutsche und rief dem Fahrer zu: „Mister Languet, ich bedarf Ihrer Dienste heute nicht mehr, fahren Sie nach Hause. Ich werde einen Spaziergang mit der reizenden Lady Ambervale unternehmen."

„Sehr wohl, Mylord."

Der Fahrer schien über diese sprunghafte Entscheidung nicht weiter überrascht zu sein, er kletterte auf den Kutschbock und setzte das leere Gefährt mit einem Schnalzen seiner Zunge in Bewegung.

„Was kann ich für dich tun?", fragte Lord Lancaster, als sie nebeneinanderher liefen, und fügte, ohne sie zu Wort kommen zu lassen, hinzu: „Wir haben uns über Jahre nicht gesehen und jetzt gleich zweimal innerhalb weniger Tage."

„Ich war beschäftigt."

Lord Lancaster öffnete den Mund.

„Du bist verheiratet", fügte sie hinzu, ehe er etwas erwidern konnte. Danach schwiegen sie eine Zeit lang.

„Ich brauche deine Hilfe", gestand sie. „Du musst mir mehr über Lord Beaufort erzählen."

„Über William? Was willst du denn wissen?"

Darauf hatte Lady Ambervale keine exakte Antwort. „Alles", hätte sie gerne erwidert.

„Er ist Kriegsveteran, nicht wahr?"

„Man könnte ihn auch einen Helden nennen."

„Du sagtest, er wurde verletzt? Benötigt er deswegen diesen Gehstock?"

„Den Stock, ja, und medizinische Behandlungen. Aber der Splitter in seinem Rücken ist inoperabel. Was wohl ein besonders intelligentes Wort dafür ist, dass sie nicht in der Lage sind, ihn zu entfernen. Als ob diese hochgebildeten Ärzte und Gelehrten versuchen würden, ihre Unzulänglichkeiten hinter jeder Menge komplizierter Formulierungen zu verstecken, um sie sich nicht eingestehen zu müssen."

„Da mag was dran sein." Lady Ambervale grübelte über die Frage, welcher Art Lord Beauforts Behandlungen wohl waren und ob sein vermeintliches Pech im geschäftlichen Bereich vielleicht ebenfalls damit in Zusammenhang stehen konnte.

„Hat er große Schmerzen?"

Lord Lancaster runzelte die Stirn.

„Bist du nur deswegen gekommen? Um mich über William auszufragen? Du weißt, ich könnte euch jederzeit vorstellen …"

„Nun, ja. Wieso fragst du?"

„Du willst nicht über das sprechen, was vorgefallen ist? … Damals? Zwischen uns?"

„Was sollte ich darüber sprechen wollen? Es ist Jahre her. Du hast mich verlassen, während die Krankheit meines Vaters meine ganze Aufmerksamkeit erforderte. Er lag im Sterben. Du hast den Kontakt abgebrochen und kurz darauf eine deutlich jüngere … und vermutlich einfachere Frau geheiratet. Das war eine Überraschung." Sie starrte die Straße entlang. „Nein, Randolph. Es gibt nichts zu besprechen. Du hast eine Entscheidung getroffen, und sie … nun, ich vermute, sie ist wohl recht nett. Wir haben auf Lord Whitmores Party ein paar Worte gewechselt."

„Tatsächlich?"

„Ja. Ich gratuliere dir … denke ich."

„Danke. Sie ist … anders als du. Du warst schon immer besonders …"

Lady Ambervale zog die Augenbrauen hoch. Dieses Gespräch verlief ganz und gar nicht so, wie sie erwartet hatte. Und die Erinnerung an damals schmerzte sie, auch wenn sie das vor ihm niemals zeigen würde.

„Ich will nichts davon hören, Randolph. Lord Beaufort … wie ist er so? Als ehemaliger Offizier?"

Lord Lancaster blieb stehen.

„Du willst also tatsächlich mit mir über William sprechen?"

„Ja."

„Welcher Natur ist dein Interesse an ihm?“

„Welcher Natur? Ich … will lediglich Erkundigungen über ihn einholen, wegen eines möglichen Geschäfts.“

Sein Ausdruck gefror.

„Lydia, ich mag vielleicht ein wenig betrunken sein, und ich habe … Fehler gemacht … dumme Fehler …, und ich bin auch keiner deiner hochgebildeten Wissenschaftler, die du so sehr verehrst, aber das ist das erste Mal, dass du versuchst, mich anzulügen.“

„Ich … du hast recht. Ich weiß nicht, warum ich das gesagt habe. Wir … haben uns lange nicht gesehen.“

„Ja. Viel zu lange.“

„Nein, Randolph. Geh nach Hause … zu deiner Frau. Es war töricht von mir, dich zu fragen. Du hast dich kein Stück verändert.“

Er warf die Arme in die Luft und rief: „Was willst du von mir hören?“, sodass einige Passanten ihnen die Köpfe zuwandten.

„Du willst wissen, ob William Probleme hat? Ich weiß es nicht, Lydia! Mag sein. Er … ist einer meiner ältesten Freunde. Was soll ich dir denn sagen?“

Lord Lancaster hatte sich in Rage geredet.

„Geht es immer noch um deine verschwundene Haushälterin?“

„Sie ist nicht meine Haushälterin!“

„Meinetwegen, aber was hat das alles mit William zu tun? Das ist doch lächerlich. Du machst dich zum Gespött …“

„Sie ist tot, Randolph! Sie wurde ermordet!“

„Er…? Das tut mir leid, Lydia. Aber ich verstehe es nicht.“

Lady Ambervale biss sich auf die Innenseite ihrer Wange, um nicht loszuschreien.

„Alles, was ich von dir wissen will, ist: Denkst du, er wäre in der Lage, jemanden zu töten?“

„Das will ich doch hoffen! Er war bei der Armee, verdammt!“

„Ja … das habe ich mir auch schon gedacht.“

Lord Lancaster schlug sich gegen die Stirn.

„Das ist doch nicht zu fassen! Hörst du eigentlich, was du da sagst? Du tust es schon wieder. Du jagst deinen Fantasien hinterher und bemerkst dabei gar nicht …“

„Wie was, Randolph?“

„Wie … dich alle ansehen. Alle sehen es, Lydia … nur du nicht. Es ist verrückt.“

Lady Ambervales Kiefer mahlten. Sie grub die Fingernägel in ihre Handflächen.

„Das ist mir egal“, fauchte sie. „Hörst du? Es ist mir egal, was andere denken. Diese junge Frau ist tot. Sie hatte eine Tochter, einen Ehemann … und niemanden kümmert es! Aber ich werde nicht einfach dabei zusehen, werde nicht einfach lächeln und so tun, als wäre nichts geschehen … Ich werde herausfinden, wer es war. Und wenn es Beaufort war …“

„Welchen Grund hätte er denn?“

„Das ist es, was ich herausfinden muss.“

„Lydia, es tut mir leid, ich kann dieses Gespräch nicht mit dir führen. Das geht zu weit! Er ist mein Freund und ein ehrbarer Mann! Du … du brauchst Hilfe, Lydia.“

„Ja, ich verstehe.“ Das Lächeln auf ihren Lippen war eiskalt. „Richte deiner Frau Grüße aus, Randolph. Danke, dass du mir deine Zeit geschenkt hast.“

Sie kehrte ihm den Rücken zu und marschierte davon. Er würde ihr zweifellos nachstarren, aber ihr hinterherzulaufen wagte er nicht, weil Randolph immer schon zerrissen gewesen war. Er sorgte sich um sie und wollte ihr helfen, liebte sie womöglich immer noch und konnte dennoch nicht bei ihr sein. Er suchte nach Herausforderungen und Abenteuern und brauchte dennoch stets die Bestätigung und Bewunderung der anderen. Vielleicht war dies auch der Grund gewesen, warum er sie verlassen hatte. Sie hätte ihm nie die tugendhafte und stille, ehrbare Frau sein können, die er suchte oder glaubte, suchen zu müssen, weil man sie an seiner Seite erwartete. Sie fragte sich, ob er glücklich war, und kannte die Antwort bereits. Dennoch ... er hatte dieses Leben selbst gewählt, eines, das akzeptiert und anerkannt und geschätzt war und ihm das wohlwollende Nicken und Händeschütteln der anderen Lords und Ladys einbrachte. Er bezeichnete es als Schlangengrube und war zugleich so sehr darauf bedacht, ihnen zu gefallen, dass Lady Ambervale gar nicht wusste, wozu ihn das eigentlich machte. War er dadurch nicht selbst die schlimmste aller Schlangen oder nur ein hilfloser Schlangenbändiger, der unablässig seine Melodie trällerte aus Angst, gebissen zu werden?

***

Als Lady Ambervale nach Hause kam, wollte sie nichts lieber, als sich in ihr Studierzimmer zurückzuziehen und nichts weiter denken zu müssen, sich nichts widmen zu müssen als möglicherweise dem Studium von Mister Darwins Buch. Aber in diesem Raum lauerten auch alle Fragen und ungeklärten Rätsel um Mistress Holworths Tod. Ihre Listen und Sammlungen von Indizien und Hinweisen. Alle Lücken und fehlenden Informationen, die sie nicht kannte. Und sie wusste, dass sie mit Miss Delagore sprechen musste. Sie hatten seit ihrem Besuch auf der Polizeiwache kein Wort mehr gewechselt, und Lady Ambervale wusste, wie sehr die Nachricht vom Tod ihrer Freundin sie erschüttert hatte.

Sie hängte ihren Mantel auf und ging in die Küche, um Miss Delagore zu suchen, und genau dort fand sie die pflichtbewusste junge Frau auch, Kartoffeln schneidend über ein Brett gebeugt. Als diese den Blick hob, erkannte sie dunkle Ringe unter ihren Augen, und ihre Wangen wirkten eingefallener als sonst.

„Guten Tag, Mandy.“

„Mylady.“

Lady Ambervale stellte sich vor sie hin, als wollte sie eine Ansprache halten.

„Es tut mir leid, ich hätte dir heute freigeben sollen. Ich kann es immer noch tun, falls dies dein Wunsch ist.“

„Das ist sehr großzügig von Euch, Mylady, aber ich denke, es ist gut, wenn ich mich auf meine Arbeit konzentrieren kann. Es hilft mir, mich abzulenken und … nicht ständig daran denken zu müssen.“

Sie rührte kurz in einem Topf, der auf dem Herd stand. Dann hielt sie inne und starrte ins Leere.

„Ihr Verschwinden war grauenvoll, wegen der Ungewissheit … aber die Gewissheit ihres Todes … ist sogar noch viel schrecklicher. Und dass sie einem Verbrechen zum Opfer gefallen sein soll? Wer …?“

Miss Delagores Kinn bebte.

„Ich weiß es nicht, Mandy. Noch nicht. Aber ich verspreche dir, wir werden alles tun, um es herauszufinden."

„Vielleicht ... ist es zu gefährlich. Und wie sollten wir es herausfinden?"

„Es gibt da eine Sache, die Lord Calvert sagte, über die ich in letzter Zeit viel nachgedacht habe. Vielleicht habe ich ihm unrecht getan. Vielleicht kann er uns doch helfen. Du musst ihm eine Nachricht zukommen lassen, sobald ich das Schreiben aufgesetzt habe."

Miss Delagore nickte, und die neue Aufgabe schien ihr ein wenig Halt zu geben.

„Was ich dich noch fragen wollte: Sagt dir der Name Albin etwas?"

„Albin? Nein. In welchem Zusammenhang habt Ihr ihn gehört?"

„Arthur Holworth erwähnte ihn. Und ich hatte den Eindruck, dass er ihm gegenüber nicht sehr wohlwollend eingestellt war. Eher im Gegenteil. Er ... dürfte ihm Sorgen bereiten."

„Ihr habt mit Arthur gesprochen?"

„Ja, ich war dort ... letzte Nacht – bevor wir von Mistress Holworths Tod erfuhren. Er wirkte aufgebracht. Hast du seitdem mit ihm gesprochen?"

„Nein. Ich fand nicht den Mut ... Mistress Baker war bei mir. Aber nicht Art."

Tränen rannen ihre Wangen hinab, und der Kochlöffel entglitt ihren Fingern.

„Ich habe Angst, Mylady ... Wer könnte nur so etwas Schreckliches tun?"

Lady Ambervale fasste sie am Arm.

„Mandy, hör mir zu. Ich verlange von dir, dass du dich auf deine Aufgabe konzentrierst! Wir werden den Täter fassen, aber dafür brauche ich deine Hilfe, verstehst du?"

Miss Delagore zitterte, doch sie nickte.

„Sehr gut. Ich werde das Schreiben an Lord Calvert aufsetzen. Überbringe es ihm, wenn du hier fertig bist."

„Ja, Mylady."

„Und bezüglich dieses Mister Albins ..."

„Ich könnte mich in Stepney umhören."

Miss Delagore hatte sich wieder gefangen, und Lady Ambervale nickte.

„Ja. Ich denke, das wird nötig sein."

***

Lord Calverts Antwort ließ nicht lange auf sich warten, und auch er selbst betrat kurze Zeit später Lady Ambervales Empfangshalle.

„Ich bin froh, dass Ihr mir geschrieben habt", sagte er nach einem Schluck aus seinem Glas. „Wisst Ihr, ich muss mich bei Euch entschuldigen. Ich hätte Euch nicht so väterlich behandeln dürfen. Ihr seid eine selbstständige und intelligente Frau, und Ihr wärt nicht Montgomerys Tochter, wenn Ihr nicht Euren eigenen Weg gehen würdet ... Ich bitte Euch aufrichtig um Verzeihung."

„Eine Entschuldigung ist nicht nötig. Ich ... danke Euch für Eure Fürsorge, Lord Calvert."

„Bitte, nennt mich Richard."

„Gerne, Richard. Aber dann müsst Ihr mir versprechen, mich von nun an Lydia zu nennen. Ich danke

Euch, dass Ihr so rasch kommen konntet. Die Angelegenheit um Mistress Holworths Verschwinden hat sich dramatisch verändert."

„Inwiefern?"

„Sie ist tot. Und wie die Dinge stehen, wurde sie aller Wahrscheinlichkeit nach ermordet."

„Mord? Das ist ja grauenvoll. Eigentlich ... wollte ich Euch darüber berichten, dass ich, nun ja, meine Beziehungen ein wenig ins Spiel gebracht habe, um einige Erkundigungen über Lord Beaufort einzuholen. Aber das scheint ja nun nicht mehr nötig zu sein ..."

„Doch, Lord ... ich meine Richard, das ist genau das, was jetzt nötig ist."

„Aber Mord an einem einfachen Zimmermädchen? Das scheint mir keine Angelegenheit zu sein, die ein Lord ..."

„Ich denke, wir sollten ganz am Anfang beginnen. Bitte, erzählt mir, was Ihr über Lord Beaufort in Erfahrung bringen konntet. Danach sehen wir weiter."

„Ja, das scheint mir eine vernünftige Herangehensweise zu sein." Er trank, und Miss Delagore füllte sein Glas erneut.

„Nach Eurem Besuch ... fühlte ich mich wie ein alter Narr. Ich hätte Euch nicht so behandeln dürfen ... jedenfalls beschloss ich, so viele Erkundigungen wie möglich für Euch einzuholen und Euch um Verzeihung zu bitten. Also befragte ich einige meiner alten Freunde, und zwei von ihnen konnten mir mehr über Lord Beauforts Geschäfte erzählen. Er scheint ein äußerst strebsamer Mann zu sein, der nach dem Ende seiner Offizierslaufbahn nun versucht, sich als Geschäftsmann einen Namen zu machen. Er ist allerdings sehr ... nun ja, nennt es wagemutig. Einige seiner Unternehmungen in der Vergangenheit scheiterten spektakulär und haben ihn einen großen Teil seines Vermögens gekostet. Er dürfte über ausreichende Reserven verfügen, allerdings ..."

Er hatte den Anschluss an seinen Gedankengang verloren, nippte an seinem Glas und fragte, ob er sich eine Pfeife anstecken dürfe, da ihm das häufig beim Denken helfe.

„Sehr gerne", entgegnete Lady Ambervale. „Wisst Ihr, bei meinem letzten Besuch habt Ihr etwas erwähnt, das mich seitdem sehr beschäftigt. Ihr sagtet, dass die Gefahr bei Gerüchten darin bestünde, dass man sie für wahr hielte, wenn sie nur allzu lange bestehen blieben."

„Oh, nein", sagte Lord Calvert, der das Streichholz ausschüttelte und an seiner Pfeife zog. „Sie werden wahr. Ganz wie von selbst. Angenommen, man ginge allgemein davon aus, dass Lord Beaufort kein Händchen für Unternehmungen habe, dann mangelte es ihm zunehmend an willigen Geschäftspartnern oder zumindest solchen, die etwas von ihrer Sache verstehen. Übrig blieben diejenigen, die ebenfalls nichts davon verstehen, oder jene Unternehmungen, die ein besonderes Wagnis darstellen. Seine Möglichkeiten, Geschäfte zu machen, wären jedenfalls begrenzt, und er wäre gezwungen, größere Risiken einzugehen. Die Gefahr des Scheiterns wäre groß. Käme dann die Nachricht eines tatsächlichen Fehlschlags hinzu ... oder gar eines möglichen Bankrotts ..."

„Dann hätten sich alle Gerüchte mit einem Schlag bestätigt."

„Exakt."

„Was wäre es einem Mann wie Lord Beaufort wohl wert, die Verbreitung einer solchen Nachricht zu unterbinden?“

„Nun, im schlimmsten aller Fälle hinge seine gesamte Existenz davon ab, nicht wahr? Er würde einen Aufenthalt im Schuldgefängnis wohl um jeden Preis verhindern wollen.“

Lord Calvert war im Zuge der Unterhaltung sehr ernst geworden.

„Lydia, ich bin nicht sehr gut darin, um den heißen Brei herumzureden.“

„Nein, bestimmt nicht, sonst wärt Ihr gewiss nicht mit meinem Vater befreundet gewesen.“

„In der Tat, Montgomery hatte sogar noch weniger Geduld für Schwätzer als ich.“

Der alte Lord kicherte.

„Hat er Euch die Geschichte erzählt, als ihn dieser junge Lord, ich denke Blackwell war sein Name, zum Duell forderte, weil Euer Vater sich mitten im Gespräch von ihm abgewandt hatte, da er sein Geschwafel nicht länger ertragen konnte?“

„Mein Vater hat sich duelliert?“

„Ach was, nein. Er hat den kleinen Wichtigtuer geohrfeigt und zur Tür hinausbefördert, sodass dieser mit dem Gesicht direkt im Dekolleté von Lady Eggerton landete, woraufhin es diese rücklings auf ihr altes Hinterteil setzte. Er lief rot an und stürmte davon. Wir haben uns halb totgelacht. Noch Tage später hat er versucht, sein Duell einzufordern. Es war ein großartiger Spaß.“

Das Kichern des alten Lords war ansteckend, und Lady Ambervale lachte ebenfalls.

„Nein, diese Geschichte kannte ich nicht.“

„Ach ja, das waren gute Zeiten ... Was ich Euch sagen wollte, ist dies: Sollte es sich bei dem Verbrechen tatsächlich um Mord handeln, müssen wir mit äußerster Vorsicht vorgehen. Wir können nicht herumlaufen und Leute befragen. Wenn das herauskäme ... es könnte sehr gefährlich sein.“

Lady Ambervale kaute an ihrer Wange.

„Richard, ich werde mir diese Sache nicht ausreden lassen.“

„Das weiß ich. Ich bin hier, um Euch meine Unterstützung anzubieten.“

„Wisst Ihr, ich habe kaum Erinnerungen an meine Mutter ... und dieses Zimmermädchen, Mistress Holworth, sie hatte eine Tochter ... Lilly. Ich habe sie gesehen.“

Lord Calverts Gesicht wurde ernst.

„Dann werden wir ihr Gerechtigkeit verschaffen. Zumindest das, wenn schon nichts anderes.“

„Kommt“, sagte Lady Ambervale, während sie sich erhob. „Ich möchte Euch etwas zeigen.“

Sie führte ihn ins Studierzimmer und berichtete ihm alles, was sie bisher in Erfahrung gebracht hatte. Lord Calvert, der das Zimmer noch aus den Zeiten ihres Vaters kannte, betrachtete alles, wagte einen Schritt näher heran und studierte die Aufzeichnungen, während er Lady Ambervales Ausführungen folgte.

„Ich weiß noch nicht, was hinter Arthur Holworths Verletzungen steckt“, sagte Lady Ambervale. „Aber ich gehe davon aus, dass er seine Ehefrau nicht getötet hat, denn bis auf den kleinen Bluterguss an ihrem Hals war sie unversehrt. Die Schrammen an seinen Händen hingegen müssen von einer heftigen Auseinandersetzung stammen. Ein Überfall erscheint mir ebenfalls nicht schlüssig. Gewiss, sie trug keinerlei Wertgegenstände mehr bei sich, als sie gefunden wurde, was auf Diebstahl hindeuten könnte, allerdings könnte dies auch nachträglich geschehen sein, als man ihren Leichnam entdeckte. Die Menschen, die bei Ebbe an den Ufern der Themse nach Dingen suchen, die sie verkaufen können, haben ihr höchstwahrscheinlich alles abgenommen, was sich zu Geld machen lässt, bevor sie ihren Körper der Polizei übergaben, und dies womöglich auch nur in der Hoffnung auf einen Finderlohn. Die Tötungsmethode gibt mir bisher die größten Rätsel auf, denn sie erscheint mir sehr ungewöhnlich ... übermäßig aufwendig, wenn Ihr so wollt.“

Lord Calvert schluckte.

„Was war denn die Tötungsmethode?“

„Sie wurde betäubt, mithilfe einer Injektion hier am Hals, wenn meine Vermutungen zutreffen.“

„Betäubt?“

„Ja, und anschließend in die Kanäle nahe den Docks geworfen, wahrscheinlich um den Körper loszuwerden oder es nach einem Unfall aussehen zu lassen. Nach einigen Tagen hat es ihre Leiche dann in die Themse gespült, wo sie schließlich gefunden wurde.“

„Und – ich wage es kaum, zu fragen – wer hätte einen Grund gehabt, sie zu ermorden?“

„Ihr stellt die richtigen Fragen, Richard. Ich weiß es nicht. Ich weiß nicht, wer, und ich weiß nicht, warum. Aber wenn ich bei der Tötungsmethode richtigliege, gibt uns das einigen Aufschluss über die Natur des Verbrechens. Sie sagt uns, dass es sich nicht um ein zufälliges Verbrechen oder einen Überfall handelte. Der Mörder musste das Betäubungsmittel bereits bei sich gehabt haben mit dem Vorsatz, es zu benutzen ... Mistress Holworth sollte beseitigt werden. Und ich fürchte des Weiteren, der Mörder war niemand aus den Armenbezirken. Denn wer würde eine kostspielige Injektion für eine Tat heranziehen, die auch mit einem einfachen Messer begangen werden konnte?"

„All dies schließt Ihr aus einem blauen Fleck an ihrem Hals? Was wenn ... der Bluterguss nur ein Bluterguss war und sie aus Versehen in einen der Kanäle gestürzt ist? Vielleicht ... konnte sie nicht schwimmen. Die wenigsten können es."

„Das wäre möglich. Aber kurz davor hat sie ihren üblichen Heimweg verlassen. Ein Priester will sie in einer Kirche gesehen haben, die etwas abseits liegt, nahe der Themse, hier."

Lady Ambervale deutete auf eine Karte der Stadt, die an der Wand hing.

„St Mary-at-Hill. Vielleicht wurde sie verfolgt. Vielleicht hatte sie Angst ..."

Lord Calvert legte einen Finger an die Lippen, während er den Stadtplan betrachtete, dann senkte er seinen sorgenvollen Blick auf sie.

„Lydia, wir müssen auf der Hut sein. Wir dürfen keine voreiligen Schlüsse ziehen."

„Doch. Ich werde Schlüsse ziehen, Richard. Und ich werde den Verantwortlichen anklagen, aber zuerst muss ich verstehen, warum."

„Ja", stimmte Lord Calvert zu, und für eine lange Zeit blieb es das Einzige, was er sagte.

$$- 12 -$$

Lady Mildred Beaufort

Der Festsaal erstrahlte in hellem Glanz, Kristalle funkelten von den Kronleuchtern und brachen das Licht der Kerzen und der Petroleumlampen, während das Streichquartett spielte und der Duft nach teurem Parfüm und edlen Speisen, die in Häppchen serviert wurden, die Luft erfüllte. Lady Ambervale hatte sich bei Lord Calvert untergehakt, als dessen Begleitung sie an diesem Abend eingeladen war.

Sie wurden angekündigt, betraten den großen Saal und mischten sich unter die feine Gesellschaft des Abends. Es war ein Dinner, das von einem von Lord Calverts Geschäftsfreunden veranstaltet wurde und bei dem Lord und Lady Beaufort ebenfalls zugegen sein würden. Lady Ambervales Knie wurden weich. Nicht nur weil sie es nicht gewohnt war, in einem Raum mit so vielen Menschen zu sein, oder weil ihre Sinne von den Eindrücken geradezu überflutet wurden. Ihr war auch unwohl bei dem Gedanken, in diesem regen Treiben einem Mörder auf der Spur zu sein. Einem Menschen, der nicht davor zurückschreckte, das Leben eines anderen gewaltsam zu beenden. Sie sah immer noch die blasse, transparente Haut der toten Mistress

Holworth vor sich, die Konturen ihres Gesichts unter dem Tuch, den halb geöffneten Mund, der ihr zuzuflüstern schien: „Lauf! Lauf, solange du noch kannst."

Lady Ambervale fasste Lord Calverts Arm fester und lächelte, während sie sich umblickte und weitere Gäste angekündigt wurden.

***

Miss Delagore saß neben Mister O'Learey auf dem Kutschbock, während sie zurückfuhren, nachdem sie Lady Ambervale am Ort des festlichen Dinners abgesetzt hatten. Lord Calvert hatte sie in Empfang genommen, und gemeinsam waren sie die Treppe zum Eingang emporgestiegen. Nun saß sie in Gedanken versunken da, und Mister O'Learey schwieg ebenfalls. Die nebelverhangenen Straßen wirkten verlassen und leer, und das Klappern der Hufe durchschnitt die kühle Nachtluft.

„Gespenstisch", flüsterte Miss Delagore, mehr zu sich selbst als zu irgendjemandem sonst. „Wie ausgestorben."

„Sie müssen das nicht tun", entgegnete Mister O'Learey, und seine Stimme klang körperlos und rau, während der Wind sie forttrug.

„Doch", sagte Miss Delagore. „Ich muss. Irgendjemand weiß, was mit Fanny geschehen ist – und wer ihr das angetan hat. Und wir werden herausfinden, wer es war ... Trotzdem habe ich Angst."

„Und die Polizei? Wieso kümmern die sich nicht darum?"

„Lady Ambervale sagt, dass sie es möglicherweise nicht als Mordfall behandeln werden. Sie könnten nicht viel tun, solange sie keine stichhaltigen Hinweise hätten."

„Stichhaltig? Ist eine tote Frau denn nicht Hinweis genug?" Der Alte schnaubte. „Wenn Sie wollen, kann ich mich über diesen Albin erkundigen. Oder ich könnte Sie zumindest begleiten."

Ein Lächeln huschte über Miss Delagores Gesicht.

„Ich dachte nicht, dass ich das einmal zu Ihnen sagen würde, aber: Danke, das ist sehr freundlich von Ihnen. Aber ich denke, es ist besser, wenn ich allein mit Arthur spreche. Er kennt mich."

„Wie Sie meinen. Geben Sie auf sich acht", sagte er, als Miss Delagore vom Wagen stieg.

„Danke. Sie ebenso."

Die Villa der Beauforts lag nur zwei Straßen weiter, und Miss Delagore setzte sich in Bewegung, um in dieser Nacht wieder einige der Angestellten zu beobachten, und im Anschluss wollte sie mit Arthur Holworth sprechen. Dann fühlte sie eine Hand auf ihrer Schulter und musste einen Schrei unterdrücken. Sie fuhr herum und fand erneut Mister O'Learey, der ihr in die Augen blickte.

„Hier", sagte er und drückte ihr einen Gegenstand in die Hand. „Nehmen Sie das. Und sollten Sie Hilfe benötigen, dann schicken Sie nach mir ... ich werde da sein."

Miss Delagores Herzschlag pochte in ihrem Hals, und sie konnte kaum sprechen.

„Danke."

Er nickte, kletterte wieder auf die Kutsche und fuhr davon. Miss Delagore war wie erstarrt. Ihr Blick fixierte die schmale gerade Klinge, die im Lichtschein der Laternen schimmerte. Sie versteckte das Klappmesser in ihrer Schürze, tätschelte sich die Wangen und lief zum Haus der Beauforts.

***

Das Büfett war überladen mit Köstlichkeiten, die von den silbernen Tabletts quollen. Lady Ambervale probierte einige davon, nahm sich einen kleinen Teller und ein Glas und stellte sich an einen der Tische, von dem aus sie den Saal überblicken konnte. Lord Calvert war indes in der Menge verschwunden, um allen möglichen Lords und Ladys seine Aufwartung zu machen. Der Saal füllte sich, und Lady Ambervale erblickte einige bekannte Gesichter, darunter auch Lord Whitmore, der soeben eingetroffen war. Er sah sie, winkte und gesellte sich zu ihr.

„Lady Ambervale, wie schön, Euch hier zu treffen. Ich hatte befürchtet, es würde ein ganz und gar langweiliger Abend mit einer Reihe von geschäftlichen Unterredungen werden, aber nun, da ich Euch hier sehe, wage ich, zu hoffen.“

Lady Ambervale musste lachen.

„Freut Euch nicht zu früh, Lord Whitmore. Ich bin als Begleitung von Lord Calvert hier und kann Euch versichern, dass Ihr mit Eurer Einschätzung ganz und gar recht behalten werdet.“

„Hah!“, er grinste, und das Rot auf seinen Wangen ließ sich ihrer Einschätzung nach nicht ausschließlich auf den Champagner zurückführen. „Ich muss Euch gestehen, Ihr seht zauberhaft aus, Mylady.“

161

„Ihr schmeichelt mir. Ich freue mich, dass Ihr in London offensichtlich gut Fuß fassen konntet.“

„Ja,“ entgegnete der junge Lord. „Wobei ich mir nicht ganz sicher bin, ob so mancher Schein nicht auch trügerisch ist. Ich wurde gewiss auch deswegen eingeladen, um mich besser im Auge behalten zu können. Man möchte wohl abschätzen, was einen Fremdling wie mich in die große Stadt führt.“

„Ja, das könnte gut sein. Ich habe mir sagen lassen, dass auch in den feinsten Gesellschaften nicht alles Gold ist, was glänzt.“

Er fixierte ihre Augen.

„Aber wie erkennt man bloß den Unterschied?“

„Solltet Ihr darauf eine Antwort finden, müsst Ihr sie mir unbedingt verraten ... aber für den Anfang solltet Ihr vielleicht versuchen, Eure Zähne hineinzuschlagen. Ich denke, nur so lässt sich die Echtheit eines Goldklumpens beurteilen.“

„Nur dass der arme Klumpen dann beschädigt ist.“

„Wohl wahr“, entgegnete Lady Ambervale. „Aber dafür hat man Gewissheit.“

„Ein grässlicher Gedanke.“ Lord Whitmore nahm einen Schluck aus seinem Glas. „Wenn man bei allem, was man tut, bereits Gewissheit über das Ergebnis hätte, wie schrecklich langweilig wäre diese Welt dann. Und worauf ließe sich dann noch wetten?“

„Ja, laaangweilig“, bestätigte Lady Ambervale mit monotoner Stimme, und sie lächelten, während ihre Gedanken erneut zu Lord Beaufort flogen. Vielleicht ließ sich auch seine Echtheit prüfen, indem man seine Oberfläche beschädigte. Die These, die sie aufgestellt hatte, war simpel.

Lord Beaufort stand dem Bankrott näher, als irgendjemand ahnte. Die arme Fanny Holworth war zur falschen Zeit am falschen Ort gewesen und hatte ein Gespräch mit angehört, das sie nicht hören sollte, oder beim Aufräumen den Blick auf einen Stapel Geschäftspapiere geworfen, der nicht für ihre Augen bestimmt gewesen war. Lord Beaufort, dessen Ruf und dessen gesamtes Hab und Gut auf dem Spiel standen, hatte sie dabei ertappt oder zumindest Verdacht geschöpft. Das drohende Schuldgefängnis vor Augen, hatte er sie in jener Nacht verfolgt und zur Rede gestellt. Mistress Holworth gestand ihm ihre Entdeckung und unterschrieb damit ihr eigenes Todesurteil. Er betäubte sie an einer Stelle, wo sie unbeobachtet waren, und warf sie in den Kanal, wo sie anschließend ertrank. Die Frage war nun, wie sich sein drohender Bankrott und somit das Motiv für den Mord beweisen ließ. Und die Mordwaffe – vermutlich eine mit Schmerzmitteln gefüllte Injektionsspritze – musste sie ebenfalls sicherstellen.

In diesem Moment erblickte sie Lord Calvert, der ihr von der anderen Seite des Saals zuwinkte, und entschuldigte sich bei Lord Whitmore.

„Nun, Mylord, dann wünsche ich Euch noch einen möglichst unvorhersehbaren Abend."

Er grinste.

„Das ist er bereits."

***

Miss Delagores Unbehagen hielt sie fest in seinen

Klauen und ließ sie nicht mehr los. Sie folgte einer Angestellten der Beauforts, die ihr schon vor einigen Abenden aufgefallen war. Sie konnte es nicht mit Sicherheit sagen, aber wenn sie es benennen musste, hätte sie sie als verängstigt bezeichnet. Die blonde Frau hatte eine Weste um ihren Körper geschlungen, trug ein Tuch um ihr Haar gebunden und lief eiligen Schrittes aus dem Londoner West End in Richtung Osten, bis sie nach etwa einer Dreiviertelstunde die Whitechapel Road erreichte, wobei sie sich gelegentlich umblickte. Miss Delagore hatte dies nun einige Zeit aus der Entfernung beobachtet und beschloss, sie anzusprechen, wechselte die Straßenseite, um zu der jungen Frau aufzuschließen, und hörte plötzlich einen Tumult einige Meter hinter sich.

Ein Kutscher schimpfte und fluchte über etwas. Zuerst erkannte sie nicht, worum es sich handelte – anscheinend eine weitere Person, die ebenfalls über die Straße gelaufen war. Dann erblickte sie eine Gestalt, die sich in einen Schatten drängte. Sie wirbelte herum und suchte nach der blonden Frau, doch diese war bereits in der Ferne verschwunden, und mit einem Mal fühlte sich Miss Delagore völlig allein, während die Luft um sie herum zu Eis gefror. Auch der Kutscher war weitergefahren, und sie hatte das Gefühl, als seien die Straßen plötzlich menschenleer. Sie stand da, allein mit der Gestalt in den Schatten – ob die Angestellte vor ihr geflohen war? Das Messer in ihrer Schürze wog schwer, als würde es sie an Ort und Stelle festnageln. Miss Delagores Atem bildete Dampfwolken, und sie fühlte den eisigen Griff der Kälte um ihren Hals. Dann rannte sie los.

***

Die Gläser wurden erhoben, und die Kristallflöten erklangen klar und hell. Lord Calvert lachte, und Lady Ambervale lächelte ebenfalls. Zwei seiner langjährigen Freunde feierten den Verkauf mehrerer Schiffsladungen Tee aus den britischen Kolonien für eine Summe von nicht weniger als tausend Pfund Sterling. Sie beglückwünschten sich gegenseitig, tranken, rauchten und flirteten mit einigen jungen Ladys, die von den Neuigkeiten über den Erfolg angezogen worden waren.

„Wie ich hörte, gibt es hier Anlass für Glückwünsche", sagte eine dunkle Stimme, und Lady Ambervale erblickte den Lord und die Lady an seiner Seite, die soeben den Saal betreten hatten. Trotz des Gehstocks, auf den er sich lehnte, stand er aufrecht und überragte die restlichen Lords um gut einen halben Kopf. Er wirkte kräftig und unter anderen Umständen durchaus gut aussehend.

„Lord Beaufort!", rief Lord Calvert. „So ist es, in der Tat! Die Lords Hamilton und Merton hier machten unlängst eine beträchtliche Summe mit ihren Geschäften in Tee."

„Hört, hört." Dann wandte er sich Lady Ambervale zu und sagte: „Ich fürchte, wir wurden einander noch nicht vorgestellt ..."

„Oh, verzeiht mir", sagte Lord Calvert. „Dies ist Lady Lydia Ambervale, Tochter von Lord Montgomery Ambervale, und dies hier ist Lord William Beaufort mit seiner reizenden Gattin Lady Mildred Beaufort."

„Es ist mir eine große Freude, Eure Bekanntschaft zu machen“, sagte Lord Beaufort.

„Die Freude ist ganz meinerseits, Mylord.“

Er nahm ihre Hand, und Lady Ambervale entging keine seiner Bewegungen. Seine kräftigen Schultern, jede einzelne Muskelfaser, die sich unter seinem Gehrock spannte. Als ehemaliger Offizier verfügte er gewiss über die körperlichen Fähigkeiten, eine andere Person zu überwältigen, falls er dies wollte. Dennoch ruhte seine linke Hand stets auf seinem Gehstock, und die Anspannung in seinem Handrücken, die gelegentlich seine Adern hervortreten ließ, deutete darauf hin, dass er ihn dringender brauchte, als er sich gerne anmerken lassen wollte.

„Verzeiht mir die Frage, falls sie nicht zu forsch ist“, sagte er, nachdem er ihrem Blick gefolgt war und selbst seine Hand studierte. „Ihr seid nicht allzu oft bei solcherlei Anlässen, nicht wahr?“

„Nein, tatsächlich war ich längere Zeit nicht mehr bei solchen Festen.“ Aus irgendeinem Grund verspürte sie den Drang, ihm die Wahrheit zu sagen. „Es mag befremdlich wirken, aber nach dem Tod meines Vaters hatte ich ... kein besonderes Verlangen nach der Gesellschaft anderer Menschen.“

„Das kann ich nur allzu gut nachvollziehen. Meine eigenen Wunden sind zwar nicht seelischer Natur, aber ich kenne das Gefühl, sich in illustrer Gesellschaft nicht allzu wohlzufühlen, weil da niemand ist, der verstehen könnte, wie einem zumute ist. Man ... fühlt sich wie der Einzige, der an ihrer Sorglosigkeit nicht teilhaben kann.“

Lady Ambervale entging das Augenrollen seiner Gattin nicht.

„Ja … Ihr habt recht. So ist es.“

„Aber, aber! Was redet Ihr denn da?“, rief Lord Calvert. „Wir sind doch gewiss nicht hier zusammengekommen, um gemeinsam Trübsal zu blasen. Es gibt Grund zu feiern! Hier, lasst mich Euch aufmuntern.“ Er drückte ihnen jeweils ein Glas Champagner in die Hand, und Lord Beaufort lachte.

„Seht Ihr? Genau das meinte ich. Lord Calvert, Ihr seid der Schlimmste von allen!“

Lady Ambervale schmunzelte trotz ihrer inneren Zerrissenheit.

„Ja, das ist er.“

„Ich?“ Lord Calvert gab sich bestürzt. „Aber ich muss doch sehr bitten! Selbstverständlich bin ich der Schlimmste! Also los jetzt, lasst uns darauf anstoßen!“

Sie lachten und tranken.

In einem unbemerkten Moment warf Lord Calvert ihr einen fragenden Blick zu, und Lady Ambervale zuckte mit den Schultern. Sie wusste selbst nicht, wie sie sich eine Unterhaltung mit Lord Beaufort vorgestellt hatte. Nun wirkte es geradezu so, als fühlte sie sich dem vermeintlichen Mörder näher als irgendjemandem sonst im Raum. Als wäre er der Einzige, der tatsächlich verstehen konnte, wie sie sich fühlte. Nur Lady Beaufort schien keine ihrer Regungen zu entgehen. Sie betrachtete sie gelegentlich und lächelte ihr kühles, makelloses Lächeln.

Einige Zeit später entschuldigten sich die Lords in den angrenzenden Rauchersalon.

„Bis später, meine Damen", sagte Lord Beaufort. „Wir werden uns nun einigen tristen Geschäftsgesprächen widmen, während Ihr Euch gewiss über die schöneren Dinge des Lebens unterhalten werdet." Er warf seiner Frau einen Kuss zu, und sie ließen Lady Ambervale mit Lady Beaufort sowie einigen anderen Ladys im Festsaal zurück.

„Ihr seid eine Freundin von Lord Lancaster, nicht wahr?", fragte Lady Beaufort.

„Randolph? Ja, wir ... sind alte Freunde."

„Ich verstehe."

Lady Ambervale wusste nicht genau, was das bedeuten sollte.

„Kennt Ihr ihn?"

„Selbstverständlich. Er ist ja nahezu jeden zweiten Nachmittag bei uns zu Gast."

Lady Ambervale überraschten diese offenen Worte.

„Tatsächlich?"

„William und er ... sie kennen sich schon eine halbe Ewigkeit. Ein Wunder, dass wir ihn heute noch nicht gesehen haben."

Sie spielte damit zweifellos auf seine Neigung an, sich keine Gelegenheit für ein gutes Fest entgehen zu lassen. Randolph hatte schon immer gewusst, wie man feierte, und Trübsal war bestimmt das Letzte, womit er seine Zeit verbrachte. Es war beinahe so, als wäre sie ihm fremd. Vielleicht war das mit ein Grund gewesen, warum sie sich damals in ihn verliebt hatte. Aber es bedeutete auch, dass er die Flucht ergriff, sobald sich ernste Themen am Horizont ankündigten. Auch das hatte sie erkennen müssen – zu einer Zeit, als sie ihn am dringendsten gebraucht hätte.

„Da fällt mir ein, habt Ihr schon von der neuesten Kollekte seiner Gattin gehört?", unterbrach Lady Beaufort ihre Gedanken.

Lady Ambervale blinzelte.

„Kollekte?"

„Lady Lancaster sammelt für einen guten Zweck. Sie möchte auch den Ärmsten der Armen Lesen und Schreiben beibringen, um ihnen sozusagen eine bessere Zukunft zu ermöglichen ... und vielleicht auch um sie vom Betteln und Stehlen abzuhalten, wer weiß das schon. Sie sammelt gemeinsam mit diesem Priester für eine Schule im tiefsten Londoner East End."

„Das klingt nach einem edlen Vorhaben."

„Oh, gewiss." Ein amüsiertes Lächeln kräuselte sich um ihre Lippen. „Aber ich kenne Erzbischof Wilson persönlich, und ihm schwebt ein etwas anderer Ansatz vor. Er möchte einen eigenen Unterricht für Mädchen und junge Frauen aus gutem Hause einrichten, in dem sie verstärkt in den traditionellen weiblichen Tugenden unterwiesen werden. Gewiss, sie sollen lesen und schreiben lernen, aber Frömmigkeit und Tugendhaftigkeit dürfen dabei nicht zu kurz kommen. Und wenn Ihr mich fragt, ist mir ein tugendhaftes, wohlerzogenes Mädchen bei Weitem lieber als eines, das lesen und schreiben kann, findet Ihr nicht auch?"

Lady Ambervale verschluckte sich beinahe an ihrem Champagner und hustete. Das Lächeln in Lady Beauforts Gesicht strauchelte keine Sekunde.

„Deswegen planen wir unsere eigene kleine Kollekte, um das Vorhaben des Erzbischofs zu unterstützen."

„Das klingt ... wundervoll."

„Wir wissen doch alle, dass wir Frauen den Männern moralisch überlegen sind. Und daher ist es unsere gottgegebene Pflicht, sie, nun ja, auf einen tugendhaften Pfad zu führen. Und Lady Lancaster, bitte nehmt es mir nicht übel ... kennt Ihr sie denn gut?"

„Nur flüchtig."

„Sie ist ... überambitioniert, wenn Ihr versteht, was ich meine? Es hat fast den Anschein, als wolle sie um jeden Preis ihr eigenes Ansehen verbessern. Als würde sie sich auf dem Gebiet der Frömmigkeit besonders engagieren, weil sie ... nun ja, ich denke, es nagt an ihr, dass sie ihrem Mann bisher noch keine Erben schenken konnte ... und das in ihrem Alter."

„Sie haben keine Kinder?"

„Nein, ist das nicht ganz außergewöhnlich? Sie hat ihm bisher keine Tochter geboren, geschweige denn einen Sohn."

Lady Beaufort schien alles gesagt zu haben, was sie sagen wollte.

„Ach, nun ja, was geht es uns an? Aber wenn Ihr mich fragt, wird auch ihre Kollekte nichts daran ändern ... manchen Frauen ist es nun mal nicht gegeben."

Lady Ambervale dachte wieder an die Geschichte über ihren Vater, die ihr Lord Calvert erzählt hatte. Wie er dem Schwätzer einfach den Rücken zugekehrt hatte.

„Was meint Ihr?"

„Sie ist wie Wüstensand, wenn Ihr versteht? Ihr könnt ihn noch so sehr bewässern ... Oh, entschuldigt mich, Lady Ambervale, dort drüben sehe ich gerade Lady Becker, die ich unbedingt begrüßen muss! Es war schön, mit Euch zu plaudern. Und denkt an die Kollekte, meine Liebe – die richtige Kollekte, meine ich."

„Ja, danke. Das werde ich."

Und einer wunderschönen, mit edlen Geschmeiden behängten Eule gleich breitete sie ihre Schwingen aus und glitt geräuschlos in die Nacht davon – ihrer nächsten Beute entgegen.

„Ist sie nicht perfekt?"

Lady Ambervale drehte sich um und erblickte Lady Lancaster, die sich zu ihr gesellte.

„Ja, sie ist ... beeindruckend, irgendwie. Kennt Ihr sie?"

Lady Lancaster fasste sich an die Schläfe und kniff die Augen zusammen.

„Wer kennt sie nicht? ... Ich denke, sie untergräbt meine Kollekte."

„Untergräbt?"

„Sie teilt das Rampenlicht nicht gerne. Und ... nun ja, bisher war meine Sammlung recht erfolgreich, möchte ich sagen. Hat sie Euch davon erzählt?"

„Sie erwähnte sie ... flüchtig. Ich finde Euer Vorhaben wundervoll."

Lady Lancaster fixierte sie.

„Ist es nicht seltsam? Man sollte meinen, dass es bei einer guten Tat darum ginge, wie gut sie ist. Stattdessen kümmert sie sich nur darum, wer sie begeht. Nun ja ... ich werde dennoch weitersammeln, denke ich. Ich habe es Pater Greene versprochen."

„Das solltet Ihr. Wie ist sie so?"

„Lady Beaufort? Oh, sie kann sehr nett sein, solange nur alles nach ihrem Kopf geht. Sie ist der Inbegriff aller Tugenden, kümmert sich um die Erziehung ihrer vier Kinder, führt die Angestellten und den Haushalt, hat eine wundervolle Gesangsstimme und sorgt dafür, dass ihr Mann regelmäßig zu Veranstaltungen wie dieser hier erscheint und die richtigen Leute trifft. Sie ist fromm, schön, bescheiden." Sie lachte über ihre eigenen Worte. „Nun, vordergründig. Aber … ich rede zu viel, hört nicht auf mich, ich bin heute nicht ganz ich selbst. Sagt man nicht, der Neid wäre eine Todsünde? Nun ja …"

Sie lächelte matt.

„Geht es Euch gut?"

„Oh, sorgt Euch nicht um mich. Es sind nur Kopfschmerzen."

„Bleibt hier. Ich bringe Euch Wasser."

Kurze Zeit später kam sie zurück, überreichte ihr ein Glas und grinste.

„Ich kümmere mich um das Wohlergehen einer Sünderin, zu was macht mich das?"

***

Miss Delagore huschte um die Ecke in eine schmale Gasse und presste sich nach einigen Schritten gegen die Hausmauer. Die Feuchtigkeit des kalten Steins begann durch den Stoff ihrer Weste zu sickern, während ihr zur gleichen Zeit der Geruch nach Urin und Unrat in die Nase stach, und alles, was sie hören konnte, waren ihre Atmung und ihr eigener Herzschlag. Der Nebel verbarg vor ihren Augen, was ihre Ohren nicht hören konnten, und irgendwo zwischen zerbrochenen Holzkisten und alten Fässern nahm sie eine Bewegung wahr wie von einer Ratte, die aufgeschreckt nach einem neuen Versteck suchte.

Sie tastete nach der Klinge in ihrer Tasche und bekam sie kaum zu fassen, weil ihre Finger zu sehr zitterten. Waren da Schritte, die ihr folgten? Sie hörte den Galopp eines Pferdewagens, die beschlagenen Räder, die über das Pflaster holperten und in der Ferne verklangen. Da waren Schritte, Stimmen. Zwei Frauen, die sich über ihre Einkäufe unterhielten. Nichts weiter. Kein Verfolger, keine schemenhafte Gestalt, die sich von Schatten zu Schatten stahl und sie beobachtete, um sich im nächsten Moment auf sie zu stürzen. Hatte ihre Fantasie ihr einen Streich gespielt? Miss Delagore wusste es nicht. Im Dunkel der schmalen Gasse, auf sich allein gestellt, mit einem Messer in der Tasche, das sie nicht zu nutzen wagte, wusste sie überhaupt nichts mehr. Sie wünschte sich, sie wäre woanders, weit weg, überall, nur nicht hier.

Dann hörte sie erneut Schritte. Ihr Atem stockte, und sogar ihr Herz schien stillzustehen aus Angst, ihr Versteck preiszugeben. Eine einzelne Person lief die Straße entlang an ihr vorüber, unstet, suchend und mit einer eigentümlichen Unregelmäßigkeit, als würden ihre genagelten Schuhe von zwei unterschiedlich langen Beinen getragen, wie das Humpeln eines alten Piratenkapitäns, nur dass keines seiner Beine aus Holz war. Miss Delagore wagte nicht, sich zu rühren, nicht zu atmen, nicht zu blinzeln, bis die ungleichen Schritte leiser wurden und zwischen den anderen Geräuschen der Straße verschwanden.

Sie hatte recht gehabt! Ihre Sinne hatten sie nicht getäuscht. Jemand war ihr gefolgt. Jemand ... ihr gesamtes Dasein gefror zu einem einzigen Gedanken.

„Jemand weiß es!"

Jemand wusste, dass sie auf der Suche nach Mistress Holworths Mörder waren.

***

Lady Ambervale plauderte noch eine Zeit lang mit Lady Lancaster, ehe sich auch diese entschuldigte und weiterzog. Der Abend schritt voran, manche der Gäste tanzten, und viele waren in lebhafte Diskussionen vertieft, lachten oder alberten herum. Manche hatten sich so sehr an Champagner, Brandy und anderen Getränken gütlich getan, dass sie auf Polsterstühlen lehnten und vor sich hin dösten, und einer der Lords hatte seine Schuhe und Hosen ausgezogen und schlief mit offen stehendem Mund, während zwei liebreizende junge Ladys scherzten, ob sie eine Weintraube hineinwerfen konnten, ohne dass er davon erwachen würde.

Lady Ambervale verachtete keinen von ihnen, aber sie würde selbst nie so weit gehen, sich in einen Zustand zu trinken, in dem sie nicht mehr wusste, was sie tat, oder nicht mehr sie selbst war. Ihr scharfer Verstand, so sagte sie sich, war ihr wertvollstes Gut. Er war das, was sie ausmachte und was niemand ihr nehmen konnte. Dennoch fragte sie sich, ob sie nicht Gefahr lief, sich selbst zu überschätzen. Sie hatte sich auf die Suche nach einem Mörder begeben, und es war keine besondere Intelligenz vonnöten, um eine tödliche Waffe zu führen. Sie musste auf der Hut sein.

Eine Gruppe junger Lords und Ladys betrat mit großem Getöse den Raum, und Lady Ambervale erblickte unter ihnen die junge Lucy, die sie auf Lord Whitmores Party kennengelernt hatte. Sie kicherte und hatte sich

174

bei einem Lord untergehakt, der ebenfalls lachte und sie fester an sich zog, und Lady Ambervale war nicht weiter erstaunt, als sie Lord Lancasters Gesicht erkannte. Sie wusste nicht, wie und wann er auf die Party gekommen war, aber sie sah ihm an, dass er schon seit Längerem feierte, und obwohl er die Quelle des Trubels war, wirkte er darin irgendwie verloren, und für einen kurzen Moment empfand sie sogar Mitleid für ihn. Sie blickte sich um, aber Lady Lancaster war nirgends zu sehen, womöglich hatte sie die Party bereits wieder verlassen. Lady Ambervale konnte es ihr nicht verübeln. Lord Lancaster erblickte sie, entschuldigte sich bei der Gruppe, mit der er hereingekommen war, und taumelte auf sie zu.

„Da bist du ja!", rief er, und Lady Ambervale öffnete den Mund, um etwas zu antworten.

„William, du alter Haudegen!" Er wankte an ihr vorbei und schüttelte seinem Freund die Hand, der nur wenige Meter hinter ihr gestanden hatte.

„Randolph. Mich wundert, dass du noch meinen Namen weißt."

„Aber, aber! Jeder kennt deinen Namen", er blickte sich um. „Lydia! Sieh mal, William, sogar Lydia hier kennt ihn, nicht war, Lydia? Los, sag's ihm ... Die gute Lydia interessiert sich nämlich sehr für dich, nicht wahr?"

„Wirklich?" Lord Beaufort schien überrascht. „Nun, das ist sehr schmeichelhaft ..."

Lord Lancaster lachte.

„Ach was, keineswegs! Sie interessiert sich doch nur für dich, weil eines deiner Hausmädchen verschwunden ist, du alter Narr!"

„Hausmädchen?"

Lord Beauforts Verwunderung wuchs, während Lady Ambervale ihren Freund am liebsten geknebelt und zur Tür hinausbefördert hätte. Sie fühlte die Hitze auf ihrem Gesicht und war dennoch nicht in der Lage, der Situation zu entkommen.

„Ach, das ist …", startete sie einen Erklärungsversuch, den Lord Lancaster jäh unterbrach.

„Wenn ich es dir doch sage! Lydia, musst du wissen, hat sich da nämlich etwas in den Kopf gesetzt, in ihren hübschen, wunderhübschen Kopf …"

„Randolph!", herrschte Lord Beaufort ihn an. „Reiß dich zusammen! Ich bin mir sicher, Lady Ambervale verfolgt nur die allerbesten Absichten, und ich verbitte mir jegliche Beleidigung, die du von dir gibst."

„Schon gut, schon gut", murmelte er und trat ein paar Schritte zurück. Dann grinste er Lydia an, als hätte er gerade den besten Witz der Welt erzählt und wüsste nicht, auf wessen Kosten er gegangen war.

„Randolph, ich denke, du solltest nach Hause gehen", fuhr Lord Beaufort fort.

„Ach Quatsch!", entfuhr es Lord Lancaster, und er blickte erneut hinter sich zu seiner Begleitung, die am anderen Ende des Saals mit ihren Freundinnen sprach. „Die Nacht ist noch jung, William, alter Junge!"

„Ja, vielleicht ein wenig zu jung, Randolph", gab Lord Beaufort zurück, während Lord Lancaster ihnen zugrinste und davonwankte.

„Ich muss mich für ihn entschuldigen", sagte Lord Beaufort, der ihm mit seinem Blick folgte, und sprach damit die Worte aus, die Lady Ambervale dachte.

„Ich mich ebenfalls“, sagte sie. „Er … muss da etwas falsch verstanden haben.“

„Das wäre nicht das erste Mal. Macht Euch keine Gedanken deswegen.“ Er musterte sie. „Was meinte er damit? Ist tatsächlich eines meiner Hausmädchen verschwunden?“

Lady Ambervales Gesicht glühte vor Scham, aber ihr Verstand arbeitete wie ein Uhrwerk. Sie konnte es sich nicht leisten, einen Fehler zu machen.

„Ihr wisst nichts darüber?“

Sein Blick blieb undurchschaubar, und er schüttelte kaum merklich den Kopf.

„Meine Frau kümmert sich um den Haushalt.“

„Natürlich.“

„Ihr … interessiert Euch für sie?“

Lady Ambervale biss sich auf die Lippen.

„Oh, nein. Nicht der Rede wert. Meine Haushälterin erzählte mir davon. Sie wohnt ebenfalls in Stepney und macht sich offenbar Sorgen.“

„Ich verstehe. Das Leben im East End ist bestimmt kein leichtes. Zum Glück sind wir hier.“

„Ja“, sagte Lady Ambervale. „Zum Glück.“

***

Einige Stunden später, als sich die Nacht bereits zum frühen Morgen neigte, verließ Lady Ambervale die Festlichkeiten und lief in Richtung einiger Cabs, die vor dem Haupteingang auf das einträgliche Geschäft einer nächtlichen Fuhre warteten. Sie erblickte eine Gestalt, die an der steinernen Balustrade lehnte und sich vornübergebeugt hatte.

„Randolph? Was tust du hier? Wo sind deine Freunde? Wo ist … deine Begleitung?“

Er wischte sich mit dem Handrücken über den Mund und kniff die Augen zusammen.

„Die? Weiß nich’ … hab sie mit’m falschen Namen angesprochen, denk ich … mehrere Male vielleicht. War wohl sauer deswegen. Wollte gerade … ’ne Kutsche nehm’n.“

„Das solltest du auch. Komm, ich helfe dir.“

Sie ging zu ihm, legte sich seinen Arm um die Schultern und hievte ihn hoch.

„Entschuldigen Sie“, rief sie einem der Kutscher zu. „Könnten Sie uns bitte helfen?“

„Sehr wohl, Mylady.“

Zwei Männer hasteten herbei, stützten Lord Lancaster, und gemeinsam verfrachteten sie ihn auf die Sitzbank einer der Kutschen. Der Fahrer erfragte die Adresse und eilte zu seinem Platz, als sich Lord Lancaster noch einmal zu Lady Ambervale beugte, die neben der Kutsche stand.

„Ich denk, ich hab sie Lydia genannt – die ganze Zeit über … kann doch mal passieren.“

Obwohl sie es besser wusste, fühlte Lady Ambervale den Tumult in ihrer Brust und lächelte.

„Gute Nacht, Randolph.“

- *13* -

Lord William Beaufort

Zur Mittagszeit des nächsten Tages kam Lord Calvert erneut zu Besuch. Federnden Schrittes betrat er das Esszimmer, in dem Lady Ambervale ihr Mittagessen zu sich nahm, während Miss Delagore ihrem Gast folgte. Der Lord fand offenbar Gefallen daran, an geheimen Ermittlungen beteiligt zu sein.

„Ah, Lydia, ich komme hoffentlich nicht ungelegen?"

Lady Ambervale wischte sich den Mund ab.

„Ganz im Gegenteil. Kommt, lasst uns gleich anfangen."

Sie gingen ins Studierzimmer, Miss Delagore brachte Tee, und Lady Ambervale bat sie, zu bleiben, woraufhin sie alle über ihre Erfahrungen der letzten Nacht berichteten und Lady Ambervale alles zu Papier brachte, was ihr von Bedeutung erschien. Gelegentlich rüttelte der Herbstwind an den Fensterläden, und im Kamin flackerte ein Feuer, das Miss Delagore mit ein paar Scheiten entfacht hatte, doch das sie dennoch nicht zu wärmen vermochte.

„Wenn Ihr mich fragt", eröffnete Lord Calvert seinen Bericht, „ist Lord Beaufort arg in Bedrängnis – ganz wie Ihr vermutet hattet. Er zeigte sich am gestrigen Abend überaus interessiert an neuen Geschäftsmöglichkeiten, ohne sich allzu sehr über entsprechende Risiken oder Gefahren zu informieren. Er hinterfragte die Höhe des möglichen Profits, die erforderlichen Aufwände, die Namen der beteiligten Akteure, aber sonst kaum etwas. Was darauf hindeuten könnte, dass er nicht allzu viele Wahlmöglichkeiten hat und unter einem gewissen Zeitdruck steht. Vor allem die kürzlichen Erfolge der Lords Hamilton und Merton schienen ihn brennend zu interessieren, auch wenn er sich stets den Anschein gab, lediglich aus Höflichkeit zu fragen. Dennoch gab er sich erst zufrieden, als Lord Hamilton einem privaten geschäftlichen Termin mit ihm zustimmte."

„Lord Beaufort könnte also in einer prekären Lage stecken", fasste Lady Ambervale zusammen. „Aber ist sie dramatisch genug, um einen Mord zu begehen? Das wäre vielleicht der Fall, wenn er mit einem Bein bereits im Schuldgefängnis stünde ... wir müssen in Erfahrung bringen, welches Geheimnis Mistress Holworth versehentlich entdeckt hat. Aber wie?" Sie schaute in die Runde. „Falls wir immer noch davon ausgehen, dass Lord Beaufort unser wahrscheinlichster Täter ist?"

Lord Calvert versank in dem weichen Sessel, auf den er sich gesetzt hatte, und gleichzeitig in seinen Überlegungen, während Miss Delagore aus den hohen Fenstern starrte.

„Ich halte ihn in der Tat für unsere heißeste Spur", fuhr Lady Ambervale fort.

Lord Calvert rutschte auf seinem Stuhl hin und her.

„Seid Ihr Euch absolut sicher, dass Mistress Holworth ermordet wurde?", fragte er. „Wir dürfen uns in dieser Sache keinen Fehler erlauben."

„Ich habe die Wunde an ihrem Hals gesehen", entgegnete Lady Ambervale. „Sie war nicht groß, aber unverkennbar. Und der blaue Fleck zeigt, dass der Einstich mit einiger Gewalt und gegen ihren Willen geschah. Der Arzt, Doktor West, bestätigte, dass es sich um eine Injektion handeln konnte, und nichts anderes erscheint mir passend. Und sosehr ich mich dessen auch erwehre und versuche, objektiv zu sein, muss ich dabei ständig an Lord Beauforts Stock denken, den er als Gehhilfe benötigt."

„Seinen Gehstock?" Lord Calvert hob die Augenbrauen.

„Ja, wegen seines Rückens. Es ist eine Verletzung aus seiner Zeit als Offizier in der britischen Armee. Sie ist inoperabel und bereitet ihm große Schmerzen, soweit ich weiß."

„Das ist interessant", sagte Lord Calvert. „Man merkt es ihm nicht an. Er geht am Stock, ja, aber abgesehen davon ..."

„Das habe ich auch gedacht. Aber ich habe Recherchen angestellt und gelesen, dass viele Schmerzmittel wie beispielsweise Morphium über Injektionen verabreicht werden. Wir könnten versuchen, seinen Arzt zu befragen. Dazu müssten wir allerdings in Erfahrung bringen, bei wem er in Behandlung ist. Vielleicht gibt es Ärzte in London, die auf diese Art von Verletzungen spezialisiert sind? Ein Sanitätsoffizier der Armee womöglich?"

Lady Ambervale machte sich entsprechende Notizen. Dann kam ihr ein anderer Gedanke.

„Mandy? Konntest du etwas über diesen Mister Albin herausfinden? Konntest du mit Mister Holworth reden?“

„Ja. Aber Arthur ist … wie eine leere Hülle. Es war nicht leicht, mit ihm zu sprechen.“ Mandy schloss die Augen und fasste sich. „Seitdem Fanny fort ist, falle es ihm schwer, überhaupt noch am Leben zu sein, sagte er. Er hat darüber nachgedacht …“ Sie schüttelte den Kopf. „Ich habe ihm das Versprechen abgenommen, keine Dummheit zu begehen. Seine Tochter braucht ihn … Jedenfalls ist dieser Albin ein Handlanger des Vermieters der Holworths. Er arbeitet als Mieteintreiber und ist dabei nicht gerade zimperlich. Sein voller Name lautet Mister Albin Serkins. Er ist mit seiner Truppe für mehrere Mietshäuser nahe der Stepney Green zuständig.“

„Sind die Holworths denn mit den Zahlungen in Rückstand?“

„Ich denke schon, ja. Und die Schrammen an Arthurs Händen, Ihr erinnert Euch? Sie stammen von einer Auseinandersetzung mit ihm …“

„Wie kam es zu dem Rückstand?“

„Wie? Nun, Arthur arbeitet sehr hart, aber … Fanny hat seit einigen Wochen keinen Lohn erhalten.“

„Seit einigen Wochen?“

„Allerdings hat Lady Beaufort sie dann doch bezahlt. Sie sagte ihr, es habe sich um ein Missverständnis gehandelt, sie hätte gedacht, dass sie sie längst bezahlt hätte. So konnten sie Mister Serkins zumindest fürs Erste zufriedenstellen.“

Lord Calvert und Lady Ambervale warfen sich Blicke zu.

„Mir kommt Lady Beaufort nicht wie eine vergessliche Frau vor.“

„Nein, in der Tat“, bestätigte Lord Calvert. „Eher im Gegenteil, ich nehme sie stets als gewissenhaft und ziemlich berechnend wahr.“

„Also stecken sie tatsächlich in Geldnöten. Richard, Ihr müsst herausfinden, mit wem er aktuell Geschäfte macht, und alles über die finanzielle Lage dieser Unternehmungen in Erfahrung bringen. Aber wir können schwerlich bei ihm einbrechen, um einen Blick in seine Geschäftsbücher zu werfen. Seine Bankiers und Buchhalter werden uns ebenfalls keine Einsicht gewähren. Wie gehen wir also vor?“

„Jemand weiß es“, sagte Miss Delagore, ihren Blick aus dem Fenster gewandt.

„Wie meinst du das, Mandy?“

Sie drehte sich zu ihnen, und der Schrecken stand ihr immer noch ins Gesicht geschrieben.

„Jemand weiß, dass wir Nachforschungen anstellen. Ich wurde verfolgt ... gestern Nacht.“

„Verfolgt? Bist du dir sicher?“

Um das Zittern ihrer Hände zu verbergen, verschränkte Miss Delagore die Arme vor der Brust.

„Ziemlich sicher. Und hätte ich Mister O’Leareys Messer nicht bei mir gehabt, wäre ich bestimmt vor Furcht in Ohnmacht gefallen.“

„Sein Messer? Mandy, um Himmels willen, was ist geschehen?“

„Ich hatte Angst. Immerhin jagen wir einen Mörder. Jemand hat Mistress Holworth getötet und wie Abfall in die Kanäle geworfen. Ich denke nicht, dass er davor

zurückschrecken würde, einen weiteren Mord zu begehen."

Lady Ambervale zögerte.

„Du hast recht. Wir waren unvorsichtig ... Konntest
du erkennen, wer es war?"

„Nicht genau. Es war dunkel und nebelig. Ich hatte
mich in einer schmalen Seitengasse versteckt."

„Kannst du die Person näher beschreiben? War sie
groß oder klein, männlich oder weiblich? Irgendetwas?"

„Männlich, würde ich sagen. Schlank, etwas größer
als ich. Aber nicht mit Sicherheit, nein ... ich weiß nicht,
es ging alles so schnell. Zuerst ist sie mir nicht aufgefallen, aber dann habe ich die Straße überquert, und die
Person ist mir gefolgt. Sie wäre beinahe in eine Kutsche
gelaufen, und es gab einen Tumult. Da habe ich sie zum
ersten Mal bemerkt ... aber ich denke, sie war schon die
ganze Zeit da. Danach habe ich mich versteckt."

„Sie ist dir von Anfang an gefolgt? Direkt vom Haus
der Beauforts?"

Darüber musste Miss Delagore erst nachdenken.

„Ja, ich denke schon."

Lady Ambervale stampfte im Raum auf und ab.

„Nein", schimpfte sie. „So geht das nicht!"

Sie stürmte aus dem Raum, lief die Treppe hinab, und
alles, was Lord Calvert und Miss Delagore danach noch
von ihr hörten, war die Eingangstür, die im unteren
Stockwerk ins Schloss fiel.

***

Lady Ambervale wurde von einem Bediensteten angekündigt und kurz darauf eingelassen. Sie ließ sich von ihm in einen Salon führen, wo er sie bat, sich ein wenig zu gedulden. Lord Beaufort sei gerade in seinen Privaträumen und würde sie in Kürze empfangen.

„Darf ich Euch in der Zwischenzeit eine Tasse Tee oder ein Glas Brandy anbieten, um Euch die Zeit zu verkürzen, Mylady?"

„Nein, danke. Das ist nicht nötig", gab Lady Ambervale zurück, während sie innerlich kochte.

„Dann darf ich mich zurückziehen. Sollte es Euch an irgendetwas fehlen, zögert bitte nicht, zu läuten."

Der Diener entfernte sich mit einem geschäftsmäßigen Lächeln und einer Verbeugung und ließ Lady Ambervale in dem geschmackvoll eingerichteten Salon mit all ihrer aufgestauten Wut und ihrem Ärger allein zurück.

Dort stand sie unter den Blicken von Lord Beauforts Vorfahren, die aus den gemalten Porträts von den Wänden starrten. Lords in Uniformen, mit stolzem Blick und mit militärischen Orden behängter Brust, mit hohen Stiefeln und Säbeln an ihren Seiten. Ladys in opulenten Kleidern, mit kunstvollen Frisuren und dem wertvollsten Schmuck behängt, den sie besaßen. Mit kleinen Haustieren, Kindern oder gar Heiligenbildern und Rosenkränzen im Hintergrund, um ihre Tugenden zu verdeutlichen. Aus ihren Rahmen starrten sie aus der Vergangenheit auf die Gegenwart herab. Lady Ambervale schüttelte sich. Bei näherer Betrachtung war es ein Salon, der sie ganz an den Empfangsbereich in ihrem eigenen Haus erinnerte. Es gab einen Kamin, gepolsterte Sitzmöbel, eine Anrichte und eine Bar mit einigen exklusiven Flaschen Brandy und Portwein, Karaffen aus Kristallglas, einen Humidor für teure Zigarren.

Sie war dazu verdammt, hier zu warten, untätig und ruhelos. Sie saß fest. Und während sie im Raum auf und ab marschierte, setzte ihr akribisch arbeitender Verstand ein, und sie fragte sich, ob ihre impulsive Entscheidung ein Fehler gewesen war. Doch vielleicht hatte es auch seine Vorteile, hergekommen zu sein. Sie lauschte an der Tür, durch die sie den Salon betreten hatte, und eilte dann zu der Tür, die dieser gegenüberlag. Falls dieses Haus ihrem eigenen tatsächlich ähnlich war, musste sich dahinter ... sie schob die Türklinke sanft nach unten und drückte an der Tür. Sie war nicht verschlossen. Lady Ambervale musste sich daran erinnern, dass es sich nicht länger nur um ein vermisstes Zimmermädchen handelte. Sie jagten einen Mörder. Keinen impulsiven Schläger, der im Rausch oder im Affekt zu weit gegangen war, sondern einen berechnenden, planenden und skrupellosen Mörder. Wenn sich hinter dieser Tür tatsächlich Lord Beauforts Arbeitsräume befanden, wie sie vermutete, dann lagen dort vielleicht die Antworten auf all ihre Fragen. Das kalte Metall der Klinke in ihrer Hand, hielt sie inne und lauschte. Immer noch nahm sie keine Regung im Haus wahr. Sie atmete ein letztes Mal ein und öffnete die Tür.

***

Der Raum, der dahinterlag, war in der Tat Lord Beauforts Arbeitszimmer. Es gab Sitzgelegenheiten, Regale, die eine Vielzahl von Büchern beheimateten, Wände voller Bilder und Trophäen und am anderen Ende, vor den hohen Fenstern, einen großen Schreibtisch. Doch weder die Geschäftspapiere, die sich darauf stapelten, noch das offen liegende Buch erregten ihre Aufmerksamkeit, sondern etwas anderes. Es war eine mit feinen Einlegearbeiten verzierte Holzschatulle, die sie in ihren Bann zog. Sie saß auf einer Anrichte und hatte in etwa die Größe, um einen Dolch oder eine moderne Schusswaffe zu beherbergen. Woran Lady Ambervale beim Anblick der Schatulle aber tatsächlich denken musste, waren Fläschchen mit Schmerzmitteln. Sie lauschte, hörte weder Schritte noch Stimmen und betrat den leeren Raum. Nach etwa zehn weiteren Schritten war sie nah genug, um den Deckel der Schatulle anzuheben. Wenn Lord Beaufort sie nun in diesem Moment ertappte, hatte sie keine Möglichkeit mehr, sich herauszureden. Aber war sie nicht genau deswegen hier? Um Lord Beaufort zur Rede zu stellen? Lady Ambervale hob den Deckel an.

Sie erblickte den roten Samt im Inneren der Schatulle, und darauf lagen mit silbernen Hohlnadeln versehene Glaskörper, auf deren glänzenden Seiten Skalen aufgemalt waren. Lady Ambervale betrachtete den modernen Injektionsmechanismus ... vor ihr lagen Lord Beauforts Spritzen. Für Morphium, wie sie vermutete. Er musste unter beträchtlichen Schmerzen leiden.

Dann hörte sie die unregelmäßigen Schritte hinter sich, und alles ging so schnell, dass sie sich nicht sicher war, ob es ihr gelungen war, den Deckel rechtzeitig zu schließen, denn schon im nächsten Augenblick hörte sie Lord Beauforts Stimme im Zimmer nebenan.

„Lady Ambervale, bitte verzeiht, dass ich Euch warten ließ, Ihr ... ach, hier seid Ihr."

Er stand im Türrahmen hinter ihr und betrachtete sie, während sein Bediensteter, der ihm gefolgt war, im Salon nebenan wartete. Lady Ambervale vermied es, ein weiteres Mal zur Anrichte zu schauen, und hielt seinem Blick stand. Sie hatte sich nicht überlegt, was sie sagen würde, wenn sie ihm gegenüberstand. Nun fühlte sie ihre Wut erneut aufflammen.

„Bitte, seht Euch gerne um", sagte er und ließ sich seine Irritation nicht anmerken.

„Habt Ihr Eure Angestellten auf meine Haushälterin angesetzt?", platzte Lady Ambervale heraus. „Um ihr Angst zu machen? Sie einzuschüchtern?"

„Ich ... weiß nicht, wovon Ihr sprecht", entgegnete Lord Beaufort, der auf seinen Gehstock gestützt vor ihr stand. „Es ist gut, Cameron, du kannst uns jetzt allein lassen."

„Sehr wohl, Mylord. Wünscht Ihr Tee oder ein Glas Brandy?"

„Nein, danke. Gar nichts."

„Sehr wohl."

Der Diener zog sich zurück, und als er die Tür hinter sich geschlossen hatte, sagte Lord Beaufort, dessen Augen sich zu Schlitzen verengt hatten: „Bitte verzeiht mir meine mangelnde Gastfreundschaft, aber was wollt Ihr hier, Lady Ambervale? Was sollen diese Anschuldigungen?"

„Anschuldigungen?", schnaubte sie. „Ihr wollt mir doch nicht etwa erzählen, dass Ihr keine Ahnung habt?"

„Keine Ahnung wovon?", knirschte er, und Lady Ambervales Blick flog zu seinem Stock. Sie wich einen Schritt zurück.

„Eines Eurer Hausmädchen ist verschwunden ... Mistress Fanny Holworth, Ihr wisst davon?"

„Nein ..."

„Vielleicht wisst Ihr auch nicht, dass sie ermordet wurde?"

„Ermordet? Nein, davon wusste ich selbstverständlich nichts! ... Was wollt Ihr damit andeuten? Dass jemand aus meinem Haushalt etwas damit zu tun haben könnte?"

„Ihr werdet Eure Hunde zurückpfeifen! Denn wenn Ihr ihr auch nur ein Haar krümmt ..."

„Genug von diesem Blödsinn!", rief Lord Beaufort. „Ich habe niemanden auf Eure Haushälterin angesetzt, warum sollte ich? Wovon zum Teufel sprecht Ihr da? Von Mord und Totschlag?"

Lady Ambervale hatte sich in Rage geredet.

„Ihr habt finanzielle Schwierigkeiten, nicht wahr? Euer Hausmädchen ist vor mittlerweile über zwölf Tagen verschwunden. Sie wurde ermordet! Ich gebe Euch hier und jetzt die Gelegenheit, Euch zu erklären – ohne einen Skandal, der den Namen Eures gesamten Hauses in Verruf bringen würde. Was hat Mistress Holworth an jenem Abend gesehen? Warum musste sie sterben?"

„Wie bitte? Ihr denkt doch nicht etwa, dass ich ...?" Lord Beaufort war wie vor den Kopf geschlagen, und in seinen Zügen konnte sie erkennen, wie sich seine anfängliche Amüsiertheit nun mit Entrüstung und Ratlosigkeit abwechselte. Er fletschte die Zähne.

„Allein die Vorstellung ist grotesk!“

„Ihr wart Soldat, nicht wahr? Ich nehme an, Ihr wisst, wie man tötet.“

„In der Tat, das tue ich ... Aber welchen Grund sollte ich für so eine barbarische Tat an einer wehrlosen Frau haben? Ich bin ein Offizier. Männer in einem ehrlichen Gefecht, ja. Aber ...“

Er schüttelte den Kopf.

„Ich verstehe nicht, was das Verschwinden – der Tod – einer Angestellten mit meiner finanziellen Lage zu tun haben soll. Oder wie Ihr auch nur auf die Idee kommt, jemand aus unserem Haushalt ...“

„Sie wurde ermordet und in den Kanal geworfen, wo sie ertrank! Sie hatte eine kleine Tochter.“

„Das ... bedauere ich zutiefst. Dennoch begreife ich nicht ...“

„Stimmt es, dass einige Eurer Geschäfte unlängst nicht so verlaufen sind, wie Ihr es Euch erhofft hattet?“

„Ich wüsste nicht, was Euch das anginge. Aber selbst wenn, hätte es nichts mit irgendeinem willkürlichen Verbrechen im Londoner East End zu tun! Himmel, hört Ihr Euch überhaupt reden? Das grenzt an Irrsinn! Und es ist eine Beleidigung des Namens meines Hauses! Wenn Ihr schon Polizei spielen müsst, dann tut es dort, wo die Verbrechen begangen werden, Herrgott! Sucht die Mörder und Diebe in den Kreisen, wo sie hingehören – in den Armenvierteln von Stepney!“

„Und Ihr wusstet nicht, dass sie verschwunden war?“, ignorierte Lady Ambervale seinen Ausbruch.

„Natürlich nicht! Ich sagte Euch bereits, dass meine Frau sich um die Angestellten kümmert! Und ich sehe es gewiss nicht als meine Aufgabe an, mich um jede verschwundene Dienstmagd zu kümmern! Wir haben für Ersatz gesorgt, nehme ich an. Manche Angestellte erscheinen nun mal nicht mehr zur Arbeit. Sie finden irgendwo anders eine Anstellung, oder vielleicht haben sie auch einfach keine Lust mehr. So etwas passiert praktisch ständig. Es ist nun mal das, was sie tun!“

„Es ist … das, was sie tun?“ Lady Ambervale stockte. Die nahezu wortgleiche Formulierung hatte sie schon einmal gehört. Aber wo?

„Ja, sie verschwinden, kommen einfach nicht wieder, ohne eine Erklärung abzugeben. Sie sind unzuverlässig und ohne jegliche Moral …“

„Die Hübschen!“

„Wie bitte?“

„Nichts … Ich muss los. Entschuldigt mich.“

Sie eilte zur Tür, blieb dann plötzlich stehen und drehte sich erneut zu ihm um.

„Es tut mir leid, aber … ich habe Eure Spritzen gesehen.“

„Meine … Spritzen?“

„Für Euer Morphium. Sie sind doch für Morphium, nicht wahr? Wieso seid Ihr im Besitz eines eigenen Satzes Injektionsspritzen … behandelt Ihr Euch selbst?“

Sein Gesichtsausdruck versteinerte zu einer Miene aus Missgunst und Abscheu.

„Verzeiht mir meine Offenheit, aber ich wüsste nicht, was Euch das anginge. Ich muss Euch bitten, zu gehen, Lady Ambervale. Auf der Stelle! Und ich verbitte mir jegliche weiteren Anschuldigungen gegen mich oder

sonst jemanden aus unserem Haus. Sonst sehe ich
mich gezwungen ...“

Sie hörte die Worte kaum, die er sprach, eilte aus dem
Salon und auf direktem Wege aus dem Haus, vorbei an
dem Angestellten, der ihr wortlos hinterherblickte.

- *14* -

Miss Constance Farradew

Lady Ambervale lief an eine viel befahrene Straße und hielt nach einem Cab Ausschau. Sie hob den Arm und winkte eine der Kutschen heran, stieg ein, ohne darauf zu warten, dass der Kutscher ihr die Tür öffnete, und rief ihm die Adresse zu.

Der Fahrer fragte nach, um sich zu vergewissern, und Lady Ambervale rief: „Ja, Sie haben richtig gehört: Nach Stepney! Nun machen Sie schon, fahren Sie los!"

Sie war immer noch aufgebracht, und jede Faser ihres Körpers bebte. Aber die Fahrt mit der Kutsche war lang, und der nahende Winter, der Frost und Eis mit sich gebracht hatte, war auch im Inneren der Kabine deutlich zu spüren. Lady Ambervales Hände begannen zu zittern. Sie öffnete das kleine Schiebetürchen und sagte zu dem Fahrer, der seinen Platz oberhalb und hinter der Kabine hatte: „Bringen Sie mich zur Polizeistation! Und schicken Sie unverzüglich nach Constable Daniels, sobald wir da sind. Es ist von äußerster Dringlichkeit."

„Jawohl, Mylady."

Sie bemerkte, dass sie den Fahrer erst bezahlen konnte, nachdem er sie wieder nach Hause gebracht hatte, denn sie hatte keinen einzigen Penny bei sich. Sie hatte weder einen Mantel noch einen Schal mitgenommen, und auch nach einer wärmenden Decke suchte sie vergebens. Währenddessen kroch die Kälte immer weiter durch den dünnen Stoff ihres Kleides, und das Zittern erfasste irgendwann ihren gesamten Körper.

Etwa eineinhalb Stunden später kamen sie schließlich in Stepney an, und während Lady Ambervale ihre Hände, ihre Füße und Teile ihres Gesichts kaum noch spüren konnte, sprang der Fahrer vom Wagen und eilte in die Polizeistation. Sie fühlte mittlerweile auch keine Kälte mehr, sondern lediglich eine bedrückende Erschöpfung und Müdigkeit, die sie wie ein Gewicht nach unten zog. Ob sich Mistress Holworth in ihren letzten Momenten ebenso gefühlt hatte, als das Wasser ihren betäubten Körper umspülte? Als es schmatzend nach ihr gierte und sie allmählich verschlang?

Die Kutschentür flog auf, und Constable Daniels stürzte in die Kabine. Er zog sie an sich, hob sie heraus und trug sie die Treppe hoch in die Polizeiwache. War er ihr hinterhergesprungen, um sie aus den Fluten zu retten? Lady Ambervale erkannte nur die Umrisse seiner Gestalt, hörte dumpfe Laute an ihr Ohr dringen, wie Erinnerungen aus einem früheren Leben. Er setzte sie vor einen Kamin und rief einigen anderen Constables etwas zu. Sie schafften Decken, Brandy und heißen Tee herbei. Dann begann er ihre Arme und Beine zu reiben und ihr den mit einem kräftigen Schuss Brandy versetzten Tee einzuflößen. Die wärmende Wirkung des Alkohols breitete sich in ihrem Körper aus, und Lady Ambervale sagte mit einer Stimme, die nur noch ein

Flüstern war: „Eigentlich wollte ich mir nur Ihren Mantel leihen.“

Constable Daniels lachte auf.

„Meinen Mantel? Was ist mit Euch geschehen? Was ist Euch zugestoßen?“

„Ich ... fürchte, ich selbst. Ich musste nach Stepney. Ich muss ...“

„Es ist gut. Ihr seid jetzt hier ... trinkt. Könnt Ihr das halten?“

Er überreichte ihr die Tasse, setzte sie in Hände, die sich nicht wie ihre eigenen anfühlten, und verließ sie, um etwas mit dem Fahrer zu besprechen, der immer noch auf seine Bezahlung wartete.

Lady Ambervale nahm von dem Trubel, den neugierigen Blicken und dem Getuschel um sie herum kaum Notiz. Sie trank Tee, wärmte ihre Finger an der Tasse und bemerkte, dass sie nicht nur in eine Decke, sondern auch in eine dicke Weste gewickelt war, die nach Constable Daniels roch. Sie schloss die Augen, während das Kaminfeuer vor ihr flackerte und ihr Körper wieder zu zittern begonnen hatte, und trotz all dieser Umstände fühlte sie zum ersten Mal seit unzähligen Jahren wieder so etwas wie Geborgenheit.

„Ihr seid von Mayfair bis hierher gefahren und tragt dabei nicht mehr am Körper als dieses dünne Kleid?“, fragte Constable Daniels, als er wieder bei ihr war, ehe er sich des Umstands bewusst wurde, dass Lady Ambervale dem Londoner Adel entstammte, während er selbst, so wie alle Polizeibeamten, nur der Arbeiterschicht angehörte. Er verneigte sich, und die Schamröte trat ihm ins Gesicht.

„Bitte verzeiht mir. Ich ...“

„Nein, Sie haben recht. Es war töricht von mir."

Lady Ambervale lächelte schwach, und die Stimme des Polizisten wurde sanft.

„Was habt Ihr Euch nur dabei gedacht?"

„Ich dachte mir, dass schon irgendjemand kommen und mich retten würde …"

„Mit der Kälte ist nicht zu spaßen, Mylady. Wir finden jeden Winter Unzählige, die sie unterschätzen oder die keine Möglichkeit haben … Was meintet Ihr vorhin, als Ihr sagtet, Ihr wolltet Euch meinen Mantel leihen? Weswegen seid Ihr wirklich hier?"

Sie hob die Hand an sein Gesicht, ohne darüber nachzudenken.

„Ich suche nach einer alten Dame … sie wohnt im Haus der Holworths."

„Eine Dame?"

„Eine Greisin. Ich muss mit ihr sprechen. Sie sagte mir, es habe bereits ähnliche Vorfälle gegeben …"

„Vorfälle? Ihr meint den Mord an Mistress Holworth?"

Lady Ambervale setzte die Tasse ab und nickte.

„Ich glaube, es ist schon mal passiert."

***

Als sie eine halbe Stunde später vor dem zweigeschossigen Arbeiterquartier standen, trug sie nicht nur seine Weste, sondern auch einen Mantel, den sie sich aus der Polizeiwache geborgt hatte. Constable Daniels hatte darauf bestanden, sie zu begleiten. Sie drehte sich zu ihm.

„Bitte, lassen Sie mich allein mit ihr sprechen. Würden Sie hier auf mich warten?"

Er blickte sich mit seinen dunklen, aufmerksamen Augen um und nickte.

„Ruft nach mir, falls Ihr mich braucht."

„Sie ist eine alte Frau, kein Straßenschläger. Sie wird mir nichts tun."

Lady Ambervale musste immer noch lächeln, als sie die lichtlose Welt hinter den Toren des Mietshauses betrat, und erneut fühlte sich die Dunkelheit wie eine Umarmung an. Sie fand die alte Frau mit dem schlohweißen Haar, das sie beinahe wie einen Schleier vor dem Gesicht trug, genau an derselben Stelle wie bei ihrer ersten Begegnung. Sie wiegte sich von einer Seite zur anderen.

„Guten Tag", sagte Lady Ambervale, doch die Alte reagierte erst, als sie sie an der Schulter berührte. „Erinnern Sie sich an mich?"

„Wie könnte ich Euer Gesicht vergessen, Mylady? Ihr seht aus wie ein Engel."

„Als wir uns an jenem Tag über Mistress Holworth unterhielten, wissen Sie noch, was Sie da zu mir gesagt haben? Sie sagten, sie sei einfach verschwunden, als wäre es das, was sie tun. Die Hübschen ... erinnern Sie sich?"

„Oh ja, aber niemand schenkt ihnen Beachtung."

„Ich tue es. Ich schenke ihnen Beachtung. Ich will wissen, was passiert ist. Es ist schon einmal eine Frau verschwunden, nicht wahr?"

Die Alte blickte sie mit großen Augen an.

„Ja."

„Erzählen Sie mir davon."

„Die junge Miss Constance Farradew. Sie war noch keine zwanzig Jahre alt, als sie verschwand. Niemanden hat es gekümmert. Niemand hat nach ihr gesucht. Wer ... sollte sich auch um unser Wohlergehen sorgen? Wir sind nur ein paar einfache Frauen aus Stepney ..."

„Ich werde herausfinden, was passiert ist, und den Verantwortlichen zur Rechenschaft ziehen. Ich werde Mistress Holworths Mörder finden."

Die Alte seufzte.

„Mörder? Wie schrecklich ... arme Mistress Holworth."

„Können Sie mir von Miss Farradew erzählen? Bitte."

„Sie verschwand vor etwa drei Jahren, arbeitete als Dienstmädchen, genau wie Mistress Holworth. Dunkles Haar, leuchtend blaue Augen, außergewöhnlich hübsch. Ein reizendes junges Ding."

„Diese Beschreibung trifft auch auf Mistress Holworth zu."

„Oh, gewiss. Ihr habt recht. Sie sah ihr sehr ähnlich. Hätte man sie nebeneinander gesehen, hätte man sie für Schwestern halten können."

„Kannten sie sich?"

„Ich weiß es nicht."

„Was ist passiert?"

„Eines Abends ging sie zur Arbeit, aber sie kam nie dort an. Es gab niemanden, der sie vermisste, niemanden, der sie suchte, außer ihrer Mutter. Sie war da ... und dann nicht mehr. Als wäre sie ein Geist. Man hat sie nie wieder gesehen."

„Bei wem war sie in Anstellung? Waren es Lord und Lady Beaufort?"

„Das weiß ich leider nicht. Ich war selbst nie im West End, Mylady.“

„Wissen Sie, wo sie wohnte? Hatte sie Familie?“

„Ihre Mutter, ja, Margaret. Einige Häuser weiter ... in der North Street.“

„Mistress Margaret Farradew?“

Die Alte nickte.

„Aber sie wohnt dort nicht mehr ... ich habe sie schon eine sehr lange Zeit nicht mehr gesehen.“

„Ist sie fortgezogen?“

„Vielleicht konnte sie sich die Wohnung ohne Miss Constance nicht mehr leisten.“

„Und wo ist sie jetzt?“

Die Alte schüttelte den Kopf.

„Das weiß ich nicht, Mylady. Ich bin nur eine alte Frau ... zu nichts mehr zu gebrauchen.“

„Das stimmt nicht. Sie haben mir sehr geholfen ... Sie haben diesen Frauen geholfen.“

Die Alte zog ihre dünnen Augenbrauen zusammen.

„Wie heißen Sie?“

„Agatha.“

„Danke, Agatha. Ich werde es Ihnen nicht vergessen.“

Lady Ambervale klopfte ihre Taschen ab und bemerkte, dass sie einen fremden Mantel trug, und ärgerte sich erneut, dass sie kein Geld bei sich hatte.

„Ich ... ich komme wieder.“

Unter den neugierigen Blicken einiger Hausbewohner trat sie wieder auf die Straße und fragte Constable Daniels im Davongehen: „Miss Constance Farradew, sagt Ihnen dieser Name etwas?“

Er schüttelte den Kopf, und Lady Ambervale fügte hinzu: „Sie ist ebenfalls verschwunden, vor drei Jahren.

Sie arbeitete als Dienstmädchen, genau wie Mistress Holworth. Und sie müssen sich sehr ähnlich gesehen haben ... beinahe wie Schwestern, sagte die Alte.“

„Nein, dieser Fall ist mir neu.“

„Wir müssen ihre Mutter finden, Mistress Margaret Farradew. Sie wohnte hier in der Nähe ... in der North Street. Wo ist das?“

Der Polizist blieb stehen.

„Nur ein paar Straßen weiter. Ich kann es Euch zeigen, wenn Ihr wollt.“

Lady Ambervale schaute sich um. Sie standen immer noch im Zentrum der Aufmerksamkeit, und viele der Passanten und Menschen der Armenviertel, die mehr Zeit auf den Straßen verbrachten als in ihren Häusern, warfen ihnen neugierige Blicke zu. Dennoch stimmte Lady Ambervale zu.

„Ja, das wäre hilfreich. Kennen Sie die Gegend gut?“

„Ich arbeite hier ... ich bin zwar nicht hier aufgewachsen, aber nahe genug, um mich zurechtzufinden.“

Eine Zeit lang liefen sie nebeneinanderher.

„Warum sind Sie Polizist geworden, Constable Daniels?“

„Nun, ich würde wohl gerne antworten, dass ich es tat, um den Menschen zu helfen, für Recht und Ordnung zu sorgen ... sie vor Verbrechen zu schützen. Aber um ehrlich zu sein, war schon mein Vater Sergeant. Als ich alt genug war, verschaffte er mir den Posten. Er hatte immer noch einige Verbindungen. Meinem Bruder ebenfalls ... der ist mittlerweile Inspector in Islington. Erst später wurde mir klar, dass dieser Beruf mehr beinhaltet als nur eine warme Mahlzeit und ein Dach über dem Kopf. Aber ... bitte verzeiht, ich langweile Euch bestimmt mit meiner Geschichte."

„Überhaupt nicht."

„Ich weiß, es geht mich nichts an ... aber warum interessiert Ihr Euch für diese Frauen? Ihr lebt im West End und habt bestimmt andere Sorgen ... warum geht Ihr Euch damit ab? Diese Welt ... diese Verbrechen sind nichts, womit man sich gerne beschäftigt."

„Weil es sonst niemand tut", antwortete Lady Ambervale. „Entschuldigung. Ich wollte Ihnen nicht zu nahe treten ... aber in vielen Teilen Westlondons sind Ihnen und Ihren Kollegen die Hände gebunden. Eine Ermittlung unter Mitgliedern des Adels wäre undenkbar ... Mistress Holworth wurde ermordet. Der Gedanke, dass ihr Mörder frei herumläuft und womöglich denkt, er könne ungestraft davonkommen oder gar, dass ihr Leben nichts wert gewesen wäre, macht mich rasend. Und ... meine Haushälterin wurde wohl ebenfalls bedroht."

„Bedroht?"

„Das ist zumindest meine Vermutung. Jemand ist ihr gefolgt – auf ihrem Weg hierher nach Stepney. Letzte Nacht, als sie einige der Angestellten aus dem Haushalt von Lord und Lady Beaufort beobachtete."

„Dort arbeitete auch Mistress Holworth, nicht wahr? Ihr ... lasst die anderen Angestellten überwachen?"

Eine Mischung aus Besorgnis und Bewunderung zeichnete sich auf seinem Gesicht ab.

„Aber falls es tatsächlich Mord war und der Mörder noch frei herumläuft ... dann ist es zu gefährlich. Ihr solltet diese Arbeit der Polizei überlassen. Wenn Euch etwas zustieße ..."

Sie blickte in seine Augen. Sie mochte diesen Mann und beschloss, ihren Groll über seine Besorgnis und den letzten Teil seiner Aussage zu ignorieren.

„Danke", sagte sie. „Aber ich werde beenden, was ich angefangen habe. Und wie bereits erwähnt, verfüge ich über Zugänge, die Ihnen verwehrt blieben."

Damit schien zwischen ihnen alles gesagt zu sein, und sie schwiegen für den restlichen Weg, auch wenn Lady Ambervale gelegentlich einen Blick in seine Richtung warf.

Kurze Zeit später standen sie in der North Street vor einem weiteren Mietshaus. Auch hier lebten Menschen über Menschen. Tagelöhner, Land- und Industriearbeiter, Hafenarbeiter, Hausangestellte und unzählige andere, die gar keine Arbeit hatten. Zuwanderer, zu einem großen Teil aus dem von Fehlernten und Hungersnöten erschütterten Irland, aber auch aus den britischen Kolonien überall auf der Welt, Indien, Asien.

Nach einigen Gesprächen mit den Hausbewohnern hatten sie den Vermieter ausfindig gemacht. Allerdings wurde schnell klar, dass auch er den derzeitigen Aufenthaltsort von Mistress Margaret Farradew nicht kannte.

„Eines Tages ist sie ausgezogen, vermutlich weil sie sich die Miete nicht mehr leisten konnte." Der Mann trug eine beinahe schicke Weste über einem abgetragenen weißen Hemd, und seine Zähne wirkten grau und stumpf. „Falls sie etwas angestellt hat, will ich nichts damit zu tun haben."

„Im Gegenteil", versicherte Constable Daniel. „Wir vermuten, dass sie Opfer eines Verbrechens wurde …

wenn unsere Informationen stimmen, ist vor drei Jahren ihre Tochter verschwunden und wird seither vermisst.“

Der Vermieter strich sich über sein schütteres Haar.

„Ich erinnere mich, ja.“

„Kannten Sie Miss Constance Farradew?“

„Nicht besonders gut. Sie war eine anständige junge Frau, bezahlte stets pünktlich ihre Miete. Sie hatte Arbeit, war freundlich … ein Sonnenschein geradezu. Wieso fragen Sie nach ihr?“

Lady Ambervale ließ sich von seiner Gegenfrage nicht irritieren.

„Wissen Sie, bei wem sie in Anstellung war?“

„Ich bedauere, nein.“ Er schien ein wenig brüskiert zu sein über diese Art der Frage, ganz so, als begegnete sie ihm nicht zum ersten Mal. „Ich pflege meine Nase nicht in die Angelegenheiten meiner Mieter zu stecken – solange sie fristgerecht bezahlen.“

„Können Sie Miss Farradew beschreiben? Wie hat sie ausgesehen? Und wann haben Sie sie zuletzt gesehen?“

Der Mann zupfte seine Weste zurecht und blickte zu dem Polizisten.

„Das sind aber eine Menge Fragen, die Sie da haben, Miss …“

„Lady“, korrigierte ihn Constable Daniels.

„Lady …?“ Der Vermieter wirkte nun noch verwirrter. „Worum geht es hier, wenn ich fragen darf?“

„Beantworten Sie bitte die Fragen, Mister Pence“, sagte Constable Daniels. „Dann wird sich das Aufsehen um den heutigen Besuch der Polizei in Ihrem Haus so gering wie möglich halten.“

Der Mann zog ein krauses Gesicht.

„Nun gut, ich will gerne antworten."

Die Beschreibung, die er von Miss Constance Farradew abgab, von ihrem Tagesablauf, ihrer Anstellung und ihrem Wesen, glich der von Mistress Holworth nahezu bis ins kleinste Detail, und je länger der Mann sprach, desto düsterer wurde Constable Daniels' Miene, der sich mit einem gelegentlichen Blick zu Lady Ambervale vergewisserte, ob es sich hierbei nicht um einen makabren Scherz handelte.

Miss Farradew hatte als Dienstmädchen in einem Haushalt wohlhabender Lords im Londoner West End gearbeitet, war stets gütig und hilfsbereit gewesen, hatte ein anständiges Einkommen gehabt und offenbar auch einige Angebote von Verehrern. Sie hatte mit ihrer Mutter zusammengelebt, die eine Zeit lang als Näherin und danach in einer der nahe gelegenen Spelunken gearbeitet hatte. Mehr als einmal betonte der Vermieter bei seinen Ausführungen ihre auffallende Schönheit, ihre klaren, blauen Augen, das dunkle wellige Haar, bis sich Lady Ambervale irgendwann fragte, ob er vielleicht selbst einer derjenigen gewesen war, die ihr Aufwartungen gemacht hatten.

Der Mann zupfte erneut an seiner Weste.

„Nun, das war, bis sie irgendwann vor etwa drei Jahren verschwand. Ich ging zu jener Zeit davon aus, dass sie ... womöglich zu einem ihrer Verehrer gezogen war. Wer könnte es ihr verübeln?"

„Wissen Sie, in welchem Haushalt sie gearbeitet hat?"

„Nein, leider. Das sagte ich bereits."

„Vielleicht bei Lord und Lady Beaufort?"

„Dieser Name sagt mir nichts."

Lady Ambervale musste erneut an Miss Delagores Schilderungen über ihren nächtlichen Verfolger denken.

„Hatten Sie irgendwann das Gefühl, dass sie in Sorge war oder verängstigt?"

Bei der Erinnerung huschte ein Ausdruck des Bedauerns über das Gesicht des Vermieters.

„Nein, ganz im Gegenteil, sie schien sehr glücklich zu sein. Deswegen nahm ich an ... nun ja, sie hätte ihre Entscheidung getroffen."

„Wie hat ihre Mutter auf ihr Verschwinden reagiert?"

„Ich hatte den Eindruck, dass sie in Sorge war. Damals hielt ich es für Trauer, weil die junge Miss Constance sie zurückgelassen hatte. Aber sie ... wollte mir nicht sagen, wohin sie gegangen war. Ich nahm an, sie verschwieg es mir, weil sie mich nicht besonders gut leiden konnte. Vielleicht war ich zu forsch ... oder in ihren Augen nicht gut genug. Welches Geheimnis Miss Constances Verschwinden auch umgab, ihre Mutter wollte es nicht mit mir teilen. Ich sah sie danach nur noch ein weiteres Mal, und sie wirkte erschöpft, vielleicht sogar ein wenig abgemagert ... sie übergab mir die Schlüssel zu ihrem Zimmer und ... ich unternahm keinen weiteren Versuch, sie nach Miss Constance zu fragen. Vielleicht hätte ich es tun sollen ..."

„Wissen Sie, wohin sie gegangen ist?"

„Mistress Farradew? Ich fand nicht den Mut, sie zu fragen. Und wozu auch? Sie wollte mir den Aufenthaltsort ihrer Tochter nicht nennen, wieso sollte sie mir dann ihren eigenen mitteilen?"

„Das ist sehr ehrlich von Ihnen", sagte Constable Daniels.

„Ja, auch wenn man sich eine Niederlage nicht eingestehen mag, so ändert das wohl nichts an den Tatsachen, fürchte ich. Denken Sie, Miss Constance ... ist
nicht zu einem ihrer Verehrer gegangen?", erkundigte
sich Mister Pence. „Ist ... ihr etwas zugestoßen?"

„Wir wissen es nicht", antwortete Lady Ambervale.
„Mistress Farradew – in welcher Spelunke, sagten Sie,
arbeitete sie?"

Der Vermieter beschrieb ihnen den Weg zu einem
Pub in der Nähe der Docks, das sich das „Five Pints"
nannte, und ergänzte: „Ich weiß nicht, ob sie dort noch
tätig ist. Falls Sie Miss Constance sehen, bitte ... bestellen Sie ihr Grüße von mir."

„Das werden wir."

***

Mister Cameron Reid war ein Mann mit einem struppigen Backenbart, und wenn er hinter der Bar auf und ab
schritt, zog er sein linkes Bein nach, als wäre es nicht
ganz sein eigenes. Lady Ambervale war sich nicht sicher, ob es ein Holzbein war oder ob er es aus einem
anderen Grund nicht mehr bewegen konnte. Darüber
hinaus war Mister Reid der Besitzer des „Five Pints", eines Pubs ganz in der Nähe des Ratcliff Highway.

„Maggie arbeitet hier nicht mehr", sagte er, nachdem
er ihnen jeweils ein Pint vor die Nase gesetzt hatte, und
seine Stimme war rau wie Eisen. Lady Ambervale
wusste nicht, ob sie die dunkle, trübe Flüssigkeit, die in
dem Glas vor ihr herumschwappte, würde trinken können, aber wenn das nötig war, um den Besitzer des Pubs
in ein Gespräch zu verwickeln, würde sie es tun.

„Habt Ihr schon mal Ale getrunken?", flüsterte Constable Daniels neben ihr.

Lady Ambervale schüttelte den Kopf.

„Nur einmal als Kind, heimlich, vom Glas meines Vaters. Aber es sah anders aus als das hier." Sie fühlte, wie sich Flüssigkeit in ihrem Mund sammelte. „Nicht gerade meine beste Erinnerung. Es schmeckte bitter und ein wenig so, als wäre es verdorben." Sie wollte nicht von Erbrochenem sprechen, woran der Geschmack sie eigentlich erinnert hatte, und dem Gefühl der Übelkeit, das in ihr aufstieg.

„Um ehrlich zu sein, trinken es die meisten hier nicht wegen des Geschmacks. Es ist billig und, nun ja ..."

Er nahm einen Schluck aus seinem eigenen Glas, wischte sich über den Mund und grinste.

„Nein, definitiv nicht wegen des Geschmacks."

„Wann hat sie aufgehört, hier zu arbeiten?", fragte Lady Ambervale den Mann hinter der Bar, als er erneut bei ihnen vorbeikam.

„Maggie?"

„Mistress Margaret Farradew."

„Ja, Maggie. Vor etwa zwei, drei Jahren vielleicht."

„Wissen Sie es etwas genauer?"

Er kniff die Augen zusammen und musterte sie.

„Hören Sie, Miss ..."

„La...", wollte Constable Daniels ihn korrigieren, doch Lady Ambervale legte eine Hand auf seinen Arm und schüttelte kaum merklich den Kopf.

„... ich habe Gäste und keine Zeit, mich mit Ihren Problemen zu beschäftigen." Er warf einen Blick auf die Uniform des Constable. „Und wenn es um irgendwelche Machenschaften geht, weiß ich sowieso nichts davon.

Ich bin ein ehrlicher Bürger, zahle meine Steuern ... und habe genug mit meinen eigenen Problemen zu tun."

„Mister Reid." Constable Daniels streckte seinen Rücken. „Wir sind zu Ihnen gekommen, um ein freundschaftliches Gespräch zu führen, nichts weiter. Aber wenn es Ihnen jetzt gerade nicht passt, kann ich Sie auch gerne auf die Polizeiwache zitieren ... ich bin mir sicher, dass Ihre Gäste Verständnis dafür haben, wenn Sie Ihr Pub für diese Zeit geschlossen halten müssen. Ich hoffe allerdings, dass wir Ihnen diesen Weg ersparen können."

Der Besitzer des „Five Pints" grunzte und knetete sein Geschirrtuch.

„Es war im Frühling 1860, also vor zweieinhalb Jahren, würde ich sagen. Ist das genau genug für Sie?"

„Warum hat sie aufgehört, hier zu arbeiten?"

Der Mann schnaufte und fuhr sich über die Stirn. Constable Daniels zog die Augenbrauen hoch.

„Also gut, hören Sie, ich bringe meinen Gästen nur noch rasch ein Ale, und dann bin ich ganz für Sie da, einverstanden?"

„Ja, danke."

Er servierte eine Runde weiterer Pints und kam dann wieder, um all ihre Fragen zu beantworten und alles zu erzählen, was er über Mistress Margaret Farradew wusste.

„Sie hat als Kellnerin und an der Theke gearbeitet, hat den Gästen Getränke und Mahlzeiten serviert und für gute Laune gesorgt. Irgendwann ist sie dann für ein paar Tage nicht mehr zur Arbeit erschienen, und als sie wiederkam, war sie ... nun ja, sie schien nicht mehr ganz bei der Sache zu sein. Dass sie sich von Gästen einladen ließ, war ja in Ordnung, aber als sie dann irgendwann anfing mehr zu trinken als die Kunden ... ich stellte sie zur Rede. Sie erzählte mir, dass ihre Tochter sie verlassen und sie Geldprobleme hätte ... Ich habe versucht ihr zu helfen, ließ sie oben in einer der Stuben wohnen, aber irgendwann konnte sie sich auch das nicht mehr leisten."

„Hat sie erzählt, unter welchen Umständen ihre Tochter sie verlassen hatte?"

„Sie meinen die Schwangerschaft?"

„Die was?"

„Ihre Tochter hat ein Kind erwartet. Maggie wusste nicht, wer der Vater war, aber ... er muss wohl eine gute Partie gewesen sein."

„Wie kommen Sie darauf?"

„Ihre Tochter hat offenbar selbst ihrer Mutter nicht erzählt, wer er war, und ... er dürfte ihr Geschenke gemacht haben."

„Welche Art von Geschenken?"

„Maggie hat von einer hübschen und sehr teuer aussehenden Halskette erzählt mit einem großen, roten Stein. Das war davor, als noch alles gut lief, bevor ihre Tochter sie verlassen hatte. Die Kette hat sie mitgenommen ... alles andere hat Maggie nach und nach verkauft. Dass sie anfing zu trinken, habe ich Ihnen ja schon erzählt, und ob sie noch andere Probleme hatte, weiß ich nicht ... vielleicht hat sie gespielt, keine Ahnung. Ich vermute, dass sie nebenbei in ihre eigene Tasche gearbeitet hat, indem sie mit Gästen ... wie soll ich sagen ... Zeit verbrachte. Vielleicht hat sie Probleme mit den anderen Prostituierten hier in der Gegend bekommen oder mit deren Schlägern ... hören Sie, ich will keinen Ärger, okay?"

„Sie bekommen keinen Ärger", versicherte Constable Daniels. „Fällt Ihnen sonst noch etwas zu Mistress Farradew ein? Hat sie gesagt, wohin sie wollte?"

„Nein. Sie ließ so gut wie niemanden an sich heran ... wenn man sie fragte, war immer alles in bester Ordnung, auch wenn man ihr ansah, dass es ihr nicht gut ging. Aber so war Maggie nun mal."

Lady Ambervale warf Constable Daniels einen Blick zu, bevor sie ihre nächste Frage stellte, und er nickte.

„Sie sagten, Miss Constance Farradew, Maggies Tochter, hätte sie verlassen?"

„So hat Maggie es jedenfalls erzählt. Dass sie vermutlich zu ihrem zukünftigen Ehegatten gezogen sei. Dass sie sie nun nicht mehr brauche ... und ein besseres Leben führe, weil sie es aus Stepney hinausgeschafft hätte ... so ein Zeug eben."

„Hatten Sie je den Verdacht, dass etwas anderes der Grund für ihr Verschwinden gewesen sein könnte?"

„Etwas anderes?"

„Ein Verbrechen?"

„Ich sagte Ihnen doch schon, dass ich von solchen Dingen nichts weiß ..."

„Hat Maggie jemals etwas in der Art erwähnt?"

„Nein."

„Wohin ist sie gegangen, nachdem Sie sie hinausgeworfen haben? Das war doch der Grund dafür, dass sie ausgezogen ist, nicht wahr?"

Mister Reid beäugte sie und rümpfte die Nase.

„Ja … ja, das war der Grund. Sie wurde nachlässig bei der Arbeit, hat angefangen, einige der Gäste zu beschimpfen, ich nehme an, weil sie aus anderen Gründen Streit mit ihnen hatte. Deswegen vermutete ich, dass sie mit manchen von ihnen ein Verhältnis hatte oder sich für andere Dinge bezahlen ließ. Trotzdem hatte sie nie Geld. Der Himmel weiß, was sie ihr versprochen haben, um sie ins Bett zu kriegen … irgendwann musste ich sie vor die Tür setzen. Sie konnte weder für ihre Unterkunft bezahlen, noch konnte ich sie bei der Arbeit gebrauchen.“

„Hat sie Ihnen gesagt, wo sie danach hinwollte?“

„Hören Sie, ich möchte Ihnen ja gerne helfen, aber sie hat es mir nicht gesagt. Sie war betrunken, hat mich angegrinst und geprahlt, dass sie schon irgendwo unterkommen würde. Bei jemandem, der sie nicht wie Dreck behandeln würde. Aber das habe ich nicht getan, verstehen Sie?“

„Ja, wir verstehen“, sagte Constable Daniels und kam Lady Ambervale damit zuvor. Diese biss sich auf die Lippen und grübelte eine Zeit lang, ehe sie ihre nächste Frage stellte.

„Hat sie je einen Verdacht geäußert, wer der Vater des Kindes sein könnte?“

„Nein. Maggie wusste es nicht.“

„Erzählen Sie mir mehr von dieser Halskette. Sie sagten, sie habe teuer ausgesehen?“

„Das muss sie wohl. Maggie war nahezu sprachlos, und das war sonst nie ihre Art. Sie konnte mit jedem über alles sprechen, verstehen Sie? Die Gäste haben sie geliebt … bevor das alles geschah.“

„Dieser rote Stein, wie hat der ausgesehen?“

„Das weiß ich nicht, hab die Kette selbst nie gesehen, aber sie muss wohl voller Steine gewesen sein. Maggie erzählte, sie hätte noch nie etwas gesehen, das so sehr funkelte und glänzte. Und der rote? Sie sagte, er sah aus wie ein Herz und müsse bestimmt so groß gewesen sein wie der Nagel ihres kleinen Fingers.“

„Mit anderen Worten muss ihr Verehrer überaus wohlhabend gewesen sein?“

„Das würde ich annehmen, ja. Ich habe so eine Kette jedenfalls noch nie zu Gesicht bekommen ... sofern sie die Geschichte nicht erfunden hat. Bei Maggie wusste man das nie. Kann ich sonst noch etwas für Sie tun?“

Constable Daniels blickte zu Lady Ambervale, deren Miene sich verfinstert hatte.

„Nein, danke. Sie haben uns sehr geholfen, Mister Reid.“

„Jederzeit gerne, Constable.“

Lady Ambervale starrte aus dem Fenster. Sie hatte ihr Pint nicht angerührt.

- 15 -

Lady Lucy Armand

„Denkt Ihr, dass zwischen den beiden Fällen ein Zusammenhang besteht?", fragte Miss Delagore, während Lady Ambervale ihre neuesten Aufzeichnungen betrachtete und sie mit Stecknadeln an zwei eigens dafür angeschafften Korkwänden befestigte. Mister O'Learey hatte sie in ihrem Studierzimmer für sie aufgestellt. Daran hingen Notizen, Zeichnungen und Straßenkarten. Verbindungen, die sie hergestellt hatte oder vermutete, waren mit roten Schnüren dargestellt, die sich in verwirrenden Mustern kreuz und quer über die Papiere spannten.

„Ich weiß es nicht", gestand Lady Ambervale, die seit zwei Tagen kaum gegessen hatte und deren Gedanken immer wieder zu dem Geruch von Constable Daniels' Weste zurückkehrten und zu dem Gefühl von Geborgenheit, nach dem sie sich seitdem sehnte und sich dafür schimpfte, weil es sie jedes Mal beträchtliche Willensstärke kostete, sich auf etwas anderes zu konzentrieren.

„Falls Lord Beauforts finanzielle Nöte – wie groß sie auch sein mögen – nicht der Grund für den Mord an Mistress Holworth waren, dann muss es einen anderen gegeben haben. Und die Ähnlichkeit zwischen Miss Farradew und Mistress Holworth legt es nahe. Die Beschreibungen der beiden Frauen ähneln sich so sehr, dass es schwerfällt, diese Tatsache zu ignorieren. Kanntest du Miss Farradew?"

Miss Delagore studierte die Papiere an der Wand.

„Nein. Aber wenn diese Darstellungen stimmen, müssen sie sich sehr ähnlich gesehen haben. Miss Farradew erwartete ein Kind? ... und hatte einen Verehrer?"

„Womöglich mehrere davon. Und von einem Tag auf den anderen ist sie verschwunden. Ohne jemandem ein Wort zu sagen, ohne Nachricht, ohne Ankündigung – und ist seitdem nicht wieder aufgetaucht. Mag sein, dass sie zu ihrem zukünftigen Ehegatten gezogen ist, aber es fällt mir schwer, das zu glauben. Vielmehr fürchte ich, dass sie dasselbe Schicksal ereilte wie Mistress Holworth."

„Ihr denkt, dass sie ebenfalls ermordet wurde? Trotz des Kindes ...?"

„Ich befürchte es, ja. Und ich gehe davon aus, dass der Mörder derselbe ist."

Miss Delagore öffnete den Mund und schloss ihn wieder. Dann blickte sie erneut zur Tafel.

„Aber wer?"

Lady Ambervale wischte eine Haarsträhne zur Seite.

„Das ist genau das, was wir herausfinden müssen. Das Wann, das Wo und das Wie kennen wir bereits. Daher vermute ich, dass uns nur noch das Warum zu unserem Täter führen kann."

„Glaubt Ihr nun nicht mehr, dass Lord Beaufort der Mörder ist? Ihr sagtet, er nehme Morphium wegen seiner Schmerzen und besitze einen eigenen Satz Injektionsspritzen.“

„Ich weiß es nicht. Es wäre möglich. Aber ich bezweifle, dass seine finanzielle Notlage das Mordmotiv ist. Diese müsste dann schon seit einigen Jahren andauern, und seine kürzlichen Rückschläge, von denen Lord Calvert berichtete, hätten ihn geradewegs ins Schuldgefängnis bringen müssen. Und dass zwei Frauen, die sich so sehr ähneln, zufällig beide hinter dasselbe Geheimnis gekommen wären? ... Das erscheint mir wie ein allzu großer Zufall. Ich nehme an oder hoffe, dass die Halskette, die nur ein Liebesbeweis sein konnte ...“

„Oder eine Art der Bezahlung?“

Lady Ambervale verstummte, und Miss Delagore entschuldigte sich, ihren Gedankengang unterbrochen zu haben, als diese sie an der Schulter fasste.

„Nein, du hast recht, Mandy. Vielleicht war es eine Art Gegenleistung. Aber wofür?“

Die Haushälterin zuckte mit den Schultern.

„Und wozu sie bezahlen und danach dennoch töten?“

„Ja. Etwas muss geschehen sein. Und mir fällt nur eine Methode ein, herauszufinden, was es war.“

Miss Delagore blickte sie fragend an.

„Ich muss erneut auf Empfänge gehen oder, wie Randolph es ausdrücken würde: zurück in die Schlangengrube.“

***

Der nächste gesellschaftliche Anlass ließ nicht lange

auf sich warten. Bereits wenige Abende später fand eine Vernissage, die Eröffnung einer großen Ausstellung, in einer exklusiven Londoner Galerie in der Regent Street nahe dem Piccadilly Circus statt.

Zwei Laternenanzünder schritten mit ihren langen Stangen durch die Straßen, und der aufziehende Nebel verlieh den Gaslampen eine Aura, als würde das warme, goldene Licht durch ihn greifbar werden, wenn man nur die Hände danach ausstreckte. Die beleuchteten Schaufenster der Galerie boten einen Blick auf meisterlich gearbeitete Darstellungen der klassischen Attitüden, während die sanften Töne eines Streichquartetts und die ersten Gläser Champagner die Gäste schon beim Empfang in feierliche Laune versetzten.

Der Galerist, ein gewisser Archduke Karl II of Flatterbury, ohne Zweifel ein selbst verliehener Künstlername, stellte sich jedem seiner Gäste persönlich vor. Er küsste Lady Ambervales Hand und vollführte mit einem breiten Grinsen einen Knicks vor Lord Calvert.

„Willkommen in den fabelhaften und mystischen Gefilden des antiken Griechenlands ... oder war es Mesopotamien? Ach, zur Hölle damit! Willkommen, willkommen, Lords und Ladys! Tretet ein, und labt Eure Augen an den großartigsten Kunstwerken, die diese Stadt je gesehen hat! Und wer weiß, zu späterer Stunde mag so mancher Glückliche eines der Stücke vielleicht sogar sein Eigen nennen – nach der mitternächtlichen Auktion!"

Ihr Gastgeber war in eine Wolke aus Parfüm gehüllt, trug eine auffallende Perücke, einen gezwirbelten Schnauzbart und einen Hauch zu viel an Rouge. Er winkte Lord Calvert und Lady Ambervale weiter und trat vor seine nächsten Gäste.

„Oh, oh! Nicht anfassen, Mylord!", rief er einem Gast zu, der soeben ein Glas vom Tablett eines Angestellten nehmen wollte, der in Sandalen und eine antike Tunika gekleidet war. „Es handelt sich um ein wertvolles Exponat!" Dann gackerte er: „Ach, Unfug! Ich scherze, ich scherze, Mylord! Greift zu, hier, es ist nur der Champagner, probiert ihn, er ist vorzüglich!"

Die umstehenden Gäste lachten, und Lady Ambervale, die sich an Lord Calverts Arm untergehakt hatte, musste ebenfalls grinsen. Der Galerist war nicht nur Kunsthändler, sondern auch der geborene Unterhaltungskünstler, eine ganz und gar übertriebene, fleischgewordene Kunstfigur. Er wartete, bis der Lord einen Schluck genommen hatte, und rief dann: „Und, wie schmeckt er Euch, Mylord? Wir haben ihn extra mit dem Urin von toskanischen Jungfrauen versetzen lassen, ganz wie im antiken Mittelalter!"

Der Lord spuckte den Champagner um ein Haar wieder aus und wollte sein Glas rasch auf das Tablett zurückstellen, und der selbst ernannte Archduke of Flatterbury gackerte erneut. „Ich scherze, ich scherze, Mylord! Aber ich schwöre Euch, dass es damals genau so gemacht wurde. Man hat die Trauben mit Urin angesetzt, um die Säfte so richtig in Gärung zu bringen ... Aber hört nur, was ich da rede! Es gibt kein antikes Mittelalter! Die Antike oder das Mittelalter, niemals beides zusammen! Aber ... was steht Ihr noch hier herum? Los, hinein mit Euch, lasst mich meine weiteren Gäste begrüßen! Seht sie Euch an, wie wunderschön sie sind! Willkommen, Mylady ..."

Lady Ambervale wurde vom Strom der Gäste weiter in die prunkvolle Ausstellungshalle hineingetragen, und das Gelächter, die Musik und der Champagner versetzten auch sie schon bald in eine fröhliche Stimmung. Für einen Augenblick überlegte sie sogar, ihrem extravaganten Gastgeber ein Exponat abzukaufen. Niemand hier wirkte niederträchtig oder gar gefährlich. Überall sah sie fröhliche Gesichter. Es waren anständige Menschen, die feierten und lachten, die sich zerstreuten und niemandem ein Haar krümmten ... aber Lady Ambervale wusste, dass das nicht stimmte. Sie hatte den vom Wasser der Themse aufgeweichten Körper von Mistress Holworth gesehen, ihre transparente Haut, das kleine Loch an ihrem Hals, im Zentrum eines dunklen Blutergusses. Und sie hatte die kleine Lilly gesehen, mit ihren blonden Zöpfen, die auf dem Boden gesessen und gezeichnet hatte ... und auf ihre Mutter gewartet hatte, die nie mehr nach Hause kommen würde. Lilly, die zu jung war, um zu verstehen, und auch nicht wusste, dass ihre Mutter eines gewaltvollen Todes gestorben war.

Aber irgendjemand wusste, was mit ihr geschehen war. Jemand kannte den Grund, warum sie hatte sterben müssen. Denn dieser Jemand hatte Mistress Holworth getötet. Hinter einer dieser heiteren, geschminkten und parfümierten Fassaden verbarg sich ein Mörder. Randolph hatte recht gehabt, es war eine Schlangengrube, und schon ein einziger Biss konnte tödlich sein.

Lady Ambervale, die dankbar für Lord Calverts Begleitung war, erkannte viele der Gesichter wieder, die vor den Gemälden durch die Ausstellung flanierten, die tuschelten und lachten. Da war die junge Lady Lucy, deren Nachnamen sie noch immer nicht kannte, mit ihren Freunden. Lord Whitmore unterhielt sich mit einer Gruppe junger Lords. Lord und Lady Beaufort waren ebenfalls zu der Eröffnung erschienen, schüttelten Hände und führten angeregte Gespräche. Und manche kannte sie noch von der Beerdigung ihres Vaters.

Dann erblickte sie auch Randolph, der offenbar ohne Begleitung gekommen war. Er stand in einer Gruppe Lords und lachte, aber immer wenn er sich unbeobachtet fühlte, sah sie, wie seine Mundwinkel herabsanken und er verloren wirkte. Und sie ertappte sich dabei, dass sie Mitleid für ihn empfand und am liebsten zu ihm gegangen wäre, so wie sie es noch vor wenigen Jahren getan hätte, um ihn aufzumuntern. Das war der Randolph, in den sie sich damals verliebt hatte, nicht der laute, selbstgefällige Prahlhans, als der er sich oft vor seinen Freunden inszenierte. Es war der stille Mann mit den intelligenten Augen, der sich nichts mehr zu wünschen schien als Geborgenheit und eine Zuflucht. Sie hätte ihn auf der Stelle in ihre Arme genommen und geküsst, weil sie sich nach denselben Dingen gesehnt hatte wie er.

Was war nur mit ihnen geschehen? Was für ein völlig anderes Leben war das gewesen, vor nur wenigen Jahren? Sie hatte sogar daran gedacht, ihn zu heiraten, ihm zuliebe hätte sie es getan, hatte geglaubt, sie würde ihm Kinder schenken und sie würden ihnen gemeinsam dabei zusehen, wie sie heranwuchsen und erwachsen wurden ... ihr Vater war am Leben gewesen, nicht ganz gesund, aber bei Weitem nicht so krank wie wenige

Monate danach. Sie waren glücklich gewesen und verliebt, und das Haus war voller Bediensteter gewesen und so voller Leben. Ihre größte Sorge hatte darin bestanden zu entscheiden, auf welcher Stute sie ausreiten wollte und welches Buch sie als Nächstes lesen sollte ... und jetzt?

Jetzt lebte sie allein in einem leeren Anwesen mit einer einzigen Hausangestellten und einem Gärtner, der nicht wusste, wie man gärtnerte, und verbrachte ihre Zeit damit, einem Mörder hinterherzujagen, der für sie so gesichtslos und ungreifbar war wie ein Geist. Wie dieses Leben, das sie hinter sich gelassen hatte. Sie war allein und verletzt. Und dennoch verspürte sie dieses nahezu unbändige Verlangen, zu ihm zu gehen. Er hatte ihr das Herz gebrochen und sie mit den Scherben zurückgelassen ... und nun empfand sie ausgerechnet für ihn Mitleid?

„... alles in Ordnung?“

„Wie bitte?“

Lord Calvert an ihrer Seite war stehen geblieben und betrachtete sie mit zusammengezogenen Augenbrauen.

„Geht es Euch gut?“

„Oh ja ... alles in Ordnung.“ Sie versuchte zu lächeln.

„Heuchelei!“, rief eine Stimme in ihrem Inneren. „Verhasste Heuchelei! Wie tief du doch gesunken bist.“

Lady Ambervale tat ihr Möglichstes, die Zweifel zu ignorieren, die an der Innenseite ihres Verstandes nagten wie Kannibalen an den Resten ihrer Opfer.

„Ich ... war nur in Gedanken. Wie gefällt Euch die Ausstellung?“

„Nun, ich muss sagen, die meisten Stücke sind herausragende Beispiele der modernen …"

Lady Ambervale verlor seine Worte, und obwohl sie sich vorgenommen hatte, Randolph für den verbleibenden Abend zu ignorieren, blickte sie nur wenige Sekunden später erneut in seine Richtung. Er bemerkte es nicht, und das war vermutlich das Beste so.

„… dieses hier ist meines Erachtens besonders gelungen! Seht nur diese meisterhafte Linienführung … und der Ausdruck in ihren Augen! Als könne man geradewegs in ihre Seele blicken."

„Ja", dachte Lady Ambervale. „Was auch immer diese Seele sein mag, von der alle Welt so angetan spricht."

Wenig später ertappte sie sich dabei, wie ihre Gedanken erneut zu Randolph krochen, wie geschlagene Hunde, die trotz der Erniedrigung um die Gunst ihres Meisters bettelten. Sie fragte sich, wo Lady Lancaster wohl war. Sie hatte sie den ganzen Abend über noch nicht gesehen. Und warum konnte sie auch für sie keinerlei Groll empfinden? Wie lange war das zwischen ihnen schon gegangen? Hatte Randolph sie kennengelernt und sich mit ihr verabredet, während er noch mit ihr zusammen gewesen war? Während ihr Vater im Sterben gelegen hatte? Sie wusste es nicht. Aber trotz dieser Fragen fühlte sie sich Lady Lancaster auf seltsame Weise verbunden, als hätte sie die Zuneigung zu demselben Mann zu so etwas wie Schwestern im Geiste gemacht. Schwestern im Herzen. Was waren das nur für eigentümliche Gedanken? Lady Ambervale erkannte sich nicht wieder. Sie war immer so stolz auf ihre Rationalität gewesen, auf ihren Scharfsinn und ihre Unabhängigkeit, und nun? Was war aus ihr geworden? Wenn doch nur Constable Daniels hier wäre, um sie in seine schützenden Arme zu schließen – so wie er sie aus der Kutsche gehoben hatte und aus der Kälte! Himmel! Lady Ambervale war entsetzt. Als in diesem Moment der selbst ernannte Archduke an ihnen vorüberlief, stellte sie ihn zur Rede. „Womit habt Ihr diesen Champagner denn nun tatsächlich versetzt?"

Der Blick des Galeristen versteinerte, als hätte sie ihn blutüberströmt über eine Leiche gebeugt ertappt. Dann lachte er.

„Ich weiß nicht, wovon Ihr sprecht, Mylady. Ich bin vollkommen unschuldig!" Er warf die Hände in die Luft. „Und das Gegenteil müsst Ihr mir erst beweisen!" Er gackerte und hob die Arme in einer gespielten Geste, als wolle er davonlaufen. Lady Ambervale musste lachen, aber trotz des Klamauks ihres Gastgebers ließ sie die Frage nicht mehr los. Wo war Lady Lancaster?

Nach einigen Gläsern schien Randolph seine Trübsal vergessen oder so weit betäubt zu haben, dass sie ihm erträglich war. Er scherzte und lachte, und insbesondere mit Lord Beaufort schien ihn eine innige Freundschaft zu verbinden. Lady Ambervale beobachtete sie die längste Zeit des Abends, doch Lady Lancaster blieb verschwunden, und Randolph schien mit jedem weiteren Glas mehr in Feierlaune zu kommen. Sie erblickte auch die junge Lady Lucy wieder, die in einer Gruppe junger Ladys stand, und dann, für den Bruchteil einer Sekunde, trafen sich deren Blicke quer durch den Raum. Randolph betrachtete Lucy, die gewiss noch keine zwanzig war, und Lucy hob das Kinn und streckte ihren Hals. Sein Blick strich über ihren Körper, folgte dem Bogen ihres Kleides, das an den Hüften herabfiel.

Lord und Lady Beaufort waren mittlerweile ins Gespräch mit anderen Gästen vertieft. Lady Ambervale leerte ihr Glas mit einem großen Schluck und durchschritt den Raum, bis sie direkt vor ihm stand.

„Hallo, Randolph", sagte sie.

„Hallo … Lydia? Du scheinst ja gar nicht mehr genug zu kriegen von all den feinen Anlässen, die unsere wundervolle Stadt zu bieten hat."

Sie konnte sich nicht erwehren, einen kurzen Blick zu Lucy zu werfen, die so tat, als bemerke sie es nicht.

„Wie geht es dir?"

Er schmunzelte.

„Ach, Lydia, du warst noch nie gut darin, falsche Tatsachen vorzuspiegeln. Das ist einer der Gründe, warum ich dich so liebe … was willst du wirklich?"

Lady Ambervale fühlte sich ertappt und umso mehr verletzt, eben weil er sie verstand … und ihr dennoch das Herz gebrochen hatte.

„Wie geht es deiner Frau, Randolph? Ich habe sie den ganzen Abend nicht gesehen."

„Und da hast du dir gedacht, du willst die Gelegenheit nicht ungenutzt verstreichen lassen …?"

Er lehnte sich näher zu ihr. Sein Atem war schwer vom Alkohol, und Lady Ambervale wich zurück.

„Nein, das war nicht, was ich im Sinn hatte. Ich dachte mir … um ehrlich zu sein, wirkte sie sehr sympathisch, und ich dachte mir, vielleicht sollten wir uns alle ein wenig näher kennenlernen."

Er machte große Augen und bellte ein Lachen.

„Du … willst meine Frau besser kennenlernen?"

„Wir könnten Freunde sein ... vielleicht."

„Nun, wie du siehst, ist sie nicht hier."

„Wo ist sie? Ist sie wohlauf?"

Randolph kniff die Augen zusammen, und dann schien ihm ein Gedanke zu kommen.

„Oh ... was? Denkst du etwa, sie ist verschwunden? So wie dein Dienstmädchen? Ist es das, was du mich fragen willst, Lydia?"

Er lachte, zu wild und zu laut, und manche der Gesichter wandten sich zu ihnen um. Lady Ambervale war sich sicher, dass auch die Augen der jungen Lady Lucy darunter waren.

„Lydia, Lydia." Randolph klopfte sich auf den Schenkel. „Es geht ihr gut. Sie ist auf unserem Landsitz in Winchester, weil der Arzt es ihr so verordnet hat. Sie neigt zu Migräne, wie sie es nennt. Kopfschmerzen. Wenn du mich fragst, ist das alles nur eine Form der Hysterie, zu der sie dieser Quacksalber anstachelt, aber was weiß ich schon ... dann vergräbt sie sich tagelang in ihrem Zimmer, hat die Vorhänge zugezogen und verträgt keine lauten Geräusche. Dann muss alles schwarz sein und still ... wie in einer Gruft. Wie der Tod selbst. Eine Schabe könnte man über den Boden krabbeln hören ... Davon muss man ja schwermütig werden. Aber sie ist unbeirrbar. Also, was soll ich tun?"

Als Lady Ambervale seinem geringschätzigen Blick standhielt, schürzte er die Lippen.

„Was denn? Denkst du, ich hätte ihr etwas zuleide getan? Ich verstehe ja, dass die Enttäuschung über den Verlust deines Vaters dich hat zynisch werden lassen, aber das ..."

„Mein Vater hat mich niemals enttäuscht, Randolph! Du warst es! Du hast dich aus der Affäre gezogen und in die Arme einer anderen geflüchtet beim ersten Anzeichen, dass es schwierig werden könnte! Du verdammter Feigling!“

Sie sah, wie Randolphs Kiefer mahlten, und er richtete sich vor ihr auf. Er öffnete den Mund.

„Oh, verzeiht mir. Lord Lancaster?“, sagte Lord Calvert, der auf ihr Streitgespräch aufmerksam geworden war.

„Was wollt Ihr?“

„Ich konnte nicht umhin, mit anzuhören, was Ihr über den verstorbenen Lord Montgomery sagtet.“

„Ja?“

Das Knallen der Ohrfeigen schallte wie ein Peitschenhieb durch den Raum, und alle Gespräche verstummten, während Randolphs Gesicht glühte.

„Untersteht Euch, jemals wieder so von ihm zu sprechen! Zeigt gefälligst den gebührenden Respekt ... Lord Lancaster!“

Randolph hielt sich die Hand vor den Mund, und als er seine Finger betrachtete, waren sie mit Blutschlieren überzogen. Er ballte die Hand zur Faust und holte aus.

„Randolph!“, rief eine Stimme. Es war Lord Beaufort, der nun plötzlich zwischen Lady Ambervale, Lord Calvert und Lord Lancaster trat und Randolph anherrschte.

„Nimm die Fäuste runter. Sofort!“

Lady Ambervale wusste nicht, warum er das für sie tat, aber sie konnte nur erahnen, dass er damit nicht nur Lord Calverts Gesundheit, sondern vielleicht sogar sein Leben rettete. Womöglich tat er es, um den Ruf seines betrunkenen Freundes zu schützen. Und ehe sie näher darüber nachdenken konnte, hatte er sich zu ihr umgedreht und sagte: „Ihr solltet gehen. Jetzt sofort."

Lady Ambervale nickte.

„Ich ... danke Euch."

Sie nahm Lord Calvert am Arm und führte ihn unter den Blicken und dem Getuschel aller Anwesenden aus dem Saal.

Draußen winkten sie eine Kutsche heran.

„Ich ... danke Euch, Richard. Aber das war gefährlich."

„Es gibt nichts, wofür Ihr mir danken müsstet. Niemand spricht so über Montgomery."

„Ich weiß nicht, wie das geschehen konnte."

„Ich schon. Euer Freund ist ein Dreckskerl."

„Ja", grübelte Lady Ambervale. „Ich denke, ich wollte es nur nie sehen."

Pfarrer Oscar Brooke

Die folgenden Tage verbrachte Lady Ambervale allein, zurückgezogen in ihrem Studierzimmer und blickte immer wieder auf dieselben Aufzeichnungen, las dieselben Notizen, fuhr mit den Fingern die immer selben Routen auf der Karte von London entlang. Sie hatte die Namen aller Verdächtigen, wenn man sie so nennen konnte, auf kleine Papierstücke geschrieben, die sie immer wieder neu anordnete. Sie hatte Zettel für Arthur Holworth, Lord William Beaufort, Pfarrer Brooke – den Priester von St Mary-at-Hill –, Albin Serkins, einen für den Angestellten, der neulich Miss Delagore verfolgt hatte – zumindest vermutete sie, dass er ein Angestellter der Beauforts war –, und dann hatte sie einen weiteren hinzugefügt, auf dem „Mörder von Constance Farradew" stand, sowie einen für ihren Geliebten – den Vater des ungeborenen Kindes –, weil es sich bei diesen beiden nicht zwangsläufig um dieselbe Person handeln musste. Den Namen von Lord Randolph Lancaster hatte sie nun mittlerweile über ein Dutzend Mal auf ein zusätzliches Stück Papier gesetzt, nur um es kurze Zeit später zusammenzuknüllen und in den Kamin zu schleudern.

Eine davon getrennte Gruppe von Zetteln enthielt die Namen derer, mit denen sie noch Gespräche führen wollte, darunter erneut Pfarrer Brooke, aber auch Margaret Farradew und einige bekannte Juweliere, die sie über die Halskette befragen wollte, von der ihr der Inhaber des „Five Pints" erzählt hatte. Sie studierte die Liste und setzte auch dort einen weiteren Namen hinzu, einen Platzhalter für den Arzt von Lady Lancaster. Sie besann sich, löste ihn wieder von der Tafel. Wieso hatte sie ihn auf die Liste gesetzt? Randolph auf die Liste der Verdächtigen zu setzen, brachte sie nicht fertig, aber das hier war etwas anderes, oder nicht? Sie sorgte sich lediglich um das Wohlergehen einer Freundin. War sie das denn? Eine Freundin? Und glaubte sie tatsächlich, dass ihre Abwesenheit bei der Vernissage in irgendeiner Weise mit dem Mord an Mistress Holworth in Verbindung stand? Lady Ambervale betrachtete den Zettel und hörte Miss Delagore an die Tür klopfen.

„Euer Dinner, Mylady."

Sie war dazu übergegangen, ihre Mahlzeiten im Studierzimmer einzunehmen, näher an ihren Aufzeichnungen.

„Stelle es bitte auf die Kommode. Ich nehme es mir dann."

„Sehr wohl, Mylady. Kann ich sonst noch etwas für Euch tun?"

„Nein, danke, Mandy. Ich ... wünsche dir einen schönen Abend."

„Euch ebenfalls, Mylady."

Lady Ambervale hielt inne und horchte, hörte Miss Delagore die Treppe hinabsteigen, zögern und schließlich das Haus verlassen. Sie stellte sich an eines der hohen Fenster und blickte nach draußen auf den Weg, der von ihrem Anwesen an die Grenze ihres Grundstücks führte. Sie beobachtete, wie Miss Delagore dem Pfad folgte und sich erneut umwandte, und wich einen Schritt zurück hinter die Vorhänge. Aus den Schatten heraus beobachtete sie sie weiter und wartete, bis sie schließlich das Gartentor hinter sich geschlossen hatte. Erst dann trat Lady Ambervale von den Fenstern zurück, schloss die Augen und verschnaufte in der Stille des verlassenen Anwesens. Manchmal empfand sie die Anwesenheit ihrer Haushälterin als Last. Jetzt endlich war sie allein und unbeobachtet.

Sie wollte mehr über das Schicksal von Miss Farradew in Erfahrung bringen. Wenn sie herausfinden konnte ... ihr Blick schweifte erneut über die Namen. Pfarrer Brooke stand auf beiden Listen. Bisher hatte nur Miss Delagore mit ihm gesprochen. Er hatte ihr von einer jungen und möglicherweise verängstigten Frau erzählt, die in seine Kirche gekommen war. Und noch ein weiterer Grund, ihn aufzusuchen, kam Lady Ambervale in den Sinn: Miss Delagores Bericht über ihren nächtlichen Verfolger. Vielleicht war Mistress Holworth an jenem Abend vor derselben Person geflohen.

***

Der Priester trug eine schlichte Robe aus dunklem Stoff, die von einer einfachen Kordel zusammengehalten wurde, und abgesehen von einigen flachsfarbenen

Büscheln, die in alle Richtungen abstanden, war sein Kopf blass und kahl. Trotz seiner jungen Jahre war sein Rücken krumm wie der eines Greises, aber sein Blick war wach und voller Tatendrang. Er schaute über den Rand seiner Brille hinweg.

„Ja, eine Frau war hier … ich erinnere mich an sie. Aber ob Eure Beschreibung zutrifft, kann ich nur schwer sagen. Sie trug eine dunkelblaue Weste und hatte dunkelbraunes Haar. Ihr Gesicht konnte ich allerdings nicht erkennen. Sie machte einen verlorenen, vielleicht sogar verängstigten Eindruck auf mich. Aber ehe ich sie ansprechen oder meine Hilfe anbieten konnte, war sie auch schon wieder fort. Seit jenem Abend war sie nicht wieder hier, und ich glaube nicht, dass ich sie zuvor schon einmal bei uns gesehen habe. Ich kenne die Gläubigen in meiner Gemeinde im Allgemeinen sehr gut. Sie kam mir nicht bekannt vor. Ich weiß nicht, ob Euch das alles weiterhilft, Mylady?“

„Das weiß ich auch noch nicht“, sagte Lady Ambervale. „Bisher konnte ich mir keinen Reim darauf machen, und ich bin mir nicht sicher, ob es sich tatsächlich um meine Haushälterin handelte.“

„Nun, da Ihr es erwähnt – und wenn ich mir die Äußerung erlauben darf: Ihrer Kleidung nach zu urteilen, könnte sie tatsächlich eine Hausangestellte gewesen sein.“

„Woraus schließen Sie das?“

„Sie trug eine Schürze, die unter der Weste herausragte.“

„Haben Sie an jenem Abend noch andere Personen gesehen? Jemand, der mit ihr gemeinsam hier war oder ihr gefolgt sein könnte?“

„Gefolgt? Nein … ich denke nicht. Sie war allein und hat, wie gesagt, unser Haus auch sehr rasch wieder verlassen."

„Sagt Ihnen der Name Fanny Holworth etwas oder Constance Farradew?"

„Nein, ich bedauere. Aber … ich könnte für Euch im Kirchenregister nachsehen."

„Ein Register? Was ist darin verzeichnet?"

Der Priester lächelte. „Es begleitet die Mitglieder unserer Gemeinde sozusagen von Beginn an, von der Taufe über die Eheschließung bis hin zu jenem Tag, an dem unser lieber Gott sie wieder zu sich holt und sie in unserer Erde bestattet werden. Jedes Datum ist darin verzeichnet und jeder Name."

„Führt jede Kirche ein solches Register?"

„Ja, in der Tat."

„Könnten Sie für mich nachsehen, ob darin eine Eheschließung verzeichnet ist? Vor etwa drei Jahren, im Frühling oder Herbst 1859, der Name der Frau ist Miss Constance Farradew, obwohl es vielleicht unwahrscheinlich ist, dass sie hier geheiratet hat."

„Ich kann gerne für Euch nachsehen, Mylady. Hier, kommt mit mir, ich zeige es Euch. Die Sakristei ist gleich nebenan."

Lady Ambervale folgte dem Priester in seine Räumlichkeiten, und gemeinsam durchforsteten sie das dicke, in Leder gebundene Buch, welches das Kirchenregister enthielt, auf der Suche nach Miss Farradews Namen.

„Nein, leider." Er nahm die Brille ab, säuberte sie an einem Zipfel seiner Robe und schob sie zurück auf seine Nase. „Aber ... vielleicht kann ich Euch dennoch helfen.“

Er begann, hinter seinem Schreibtisch auf und ab zu schreiten, und schob das Kinn vor, während er nachdachte. Lady Ambervale überflog den Tisch, erblickte eine Feder und ein Tintenfass, einige Schriftstücke sowie einen Brieföffner und musste unwillkürlich an den gekrümmten Rücken des Mannes denken. Es erinnerte sie an Lord Beaufort. An das Spritzenset in der edlen Holzschatulle. Der Priester machte sich auf den Weg zur Tür, dem einzigen Ein- und Ausgang aus dem Raum, wie Lady Ambervale soeben feststellte. Er legte die Hand auf die Klinke, drehte sich zu ihr, und für den Bruchteil einer Sekunde fürchtete sie, ja erwartete geradezu, er würde einen Schlüssel zücken und absperren. Der Ausdruck des Priesters verfinsterte sich, dann drückte er die Klinke nach unten, trat zur Seite und lächelte.

„Verzagt nicht. Ich glaube, ich habe eine Lösung für Euch. Vielleicht gibt es einen anderen Weg, wie Ihr sie finden könnt.“

Er stand nun nicht mehr im Türrahmen, hatte weder zum Brieföffner gegriffen, noch hatte Lady Ambervale in seinem Raum irgendwelche Injektionsspritzen entdecken können. Der Weg war frei, aber um zu entkommen, musste sie an ihm vorbei.

„Es gibt jährliche Abschriften aller Kirchenregister aus ganz London. Die Duplikate werden den zuständigen Gerichten übergeben. Sollte die Frau, die Ihr sucht, also geheiratet haben, könnt Ihr in den dortigen Archiven möglicherweise einen entsprechenden Eintrag finden. Ist ... alles in Ordnung? Ihr wirkt ein wenig irritiert.

Ich hatte gehofft, meine Eingebung würde Euch erfreuen?"

„Oh ja, das tut sie. Vielen Dank. Ich war nur … in Gedanken."

Die Gedanken, die sich Lady Ambervale in diesem Augenblick tatsächlich gemacht hatte, waren die, dass sie keinerlei Waffe oder sonstiges Mittel zur Verteidigung bei sich trug. Sie war wehrlos. Und das damit einhergehende Gefühl der Hilflosigkeit und des Ausgeliefertseins war ihr bis tief in die Knochen gefahren. Ihr Puls hatte sich beschleunigt, und ihre Hände hatten zu schwitzen begonnen. Ihr erster Impuls, als der Priester den Weg frei gemacht hatte, war gewesen, aus der Tür zu stürmen und die Flucht zu ergreifen, aber auf ihn zuzulaufen, brachte sie nicht fertig. Sie stand da wie ein Reh, das zum Abschuss freigegeben war. Die Mundwinkel des Priesters sanken herab. Er schien ihre Gedanken zu erraten und trat weiter zur Seite.

„Es tut mir leid, falls ich Euch erschreckt haben sollte, Mylady. Ich weiß, die Platzverhältnisse hier sind etwas beengt, und … meine physische Erscheinung mag nicht die allerangenehmste sein. Kommt, ich begleite Euch nach draußen."

Er wandte sich zum Gehen und führte Lady Ambervale aus der Sakristei zurück in den weitläufigen Kirchensaal, wo sie ihm eine Hand auf die Schulter legte.

„Sie haben mir sehr geholfen. Und ich möchte mich bei Ihnen entschuldigen, falls meine Reaktion Sie gekränkt hat. Lassen Sie mich Ihnen versichern, es hatte nichts mit Ihrer Erscheinung zu tun. Es ist nur … diese Suche ist fordernder, als ich mir gerne eingestehen möchte."

„Uns unsere eigenen Unzulänglichkeiten einzugestehen, ist ein wichtiger Schritt. Die Bescheidenheit ist eine Tugend. Sie hilft uns, uns auf das Wesentliche zu konzentrieren."

„Ich habe Ihnen nicht die ganze Wahrheit erzählt. Mistress Holworth wird nicht vermisst ... sie wurde ermordet, und ich fürchte, dass Miss Farradew ein ähnliches Schicksal erlitten haben könnte."

Der Priester bekreuzigte sich.

„Wie furchtbar. Das tut mir sehr leid. Ich ... werde für ihre Seelen beten. Vor allem aber werde ich für Euch beten, Mylady. Gebt auf Euch acht, und sollte ich irgendwie von Hilfe sein können, dann lasst es mich jederzeit wissen. Mord ist die schrecklichste aller Sünden."

„Sie haben mir bereits geholfen. Ich danke Ihnen."

***

Der schlaksige Herr in seiner sauberen Beamtenuniform lächelte ihr zu und legte die Hände ineinander.

„Ich bin untröstlich, Mylady, aber diese Register sind für die Öffentlichkeit leider nicht zugänglich. Sie dienen ausschließlich den Zwecken der Krone."

„Welchen Zwecken?"

„Nun, ich nehme an, zur Berechnung der Steuerschuld und möglicherweise einer Bemessung der zukünftigen Staatskasse, aber das weiß ich nicht mit Bestimmtheit. Kann ich sonst noch etwas für Euch tun, Mylady?"

Lady Ambervale stampfte auf.

„Sind die Register für die Polizei zugänglich?"

Der Beamte blinzelte und streckte seinen Rücken in dem Versuch, noch gerader zu stehen.

„Die Polizei? Ich fürchte, ich verstehe nicht. Zu welchem Zweck sollte das erforderlich sein?"

„Ich nehme an, zur Ergreifung eines Mörders, möglicherweise auch eines Ehebrechers, aber das weiß ich nicht mit Bestimmtheit. Noch nicht."

Sie kehrte ihm den Rücken zu und marschierte aus dem Gerichtsgebäude, das etwa auf halbem Weg zwischen ihrem Anwesen und dem Bezirk von Stepney lag. Sie hatte den Weg wohl umsonst gemacht. Nun, vielleicht nicht völlig umsonst. Sie hatte ohnehin vorgehabt, Constable Daniels den geliehenen Mantel zurückzubringen, aber der Vorwand war ihr bisher immer zu gering erschienen. Jetzt aber war der Zeitpunkt gekommen, da die Rückgabe auch der Aufklärung ihres Falles dienlich sein konnte, und sie fühlte sich schäbig dabei – als würde sie Mistress Holworths Schicksal zur Erfüllung ihrer eigenen Sehnsüchte ausnutzen.

***

Als Constable Daniels sie erblickte, sprang er auf und wollte auf sie zueilen, fing sich, strich seine Uniform glatt und kam in gemäßigtem Tempo auf sie zu.

„Mylady. Wie geht es Euch? Ist alles in Ordnung?"

Seine Fürsorge, die sie bei jeder anderen Person in Rage versetzt hätte, berührte sie, und für einen kurzen Moment erfüllte sie sie mit einer wohligen Wärme. Sie hielt ihm den geborgten Mantel hin.

„Hier. Ich denke, ich habe ihn lange genug gehabt. Ich danke Ihnen."

„Deswegen seid Ihr den weiten Weg hierhergekommen?"

Lady Ambervale fühlte sich ertappt und wusste nicht sogleich, was sie antworten sollte, und Constable Daniels wurde offenbar bewusst, dass er sie mit seiner Frage in Verlegenheit brachte.

„Bitte verzeiht mir, ich …"

„Ich benötige Zugang zu den Abschriften der Kirchenregister."

„Kirchenregister?"

„Das sind Bücher, in denen alle wesentlichen Ereignisse im Leben einer Person verzeichnet sind. Alle … kirchlichen Ereignisse. Taufe, Eheschließung, Tod. Die Abschriften befinden sich in den Archiven der Londoner Gerichte, aber ich erhalte keinen Zugang. Ich benötige eine Auskunft über alle Eheschließungen von 1859. Ich nehme an, dass Miss Farradew noch vor der Geburt ihres Kindes heiraten wollte, daher …"

Der Constable strich sich übers Kinn.

„Ihr … werdet diese Sache nicht ruhen lassen, richtig?"

„Natürlich nicht", antwortete Lady Ambervale. „Warum sollte ich?"

„Ich weiß, es steht mir nicht zu, das zu sagen. Aber die Suche nach einem Mörder … das ist nichts für eine Lady. Ihr solltet nicht …"

Sie fühlte die brodelnde Hitze in ihrem Bauch. Die Wut.

„Es tut mir leid, Constable, aber ich weiß sehr gut selbst, was ich sollte!"

„Ihr missversteht mich, es ist … gefährlich."

„Ich weiß Ihre Fürsorge zu schätzen, aber sie ist unangebracht, und Sie haben recht: sie steht Ihnen nicht zu. Und darüber hinaus, wer hat sich um diese beiden Frauen gesorgt ...? Wo war die Polizei? Wo waren Sie?"

Der Blick des Constable versteinerte, und seine Stimme wurde kalt.

„Ich ... weiß, dass ich nur ein einfacher Polizist bin, Mylady. Aber Ihr helft diesen Frauen nicht, indem Ihr Euch selbst in Gefahr bringt. Jemand hat Mistress Holworth ermordet ... und vielleicht auch Miss Farradew. Denkt Ihr wirklich, diese Person würde Euch verschonen, wenn Ihr ihr auf die Spur kommt? Ihr solltet diese Aufgabe der Polizei überlassen."

„Warum? Weil ich eine Frau bin?"

„Nein", er zögerte und sprach es dann dennoch aus. „Weil Ihr zu wertvoll seid. Weil ... ich es nicht ertragen könnte."

Lady Ambervales Ärger brach in sich zusammen wie ein Haufen Laub, in den ein Windstoß gefahren war.

„Sie haben recht", sagte sie. „Ich ... sollte Sie damit nicht länger behelligen. Ich muss gehen."

Sie eilte aus der Polizeistation, vorbei an wartenden Kutschen, die sie hätte nehmen können, und lief die Straße entlang, ziellos, orientierungslos, wie eines jener Herbstblätter, die den heraufziehenden Winter verpasst hatten. Sie würde nicht nach Süden fliegen, weil sie kein wunderschöner, makelloser Vogel war. Sie war knorriges Laub, das die Verbindung zu seinem Baum verloren hatte. Sie schimpfte sich aus, tobte innerlich, weinte vor Zorn, während sie lief.

Wieso war dieses Gespräch mit Constable Daniels so völlig anders verlaufen, als sie es sich vorgestellt hatte – unzählige Male? Wie sie es sich selbst immer wieder erzählt hatte, bevor sie hierhergekommen war. Wieso hatte sie ihn beleidigt? Wieso stieß sie alle Menschen von sich fort, sobald sie ihr zu nahekamen, insbesondere jene, nach deren Gesellschaft sie sich insgeheim so sehr sehnte? Nun stand sie wieder allein da. Wie immer.

Aber was hatte Pfarrer Brooke über die Bescheidenheit gesagt? Sie half einem, sich auf das Wesentliche zu konzentrieren? Ja, vielleicht hatte er recht gehabt. Vielleicht hatte sie sich zu sehr von ihrer Aufgabe ablenken lassen.

– 17 –

Mister Rupert Locke

Der sich ankündigende Winter brachte Frost und den ersten Schnee des Jahres. Lady Ambervale saß in eine Decke gehüllt vor dem Kamin und starrte in die Flammen. Holzscheite knackten, und die Tasse mit frischem Tee in ihren Händen dampfte und duftete, und dennoch vermochte sie nicht, die Kälte, die sie unlängst befallen hatte, abzuschütteln. Die Aufgabe, die sie für sich gewählt hatte, schien unlösbar geworden zu sein, die Aufklärung des Rätsels um den Mord an Mistress Holworth in unerreichbare Ferne gerückt. Alle Hinweise, die sie gesammelt hatte, waren nutzlos geworden, denn mit jeder Frage, die sie beantwortete, taten sich zwei neue auf, und die wenigen Verbündeten, die sie gewonnen hatte, hatte sie verstoßen. Sie war allein, wie sie es seit dem Tod ihrer Eltern vielleicht schon immer gewesen war. Lady Ambervale versank tiefer in ihrer Lethargie, und mit jeder Bewegung, die sie machte, je mehr sie dagegen anzukämpfen versuchte, desto stärker schien es sie nach unten zu ziehen, bis sie sich irgendwann reglos in ihr Schicksal ergeben würde.

Sie sah den Holzscheiten dabei zu, wie sie in quälender Langsamkeit vom Feuer verzehrt wurden, und alles

239

Ächzen und Stöhnen half ihnen nichts. Es klopfte an der Tür, und obwohl sie niemanden hereingebeten hatte, hörte sie, wie jemand sie öffnete, und presste die Augen zusammen.

„Mylady?"

„Ja, Mandy?"

„Bitte verzeiht mir. Ich weiß, dass es Euch widerstrebt … aber ich musste nach Euch sehen."

„Und jetzt hast du mich gesehen. Es geht mir gut."

„Ich … weiß, dass das nicht der Wahrheit entspricht, Mylady."

Lady Ambervale hob ihre brennenden Augen und drehte sich zu ihrer Haushälterin, und der Anblick ihres sorgenvollen Gesichts widerte sie an. Miss Delagore hatte den Mut aufgebracht, ihre Dienstherrin anzusprechen, aber näher zu kommen wagte sie nicht. Sie blieb ihm Türrahmen stehen und sprach weiter.

„Ich weiß, dass Euch eine gewisse Schwermütigkeit befallen hat, und … bitte verzeiht mir." Sie knetete ihre Schürze. „Das muss aufhören, Mylady. Ihr könnt so nicht weitermachen. Ihr esst kaum noch, verlasst Euer Studierzimmer nicht mehr."

Lady Ambervale wandte sich ab.

„Es … war ein Fehler, dich einzustellen, Mandy. Du kümmerst dich nicht um deine Aufgaben."

„Das ist nicht wahr, Mylady! Ich kümmere mich um meine Aufgaben! Um jede einzelne davon. Ich erfülle sie gewissenhaft, mehr als jede andere Haushälterin und ohne ein Wort der Klage."

„Aber jetzt beklagst du dich." Lady Ambervale lächelte mit einem Ausdruck, als würde es sie schmerzen. „Ach, könntest du doch nur ein wenig mehr so sein wie Horace …“

„Ich bin hier, Mylady.“

Miss Delagore schob die Tür ein wenig weiter auf, und Lady Ambervales Blick fiel auf Mister O’Learey, der ebenfalls im Flur stand. Er hielt seine Mütze vor der Brust und hatte seine ansonsten stets schmutzverkrustete Arbeitskleidung gegen eine saubere Version derselben eingetauscht.

„Ich bin hier … und Miss Delagore hat recht.“

Lady Ambervale sank in ihren gepolsterten Stuhl zurück.

„Horace … lasst mich allein.“

„Nein, Mylady“, widersprach der alte Freund ihres Vaters. „Wir haben Euch lange genug dabei zugesehen, wie ihr Euch für andere aufopfert. Nun ist es an Euch, Hilfe anzunehmen.“

„Ich benötige keine Hilfe, Horace! Was ich benötige, ist Ruhe. Ihr seid … mir eine Last geworden, alle beide.“

„Ihr könnt mir meine Anstellung nehmen, wenn Ihr wollt, aber ich werde nicht gehen. Ich … werde sagen, was ich zu sagen habe. Und Ihr werdet mich anhören.“

Lady Ambervale öffnete den Mund, doch Mister O’Learey ließ sie nicht zu Wort kommen, jetzt, da er einmal zu sprechen begonnen hatte.

„Wir werden uns um Euch kümmern. Ihr werdet essen, und Ihr werdet wieder aus Eurem Zimmer herauskommen. Ihr … werdet Spaziergänge durch den Garten machen, so wie eine Lady es tun sollte, und Ihr werdet wieder ausreiten. Die Pferde brauchen Bewegung und frische Luft. Und Ihr braucht sie ebenso. Ich kenne Trauer, Mylady. Und ich kenne die Einsamkeit, habe sie oft genug gesehen. Auch bei Eurem Vater. Der Verlust Eurer Mutter ...“

„Wage es nicht, von ihr zu sprechen!“

„Aber ich muss! Ihr müsst hören, was ich Euch schon längst hätte sagen sollen.“ Seine Stimme war schwer vor Kummer, aber er zwang sich, weiterzusprechen.

„Euer Vater ... war einer der stärksten und beharrlichsten Menschen, die ich je kannte, Mylady. Doch sogar er benötigte Hilfe, als Eure Mutter von uns ging. Ich fand ihn im Garten ... eines Tages, auf jener Bank am Teich, die Eure Mutter so sehr liebte. Es war ihr liebster Platz auf dem gesamten Anwesen. Er saß da und ... ich konnte sehen, dass er etwas in seinen Händen hielt. Ich tat so, als würde ich die Waffe nicht bemerken, und setzte mich zu ihm. Wie lange wir dort verharrten, weiß ich nicht mehr. Irgendwann schaute er mich an und fragte: ‚Was tust du hier, Horace?‘ Und weil ich nicht wusste, was ich antworten sollte, sagte ich: ‚Ich leiste Euch Gesellschaft, Mylord.‘ Sein Lachen klang wie ein Wehklagen, beinahe so, als käme es aus einem Abgrund in seinem Inneren. ‚Dabei kann mir niemand Gesellschaft leisten, Horace.‘ Er weinte, aufrecht und ohne Scham. ‚Sie fehlt mir so sehr. Alles ... was ich jemals wollte, ist fort.‘ Ich weiß, dass ich etwas hätte erwidern müssen, aber ich war nie besonders gut mit Worten, deswegen griff ich in meine Tasche, holte einen Gegenstand heraus und legte ihn in seine Hand. Er betrachtete ihn, während er in seiner anderen immer noch die Pistole hielt, und weinte umso heftiger. Es war eine kleine Figur, die ich an jenem Vormittag im Garten gefunden hatte. Ihr hattet sie aus einem Tannenzapfen und einigen Stöckchen und Schnüren gebastelt. Ihr

Haar bestand aus gelber Wolle. Ihr wart damals noch ein kleines Mädchen. Euer Vater verstand, was ich ihm damit sagen wollte, und dennoch hatte ich das Gefühl, dass ich es aussprechen musste. ‚Sie braucht Euch, Mylord. Die kleine Miss Lydia braucht ihren Vater.‘ Er hielt dieses Püppchen und die Pistole in seinen Händen und weinte, wie ich noch nie jemanden hatte weinen sehen. Ich saß neben ihm, die ganze Zeit über … Irgendwann – die Sonne lehnte sich bereits gegen die Wipfel der Weiden – warf er die Waffe ins Wasser und sah ihr dabei zu, wie sie hinabsank, bis sie in der grünen Tiefe verschwunden war. Er blickte mir in die Augen und versprach mir, dass er es nie wieder vergessen würde … und viele Jahre später, kurz bevor er starb, nahm er mir ebenfalls ein Versprechen ab. Eines, das ich vorhabe einzuhalten, Mylady.“

Mister O'Learey wischte sich über die Lippen, die bei der Erinnerung an seinen alten Freund zu beben begonnen hatten.

„Ich habe ihm versprochen, auf Euch aufzupassen. Und das werde ich tun, solange ich lebe.“

Er war kein geübter Redner, und Lady Ambervale hatte sogar das Gefühl, dass es Tage gab, an denen er überhaupt nicht sprach. Ihre Wut verband sich mit Trauer zu einer giftigen Mischung. Sie erhob sich und marschierte auf ihn zu, und ihre Kiefer mahlten. Mister O'Learey streckte in Erwartung einer Strafe das Kinn vor. Was auch immer sie zu ihm sagen würde, er würde es hinnehmen. Er hatte sein Versprechen gegeben. Sie stellte sich vor ihn, und er kniff die Augen zusammen, doch statt ihn zu schelten, nahm sie ihn in die Arme. Er stand da, starr wie eine Steinfigur, bis er sie schließlich

ebenfalls in den Arm nahm. Dann wandte Lady Ambervale sich Miss Delagore zu und zog sie ebenso an sich,
und für eine lange Zeit war ihr Schluchzen das Einzige,
was zu hören war.

***

Ob es Mister O'Leareys Ansprache war, die sie dazu
brachte, oder die Erinnerung an ihren Vater, Lady Ambervale begann wieder zu essen. Sie durchwanderte
das Haus, besuchte die Pferde in den Stallungen, bürs-
tete und umsorgte sie, sprach mit ihnen.

An einem kalten und sonnigen Morgen beobachtete
Miss Delagore von einem der Fenster aus, wie Lady Ambervale mit einer weißen Stute an der Leine im Garten
spazieren ging, und schöpfte Hoffnung. Ihr Atem
dampfte, während sie nebeneinanderher schritten und
Lady Ambervale mit dem Tier sprach.

Aber schon bald darauf verbrachte sie wieder einige
Stunden am Stück in ihrem Studierzimmer, und Miss
Delagore erkannte, dass sie etwas unternehmen
musste, weil es Dinge gab, die Lady Ambervale tun
konnte, und manche, die sie nicht fertigbrachte, und
eine Sache aufzugeben, die sie sich einmal in den Kopf
gesetzt hatte, schien zu den Letzteren zu gehören. Als
einfache Hausangestellte konnte Miss Delagore zwar
keine gesellschaftlichen Anlässe für ihre Dienstherrin
wahrnehmen, und sie verfügte auch nicht über die Zugänge und Möglichkeiten einer Adeligen, aber sie
konnte etwas anderes tun, das möglicherweise Licht in
Miss Holworths Fall bringen würde.

Als der Abend anbrach, fühlte sich Miss Delagore in ihrem Entschluss bestärkt, denn immer wieder zog es Lady Ambervale in ihr Studierzimmer. Sie aß und ging nach draußen, und dennoch ließ sie Miss Holworths Fall nicht los. Dann ertappte sie sie dabei, wie sie in Gedanken versunken vor den Korkwänden stand, ihre Aufzeichnungen studierte und wie fiebrig vor sich hin murmelte. Schweißperlen standen auf ihrer Stirn, und ihr Haar, das ihr in Strähnen ins Gesicht fiel, schob sie hinters Ohr, von wo es nur kurze Zeit später wieder hervorrutschte.

Als Miss Delagore sich an diesem Abend von ihrer Dienstherrin verabschiedete, erzählte sie ihr nicht, wohin sie gehen würde und dass ihr Weg sie möglicherweise nicht in ihre kleine Wohnung in Stepney, die sie zusammen mit ihren Eltern bewohnte, führen würde. Sie sagte ihr auch nicht, dass sie dieses Mal vorbereitet sein würde.

Die Luft war kalt und der Himmel klar, und Miss Delagore machte sich auf den Weg zu dem Anwesen der Beauforts, den sie mittlerweile gut genug kannte, dass er sie an vielen vertrauten Orten und Gesichtern vorbeiführte. Da waren der Zeitungsjunge an der Ecke zur Oxford Street, die Kutscher, die sich eine Zigarette teilten, während sie auf eine abendliche Fuhre warteten, und auch die beiden Laternenanzünder, denen sie schon unzählige Male zuvor über den Weg gelaufen war, die die Nacht mit ihren langen Stangen erhellten, da die Stadtverwaltung der Auffassung war, dass durch das Licht der Gaslaternen nicht nur der Dunkelheit, sondern auch dem zunehmenden Verbrechen in der Stadt Einhalt geboten werden konnte. Doch wie viele

Laternen in den letzten Jahren auch errichtet worden waren, Miss Delagore wusste, dass es Winkel in den Seelen mancher Menschen gab, die niemals erhellt werden würden – und das Messer in ihrer Tasche spendete ihr keinen Trost.

An der Stadtvilla der Beauforts angekommen, fror Miss Delagore. Sie vergrub das Gesicht hinter ihrem hochgestellten Mantelkragen und wartete im Schatten einer Seitenstraße. Worauf, wusste sie selbst nicht, aber sie hatte sich vorgenommen, alles genau so zu machen wie an jenem Abend, an dem sie ihren Verfolger zum ersten Mal bemerkt hatte, nur dass dieses Mal sie ihn verfolgen würde. Hätte sie Mister O'Learey bitten sollen, sie zu begleiten? Aber zu zweit hätten sie mehr Aufmerksamkeit erregt, und außerdem war sie sich nicht sicher, ob er ihr Vorhaben gutgeheißen hätte, weshalb es wohl das Beste gewesen war, allein zu kommen.

Sie wartete und beobachtete, wie jene Angestellten, die nachts nicht für die Beauforts arbeiteten, zu ihrem Dienstende das Haus verließen – und wie an so vielen Abenden zuvor mischte sie sich unter sie und machte sich auf den Weg in Richtung East End, wo die meisten von ihnen wohnten. Eine der Bediensteten erkannte sie wieder und folgte ihr mit einigem Abstand, bis sie sich schon bald jener Stelle an der Commercial Road näherten, an der sie ihrem Verfolger zum ersten Mal begegnet war.

In einiger Entfernung hörte sie eine Konversation und verharrte. Es war nichts an ihren Worten, das sie plötzlich am ganzen Körper zittern und mit der Hand nach dem Messer tasten ließ. Es lag auch nicht an der

Ruppigkeit, mit der die drei Männer diskutierten und mit der zwei den Dritten bedrängten und in eine schmale Gasse bugsierten.

„Ah, Mister Locke, schön, dass wir uns über den Weg laufen. Hier entlang bitte. Wie es der Zufall so will, hat unser Geschäftslokal gerade für Sie geöffnet."

„Es ist gut, ich komme ja schon ..."

Es war vielmehr die Art, wie der Dritte sich bewegte. Er war ein junger, äußerst schlanker Mann in Dienstkleidung, der sich widerwillig in sein Schicksal fügte und den anderen beiden folgte. Es war kein Humpeln, mit dem er sich fortbewegte, aber sein linkes Bein schien um einige Zentimeter kürzer zu sein als sein rechtes, und es klang wie ein unsteter zweibeiniger Galopp, tacktack, tacktack, mit dem seine genagelten Schuhe über das Pflaster hallten.

Sie hatte ihn suchen und zur Rede stellen wollen. Nun war sie wie festgefroren und wagte es nicht, sich zu bewegen. War dieser Mann Mistress Holworths Mörder? Hatte sie hinter, welches Geheimnis auch immer er hüten mochte, geblickt und dafür sterben müssen? Miss Delagores Hände schwitzten, obwohl sie immer noch zitterte. Sie blickte sich um, und die wenigen Menschen, die auf der Straße unterwegs waren, taten ihr Möglichstes, um rasch wieder hinter den Wänden ihrer Häuser und vor ihren wärmenden Kaminen Schutz zu suchen. Miss Delagore wusste, dass sie die Gelegenheit, den Mord an ihrer Freundin aufzuklären, möglicherweise nie wieder bekam. Keine Polizei war auf den Straßen, und auch die Laternenanzünder und Kutscher waren längst weitergezogen. Niemand, der ihr im Notfall Beistand leisten konnte. Sie war auf sich allein gestellt und verstand plötzlich, wie Mistress Holworth sich gefühlt haben musste, als sie in jener Nacht Zuflucht in einer Kirche gesucht hatte.

Wenn sie diesen Männern folgte und ertappt wurde, würde sie womöglich wie ihre Freundin enden. Aber wenn sie es nicht tat, würde sie es sich ein Leben lang vorwerfen. Miss Delagore stand immer noch an jener Stelle gegenüber der dunklen Gasse, während die hastig ausgestoßenen Wolken ihres Atems in der eisigen Nachtluft verpufften. Sie musste eine Entscheidung treffen, ehe die Distanz zu den Männern zu groß wurde. Aber besiegelte sie damit ihr eigenes Schicksal? Sie wusste es nicht, Miss Delagore wusste überhaupt nichts mehr. Sie stieß einen Fluch aus, dann rannte sie los.

- *18* -

Mister Chadwick Teressin

Lady Ambervale betrachtete die Wasseroberfläche und musste an die Waffe denken, die irgendwo im Schlick auf dem Grund des Teiches lag. Sich auf die Bank zu setzen, wagte sie nicht, und dennoch ließ der Gedanke an ihren Vater sie nicht mehr los. Ein Rufen unterbrach ihre Überlegungen.

„Mylady!", rief Mister O'Learey. „Besuch für Euch!" Er eilte herbei. „Ich habe ihn in den Salon gebracht."

Lady Ambervale verzog das Gesicht und rieb sich über die Stirn. Besuch war das Letzte, wonach ihr gerade der Sinn stand.

„Wen hast du in den Salon gebracht, Horace? Und warum kümmerst du dich darum? Wo ist Mandy?"

„Ich weiß es nicht, Mylady. Sie war nicht da. Ich habe sie heute noch nicht gesehen."

„Konntest du nicht einfach sagen, dass ich nicht zugegen bin? Wieso lässt du jemanden ins Haus?"

„Aber …"

„Du hättest lügen können, verdammt!"

„Es ist jemand von der Polizei, Mylady … ein gewisser Constable Daniels."

Sie wusste nicht, wen sie erwartet hatte. Eigentlich hatte sie überhaupt niemanden erwartet, und das war gut gewesen. Denn dann gab es niemanden, der sie mit seinen Bedürfnissen überhäufte, auf die sie Rücksicht nehmen musste, niemanden, der ihr kostbare Zeit mit nutzlosen Konversationen stahl. Sie hatte kein Interesse an Klatsch und Tratsch, gesellschaftlichen Anlässen oder der aktuellen Politik der Stadt oder des Britischen Empires. Sie interessierte sich weder für den Lord Mayor von London noch für die Königin von England. Sie wollte allein sein, abseits von der Welt und ihren erdrückenden Belanglosigkeiten. Ihr erster Impuls war, Mister O'Learey zu sagen, er solle ihn wieder fortschicken. Dann seufzte sie.

„Sag ihm, ich komme gleich."

„Sehr wohl, Mylady."

Der Angestellte eilte davon, während Lady Ambervale erneut in den grünlich schimmernden Teich starrte. Ihr einziger Trost bestand darin, dass sich Constable Daniels höchstwahrscheinlich nicht über Kunst, Kultur oder Politik mit ihr unterhalten wollte.

***

Sie betrat den Salon. Constable Daniels stand mit dem Rücken zu ihr und blickte aus dem Fenster, und sie empfand Unbehagen bei dem Gedanken, dass er sie beobachtet haben könnte.

„Constable Daniels."

Er drehte sich zu ihr.

„Lady Ambervale, bitte verzeiht mir die Störung. Ich weiß, ich hätte jemanden schicken können, um mich

250

anzukündigen, aber als ich die Neuigkeiten erfuhr, hielt ich es für das Beste, selbst herzukommen.“

„Und sich dabei zu vergewissern, ob Sie mit Ihren Befürchtungen recht hatten? Ob ich als einfache Frau an den Ermittlungen in diesem Fall verzweifelt und gescheitert bin? Nun, ich gratuliere Ihnen.“

Sie stieß die Tür zum Arbeitszimmer auf, und Constable Daniels machte ein Gesicht, als hätte sie ihn geohrfeigt.

„Bitte schön, sehen Sie sich um, und laben Sie sich an den Resten meiner Niederlage. Ich ... weiß nicht weiter. Mistress Holworth wird keine Gerechtigkeit erfahren und ihr Mann und ihre Tochter ebenso wenig.“

„Das ist nicht der Grund, weshalb ich hier bin ...“

„Tatsächlich?“

„Und ich denke nicht, dass Ihr gescheitert seid, Mylady.“

Er sprach sie mit ihrem Titel an, förmlich und korrekt, und die Distanz, die zwischen ihnen lag, schmerzte sie mehr, als sie erwartet hätte.

„Gut. Also, was kann ich dann für Sie tun ... Constable?“

„Ich bin gekommen, um Euch das hier zu bringen.“

Er trat an ihren Schreibtisch und legte einen Brief darauf, der offensichtlich bereits geöffnet worden war.

„Dies ist ein Auszug aus den Abschriften der Kirchenregister. Er besagt, dass es keinerlei Einträge einer Trauung unter Miss Constance Farradews Namen gab. Nicht in London, nicht 1859, 60, 61 und auch nicht 62. Nichts.“ Er hielt die Kappe seiner Dienstuniform in den Händen. „Sie könnte natürlich in einer anderen Stadt geheiratet haben, aber ich dachte, es würde Euch vielleicht dennoch interessieren."

Sein Blick überflog die Korkwände, die dort angebrachten Notizen, die Stapel von Papieren und Aufzeichnungen, und Lady Ambervale rechnete damit, dass er sich, wie es der Anstand gebot, nicht dazu äußern und insgeheim über ihre laienhafte Arbeit spotten würde. Aber aus seinem Blick sprachen Verwunderung und offenkundiges Interesse.

„Darf ich ... mir Eure Arbeit näher betrachten?"

„Damit Sie sich über mich lustig machen können? Nur zu."

„Nein ... im Gegenteil. Ich weiß, es stand mir nicht zu, Euch zu ermahnen, Mylady. Bitte verzeiht mir. Ich ließ zu, dass mich meine Sorge um Euch meine Stellung vergessen ließ."

Er wandte das Gesicht ab.

„Ich könnte den Gedanken nicht ertragen, wenn Euch etwas zustieße. Es ist Aufgabe der Polizei ... es ist meine Aufgabe, diesen Fall zu lösen, und es sollte nicht notwendig sein, Eure Hilfe in Anspruch zu nehmen. Und dennoch bin ich hier ..." Er wagte es nicht, sie anzusehen. „Ich wollte Euch um Verzeihung bitten ... und sollte jetzt gehen."

„Bitte bleiben Sie", stieß Lady Ambervale hervor. „Ich muss mich ebenfalls entschuldigen. Und ich wäre froh, wenn Sie mir vielleicht bei einer Tasse Tee Näheres erzählen könnten – über das Kirchenregister und Ihre eigenen Ermittlungen in dem Fall."

Er hob den Blick und lächelte.

Da Miss Delagore nicht zugegen war, brachte Mister O'Learey Tee, und Lady Ambervale und Constable Daniels saßen im Salon, in dem sie seit Wochen keine Mahlzeit mehr zu sich genommen hatte.

„Also, wenn sie nicht geheiratet hat ... könnte das bedeuten, dass sie die Stadt verlassen hat. Oder sie ist ebenfalls verschwunden ... oder Schlimmeres.“

„Ja, wie Ihr schon vermutet hattet.“

„Konnten Sie herausfinden, bei wem sie in Anstellung war?“

„Bisher nicht. Viele Haushalte führen selbstverständlich Lohnbücher, aber wo sollten wir anfangen? Und darüber hinaus wäre eine Ermittlung der Polizei in den Häusern des Londoner West End undenkbar. Es wäre ein Skandal, und wer auch immer daran beteiligt wäre, wäre die längste Zeit Polizist gewesen. Wir sind Angehörige der Arbeiterklasse, nicht mehr. Und manche Dinge ...“, er blickte sie über den Tisch an, als würde ihm das volle Ausmaß seiner Worte gerade erst bewusst, „... liegen außerhalb unserer Möglichkeiten. Wir befragen zurzeit die anderen Bewohner des Hauses in der North Street, aber es scheint, als hätte Miss Farradew die Stelle im West End noch nicht allzu lange innegehabt, als sie verschwand. Noch wissen wir nicht, bei wem sie in Anstellung war. Wir arbeiten daran, aber bisher konnte es uns niemand beantworten.“

Lady Ambervale starrte in ihre Tasse.

„Es wäre demnach hilfreich, wenn wir Zugang zu den Lohnbüchern hätten, sofern der Haushalt, in dem sie beschäftigt war, welche führte. Aber Sie haben recht. Wo sollten wir anfangen? Wenn ich raten müsste, würde ich mit dem Haushalt der Beauforts beginnen ...

aber vielleicht gibt es noch einen anderen Weg herauszufinden, bei wem sie in Anstellung war. Ich habe viel über die Halskette nachgedacht, von der der Gastwirt, Mister Reid, uns berichtet hat. Wenn sie so wertvoll war, wie er sagt, dann gibt es möglicherweise nicht allzu viele Orte, an denen Miss Farradews Verehrer sie erstanden haben könnte."

„Daran habe ich auch schon gedacht."

Beide schwiegen, und Lady Ambervale nahm einen Schluck von ihrer Tasse, um Mut zu fassen.

„Constable Daniels ..."

„Lady Ambervale?"

„... ich danke Ihnen, dass Sie die Anfrage zu den Kirchenregistern eingebracht haben."

„Sehr gerne. Aber ich fürchte, damit allein kommen wir nicht weiter."

„Doch. Es war wichtig zu erfahren, dass sie in London nicht geheiratet hat ... auch wenn das möglicherweise bedeutet, dass unsere Befürchtungen zutreffen. Sie könnte ermordet worden sein, wie Mistress Holworth. Wir werden weiterkommen. Wenn wir beharrlich sind und nicht aufgeben ... irgendwann."

Lady Ambervale betrachtete seine dunklen, aufmerksamen Augen.

„Ich habe die Zugänge, die Ihnen fehlen, und ich könnte versuchen, die Lohnbücher der Beauforts einzusehen ... aber ich denke, sofern sich Ihre Suche im East End im Sande verläuft, bleibt die Rubinhalskette unsere beste Spur." Sie dachte an Lady Lancaster. „Und auch wenn mir der Gedanke nicht gefällt, habe ich möglicherweise noch eine andere Idee."

Es gab viele Dinge, die sie ihm nicht gesagt hatte, und einige die sie ihm vermutlich niemals sagen würde, aber ein Anfang war gemacht. Constable Daniels hatte ihr den Wutausbruch verziehen, mehr noch, er unterstützte sie weiterhin bei ihren Nachforschungen, auch wenn er ursprünglich gehofft hatte, dass sie davon ablassen würde. Zusätzlich trieb er seine eigenen Untersuchungen im East End voran. Möglicherweise konnten diese den entscheidenden Hinweis liefern, der, wie ein fehlendes Verbindungsstück in einem Puzzle, den Zusammenhang herstellte und alles ins rechte Licht rückte.

Lady Ambervale stand erneut vor ihren Korkwänden und studierte die Aufzeichnungen. Im Fall der ermordeten Mistress Holworth deutete alles auf einen wohlhabenden Täter hin, jemanden mit Zugang zu Morphium oder einem anderen Betäubungsmittel, das mit einer Injektionsspritze verabreicht werden konnte, aber jemand, der nicht über ausreichende Fachkenntnisse verfügte, um zu wissen, dass es andere, weitaus effektivere Betäubungsmittel wie Äther oder das moderne Chloroform gab – oder der zumindest keinen Zugang dazu hatte. Das Motiv aber war unklar. Selbst wenn sie unbeabsichtigt Zeugin eines ... Lady Ambervales Gedanken machten einen Satz. Sie hatte an Lord Beauforts Geschäftsbücher und seine finanzielle Situation denken wollen ... aber was, wenn die Hausangestellte Zeugin eines anderen Verbrechens geworden war und deswegen sterben musste? Eines Verbrechens oder eines Geständnisses …

Sie eilte zu ihrem Schreibtisch, stieß beinahe das Tintenfässchen um und begann hastig einige Notizen zu Papier zu bringen. Hatte Lord Beaufort in einem Anflug von Reue oder Schwäche jemandem ein anderes Verbrechen gestanden und Mistress Holworth hatte es mit angehört? Womöglich hatte sie in einem angrenzenden Zimmer gearbeitet und war gänzlich ohne Absicht Zeugin des Geständnisses geworden … vielleicht hatte Lord Beaufort sie ertappt, oder sie war aus dem Zimmer geeilt, ehe er sie entdecken konnte. Aber auf ihrem Heimweg hatte er ihr aufgelauert und sie zur Rede gestellt. Sie hatte geschworen, es niemandem zu erzählen, sie hatte es bei ihrem Leben geschworen, und er hatte sie beim Wort genommen. So konnte es gewesen sein … aber wem hatte er sein ursprüngliches Verbrechen gestanden? Es musste ein grausames Verbrechen gewesen sein, das schwer auf seinem Gewissen lastete. Möglicherweise ein Verbrechen, das das Verschwinden einer gewissen Miss Constance Farradew zur Folge hatte. Und es musste eine Person gewesen sein, der er sich anvertrauen konnte, deren Loyalität er sich absolut gewiss sein konnte …

Lady Ambervale stürmte aus dem Arbeitszimmer, warf sich einen Mantel über und rief Mister O'Learey zu, dass sie für den restlichen Tag nicht zugegen sein würde, und schärfte ihm ein, mit Ausnahme von Miss Delagore niemanden auf das Anwesen zu lassen – und schon gar nicht ins Haus. Sie nahm ein Cab, und die ansonsten stets belebten Straßen Londons wirkten an jenem Nachmittag grau und leer. Niemand hielt sich länger als unbedingt nötig im frühwinterlichen Wettertreiben auf, und so kamen sie gut voran, auch wenn ihre Stimmung dadurch nur umso bedrückter war. Es kam ihr vor, als würde ein tosender Sturm heraufziehen, von dem alle Welt wusste und sich in ihren Häusern in Sicherheit brachte – alle mit Ausnahme von ihr.

Der Kutscher brachte sie ans Ziel, und Lady Ambervale hörte schon von Weitem das Gebell des kleinen Hundes. Sie wurde empfangen und eingelassen, und als Lord Calvert das Zimmer betrat, nahm sein Gesicht einen besorgten Ausdruck an.

„Lydia, geht es Euch gut? Ihr seht ... blass aus. Ist all...?"
Er besann sich und seufzte.

„Ich weiß, Ihr mögt es nicht, wenn man sich um Euch sorgt, deswegen ... Ich freue mich, dass Ihr hier seid ...“

Das Bellen des Hundes übertönte seine Worte, und Lord Calvert begann zu schimpfen. Doch kaum hatte der Terrier Lady Ambervale erblickt, lief er zu ihr, setzte sich vor sie hin, leckte sie an der Hand und verstummte.

„Sieh sich das einer an! So hab ich ihn ja noch nie erlebt. Chadwick! Chadwick, komm her, schau dir das an!"

„Mylord?"

„Sieh da, der Hund, Chadwick!"

„Der Hund, Mylord?"

„Ja, nun schau doch hin! Hast du ihn schon jemals so gesehen? Er sitzt einfach nur da!"

„Bemerkenswert, Mylord."

Lady Ambervale lachte trotz ihrer bedrückten Stimmung auf.

„Machst du dich etwa über mich lustig, Chadwick?“

„Keineswegs, Mylord. Es ist ein wohlerzogenes Tier, wie es scheint.“

„Aber du kennst ihn doch! Hattest du je den Eindruck, dass er wohlerzogen ist?“

„Nicht unbedingt, Mylord.“

„Also, was sagst du dazu?“

„Möglicherweise habe ich mich geirrt, Mylord. Es ist mir ein Rätsel.“

„Ein Rätsel, genau! Sage ich doch!“

„Womöglich wirkt die Anwesenheit Lady Ambervales beruhigend auf ihn, Mylord.“

„Ja, vielleicht ... und nun sei so gut und bringe uns Tee, Chadwick, ja?“

„Sehr wohl, Mylord.“

Als der Diener den Salon verlassen hatte, sagte Lord Calvert: „Er ist ein Holzkopf.“

„Er ist dein Angestellter, Richard. Er würde es nicht wagen, dich bloßzustellen oder dir zu widersprechen – schon gar nicht vor Gästen.“

„Mich bloßzustellen? Wie meinst du das?“

Wie aufs Stichwort lief der Terrier zu ihm und begann bellend vor ihm auf und ab zu hüpfen, und Lady Ambervale lachte erneut.

„Er weiß, dass du ihn fütterst. Deswegen veranstaltet er so einen Aufruhr!“

„Ich, ihn füttern? Ganz bestimmt nicht! Benimm dich, Monty, hörst du?“

Der Hund bellte lauter und wirbelte vor ihm herum, bis Lord Calvert haareraufend zu der Kommode stampfte.

„Du bist ein Teufel, du unerträglicher kleiner Kerl! Ein Teufel, sage ich!“

Er öffnete eine Schublade, nahm ein Stück Dörrfleisch heraus und warf es dem Hund hin.

„Nun sei endlich still, du Quälgeist!“

Der Hund verschlang den Happen und verlangte auf der Stelle Nachschlag. Als Chadwick wenige Minuten später den Tee und etwas Gebäck servierte, hatte Lord Calvert Monty bereits mehrere Male gefüttert und flehte nun, dass dieser ihn endlich mitnehmen solle.

„Was hat so lange gedauert, Chadwick? Siehst du denn nicht, dass er mich quält? Los, nimm ihn mit, er raubt mir den letzten Nerv!“

„Sehr wohl, Mylord.“

Der Diener bugsierte den Hund nach draußen und schloss die Tür hinter sich.

„Meine armen Ohren“, stöhnte Lord Calvert. „Ich verstehe nicht, warum sich alle Welt Hunde hält. Sie sind grässliche, bösartige Raubtiere, sage ich dir.“

„Ja, das sieht man.“ Lady Ambervale grinste.

„Aber genug von mir ... was führt Euch zu mir, Lydia? Wie gehen die Ermittlungen voran?“

Er nahm einen Schluck von seiner Tasse und betrachtete sie.

„Wenn ich offen sein darf, Ihr ... du siehst erschöpft aus, und das bereitet mir Sorge.“

„Bitte nicht. Bitte keine Sorge und keine Predigt. Davon hatte ich in den letzten Tagen wahrlich genug. Ich bin hier, weil wir noch einmal mit Randolph sprechen müssen.“

„Lord Lancaster? Nun, ich erwarte nicht, dass er uns helfen wird.“

„Nein, das denke ich auch nicht. Nicht freiwillig. Aber es gibt da eine Sache, die ich wissen muss, und ich wäre sehr froh, wenn ... du mich begleiten würdest."

Lady Ambervale erzählte ihm von den Lohnbüchern und dem Auszug aus dem Kirchenregister, ihrer Unterredung mit Constable Daniels und weihte ihn auch in ihre aktuelle Theorie ein.

„Lydia, ich muss dir etwas gestehen", antwortete Lord Calvert. „Ich habe viel über deine Ermittlungen nachgedacht und über den tragischen Tod von Mistress Holworth, aber wenn die Dinge so liegen, wie du sagst – wie du vermutest –, dann ist diese Angelegenheit sehr viel gefährlicher, als ich ursprünglich dachte. Ich hielt es anfangs für eine gute Gelegenheit, Zeit mit dir zu verbringen und ... die Tochter meines alten Freundes, die mittlerweile erwachsen geworden ist, näher kennenzulernen."

Er rieb sich den Nasenrücken und seufzte.

„Es war schön zu sehen, wie viel von ihm in dir weiterlebt. Seine Entschlossenheit und sein Tatendrang. Vieles davon erkenne ich in dir wieder ... und du hast den Verstand und die Güte deiner Mutter. Montgomery sagte stets, dass sie die intelligenteste Person war, die er je kannte. Es war einer der Gründe, warum er sie so sehr liebte. Aber ich muss dich um Verzeihung bitten, denn es war eigennützig von mir, und jetzt erkenne ich, dass ... wenn du recht hast und es sich tatsächlich um Mord handelt – und, Gott behüte, der Mörder tatsächlich einer von uns ist, ein Adeliger –, wie soll die Polizei uns dann unterstützen?"

Lady Ambervales Gesicht wurde ernst.

„Vielleicht kann sie das. Aber sie kann nicht in den Reihen der Adeligen ermitteln.“

„Gibt es denn keine andere Möglichkeit?“

„Doch, natürlich. Aber ... ich bin nicht bereit aufzugeben.“

„Könnte nicht ein gewöhnlicher Verbrecher die Tat begangen haben? Mistress Holworth könnte überfallen worden sein. Sie könnte ...“

Lady Ambervale schüttelte den Kopf.

„Nein, Richard. Kein gewöhnlicher Straßendieb würde Morphium verwenden. Es wäre viel zu kostspielig.“

„Bist du dir absolut sicher, dass sie betäubt wurde? Vielleicht war es nur ein Unfall ... ein tragischer, tragischer Unfall? Du hast Mistress Holworths Tochter kennengelernt. Vielleicht hast du in ihr dich selbst wiedererkannt, deinen eigenen tragischen Verlust.“

„Nein, so war es nicht! Ich habe den Einstich gesehen! Ein Arzt hat sie untersucht und es bestätigt! Sie wurde ermordet, Richard.“

„Dann müssen wir damit aufhören, Lydia. Es ist zu gefährlich. Es ist ... Ich habe schon deinen Vater verloren, ich würde es nicht ertragen, auch dich noch zu verlieren.“

„Dann hilf mir! Hilf mir, diesen Mörder zu finden. Wir können ihn nicht ungeschoren davonkommen lassen. Das Leben dieser Frau – dieser beiden Frauen – war nicht wertlos. Niemand darf ungestraft töten ... das Leben ist zu kostbar.“

Lord Calverts Brust hob und senkte sich unter seiner feinen, champagner- und goldfarbenen Brokatweste.

„Ja, das ist es", sagte er und seufzte. „Nun gut. Ich
werde dir helfen."

- 19 -

Lady Francine Lancaster

Als der Bedienstete ihnen öffnete, machte sich Lady Ambervale keine allzu großen Hoffnungen, vorgelassen zu werden. Aber der Diener, den sie noch aus ihrer gemeinsamen Zeit mit Randolph kannte, begrüßte sie.

„Lady Ambervale! Welch Freude, Euch zu sehen.“

„Guten Tag, Andrew. Wir würden gerne mit Lord Lancaster sprechen, ist er hier?“

„Bedauere, Lord Lancaster befindet sich zurzeit im Gentlemen's Club in der St. James's Street und wird voraussichtlich erst gegen acht Uhr abends wieder zugegen sein. Darf ich ihm etwas ausrichten?“

„Nein, vielen Dank.“ Dann kam Lady Ambervale ein Gedanke. „Ist Lady Lancaster hier?“

„Sie ist zurzeit leider ebenfalls nicht zugegen. Sie befindet sich für einen längeren Erholungsaufenthalt auf dem Landsitz der Familie in Winchester. Mir liegen keine Informationen vor, wann sie zurückerwartet wird.“

„Das macht nichts. Danke, Andrew. Wir kommen später wieder.“

„Sehr wohl, Mylady.“

Im Davongehen bemerkte Lady Ambervale, dass ihre Arme zitterten. Andrew hatte Lord und Lady Lancaster als Familie bezeichnet. Sie war jetzt Randolphs Familie, etwas, das Lady Ambervale sich stets für sich selbst erhofft hatte. Für eine sehr lange Zeit. Dann, nachdem sie ihre Trennung irgendwann überwunden hatte, war sie der Annahme gewesen, sie hätte damit abgeschlossen. Sie würde niemals Randolphs Familie sein. Aber diese Gewissheit nun aus dem Mund eines Bediensteten zu hören, traf sie dennoch wie ein Schlag in die Magengrube.

„Ist alles in Ordnung?", fragte Lord Calvert an ihrer Seite.

„Ich wünschte, es wäre so."

***

Miss Delagore hielt sich hinter Kisten und leeren Fässern versteckt, wie schon in der Nacht zuvor. Es war eine andere Gasse, ein anderer Ort, aber derselbe Mann, den sie verfolgte. Und was auch immer er vorhaben mochte, sie war entschlossen, herauszufinden, was es war.

Sie wusste, was es bedeutete, in den Armenbezirken aufzuwachsen, wo Hunger, Krankheit und Armut den Alltag bestimmten, wo viele Frauen die Geburten ihrer Babys nicht überlebten und die meisten Säuglinge starben, ehe sie ihr erstes Lebensjahr erreicht hatten, wo Verbrechen und Gewalt allgegenwärtig waren und es Orte gab, die selbst die Polizei mied. Und da Miss

Delagore um solche Orte zeitlebens einen großen Bogen gemacht hatte, konnte sie jetzt unmöglich erahnen, was ihr bevorstand.

In der Nacht zuvor war sie dem humpelnden Bediensteten der Beauforts gefolgt und hatte das Gespräch belauscht, das er mit den beiden Männern geführt hatte. Sie hatten gedroht, ihm die Finger zu brechen und seine hübsche Visage zu zerschneiden, wie sie es formulierten, und er hatte ihnen Geld versprochen. Er würde bezahlen, schon bald, wenn sie ihm nur etwas mehr Zeit zugestünden.

„Nun, vielleicht akzeptieren wir statt Ihrer Finger auch einen höheren Zinssatz, Mister Locke. Aber ... dafür bräuchten wir entsprechende Garantien, wenn Sie verstehen?"

Der Hausdiener wand sich, und Miss Delagore hatte das Gefühl, dass er die beiden bereits kannte und daher nicht unvorbereitet gekommen war, aber in diesem Moment eine Waffe zu ziehen oder sich zu wehren, wagte er dennoch nicht.

„Und welche Garantien sollten das sein?"

„Nun, das hängt ganz davon ab, was Sie uns anbieten. Ich könnte mir vorstellen, dass wir mit einem höheren Zinssatz einverstanden sind, wenn wir sehen, dass Sie willens und fähig sind, Ihre Schulden tatsächlich zu begleichen. Wie wäre es mit der ersten Zahlung von fünf Shilling, sagen wir in drei Tagen?"

Der Bedienstete akzeptierte die neuen Bedingungen, was unter anderem an dem Schlagstock liegen mochte, den einer der beiden Männer am Gürtel trug. Sie hatten ihn die ganze Zeit über nicht angefasst. Jetzt erteilten sie ihm einen Klaps auf die Schulter und schickten ihn seines Weges.

„Es war uns eine Freude, Geschäfte mit Ihnen zu machen, Mister Locke."

„Ja, beehren Sie uns bald wieder."

Während die beiden grinsten, war der Hausangestellte davongestürmt, vorbei an Miss Delagore, die sich im Schatten einer Hausmauer versteckt gehalten hatte, und war in seinem eigentümlichen Galopp entlang der Whitechapel Road geflohen. Miss Delagore, die seine Spur nicht abermals verlieren wollte, war aus ihrem Versteck gehuscht und ihm hinterhergeeilt. Er hatte sich gegen die Kälte eine Kapuze übergezogen und schimpfte vor sich hin, während Miss Delagore sich abmühte, trotz seines Humpelns mit ihm Schritt zu halten. Sie blickte sich mehrfach um, doch die beiden Kreditverleiher hatten ihr Ziel für diesen Abend erreicht und folgten ihnen nicht.

Etwa eine halbe Stunde später beobachtete sie, wie Mister Locke in dem dunklen Eingang eines einfachen Mietshauses verschwand und auch nach längerer Zeit nicht mehr herauskam. Sie prägte sich die Adresse ein, eilte nach Hause, wusch sich und ging zu Bett, um schon früh am nächsten Morgen, als die Sonne noch nicht aufgegangen war, wieder vor seinem Haus auf ihn zu warten.

Mister Locke ging an jenem Tag allerdings nicht, wie sie erwartet hatte, zur Arbeit. Stattdessen verbrachte er den gesamten Vormittag und Mittag damit, mehrere Personen im East End aufzusuchen, offensichtlich in der Hoffnung, sich von irgendjemandem Geld leihen zu können. Am Nachmittag verschwand er wieder in seinem Haus, und am frühen Abend machte er sich auf den Weg in Richtung der Docks und der nahe gelegenen Ansammlung von Spelunken und Bordellen, die zu ebenjenen Gegenden zählte, von denen sich Miss Delagore stets ferngehalten hatte.

Nun stand sie in ihren Mantel gehüllt da, trug gegen das eisige Wetter eine Kapuze über dem Kopf und wartete hinter einem Stapel Kisten. Aber zu warten allein half nichts. Sie musste wissen, was in dem maroden Gebäude, das Mister Locke vor gut einer halben Stunde betreten hatte, vor sich ging. Die Fenster waren mit Brettern vernagelt, und nirgendwo brannte Licht, und der Eingang, den Miss Delagore beobachtet hatte, lag auf der Rückseite des Hauses. Sie würde die spröde, hölzerne Tür öffnen müssen, durch die er verschwunden war, und ihm in die Dunkelheit folgen, die dahinterlag.

***

„Lord Calvert. Lydia. Wieso seid Ihr hier?", fragte Lord Lancaster, als er den Raum betreten und der Angestellte sich zurückgezogen hatte. „Ich dachte, wir … hätten alles besprochen?"

Lady Ambervale stand an den Fenstern, vor denen sich die Nacht ausgebreitet hatte wie ein schwarzer Schleier.

„Nein, Randolph. Das haben wir nicht."

„Dann sagt mir, warum ich euch nicht sofort wieder vor die Tür setzen sollte."

„Das könntest du, aber wir hatten gehofft, dass du uns hilfst."

„Euch helfen? Damit ihr weitere Anschuldigungen gegen mich und meine Freunde erfinden könnt? Was soll das, Lydia? Ist das nun deine späte Rache, weil ich ...? Ich weiß, dass ich dich verletzt habe ... und enttäuscht. Es tut mir leid. Aber ich kann die Zeit nicht zurückdrehen. Wenn ich es könnte ...“

Seine Entschuldigung traf sie unvorbereitet. Lady Ambervale hatte mit erneuten Diskussionen gerechnet, möglicherweise mit Streit oder Schlimmerem.

„Nein, Randolph. Es geht nicht um damals. Ging es nie. Wir sind hier, weil wir dich um Hilfe bitten wollen.“

Er warf die Hände in die Luft.

„Wobei denn, um Himmels willen? Wollt ihr immer noch herausfinden, ob William Geldprobleme hat und deswegen deine Haushälterin ermordet hat? Diese Geschichte, die ihr euch da zusammengereimt habt ... das ist verrückt, Lydia. Sogar du müsstest das erkennen.“

Lady Ambervale zuckte zusammen.

„Sogar ich? Du ... hältst mich für verrückt?“

Er seufzte und rieb sich über die Stirn.

„Nein, ich halte dich nicht für verrückt. Lord Calvert, Ihr müsst mir doch zustimmen. Vielleicht hört sie ja auf Euch?“

Lord Lancaster schien ihre Auseinandersetzung in jener Nacht in der Galerie völlig vergessen zu haben, oder aber er hatte gar nie gewusst, dass sie überhaupt stattgefunden hatte.

„Nein, Lord Lancaster“, entgegnete Lord Calvert. „Ich fürchte, sie hat recht ... Von Lord zu Lord, ich würde Euch bitten, ihr zuzuhören.“

Lady Ambervale warf ihm einen verächtlichen Blick zu. Von Lord zu Lord? Was sollte das heißen? Als ob es die Vernunft von Männern brauchte – ausgerechnet –, um diesen Fall zu lösen ... anstelle wovon? Ihrer Hysterie?

Lord Calvert hob die Schultern, und sie verstand, dass er diese Formulierung nicht gewählt hatte, weil sie seiner Meinung entsprach, sondern in dem Versuch, Lord Lancaster zu beschwichtigen.

„Seht Ihr, Lord Lancaster, ich denke, es gibt für alles eine logische Erklärung."

„Selbstverständlich gibt es die! Und ich gehe davon aus, dass die Polizei von Stepney ihr Möglichstes tun wird und den Mörder – wenn es denn Mord war – schon bald schnappt."

„Es war Mord", beharrte Lady Ambervale, und Lord Calvert warf ihr einen flehenden Blick zu.

„Zweifelsohne, Mylord", sprach er weiter. „Seht Ihr, genau dies ist der Grund, weshalb wir hier sind. Wir versuchen, die Ermittlungen zu unterstützen, aus dem wohltätigen Antrieb Lady Ambervales heraus, Ihr versteht? Und ... wir vermuten, dass es schon einmal passiert ist."

„Ein Mord an einer Haushälterin? Nun, davon gehe ich aus, und es wird noch schlimmer werden in den kommenden Jahren, wenn Ihr mich fragt. Unsere Stadt platzt aus allen Nähten, den Zuströmen an Einwanderern ist kaum noch Einhalt zu gebieten, und es sind selbstverständlich nicht die angesehenen Lords und Ladys, die zu uns kommen. Es sind die Ärmsten der Armen, die es aus Hunger und Elend zu uns zieht wie die Blutsauger. Es sind ungebildete, zügellose Massen, die in den östlichen Bezirken hausen, in ihrem eigenen Unrat wie die Tiere. Selbstverständlich ist dies eine Brutstätte für Lasterhaftigkeit und jegliche Art von Verbrechen, das ist doch offensichtlich! Versteht mich nicht falsch, ich will damit nicht sagen, dass all diese Menschen schlecht sind. Die meisten von ihnen versuchen gewiss ein ehrliches Leben zu führen, aber Not und Verzweiflung sind grauenhafte Weggefährten. Sie bringen die schlimmsten Züge in den Menschen zum Vorschein." Er blickte sie an. „Zweifellos ist es schon einmal geschehen. Deswegen verstehe ich nicht, warum …"

„Du solltest nicht von dir auf andere schließen, Randolph", sagte Lady Ambervale, und Lord Calverts zusammengelegte Finger verkrallten sich ineinander, während er sich auf die Lippen biss.

Lord Lancasters Augen verengten sich zu Schlitzen. „Lydia, ich weiß nicht, was du damit sagen willst …"

Lord Calvert sprang auf und plapperte los.

„Lord Lancaster! Die Hilfe, die wir von Euch erbitten, ist eine denkbar einfache. Möglicherweise habt Ihr bei einem Besuch bei Lord Beaufort, sozusagen durch einen Zufall …" Er warf einen Blick zu Lady Ambervale, die zähneknirschend auf ihrem Stuhl saß, und erkannte, dass es nun an ihm lag. „Vielleicht seid Ihr Zeuge eines Gesprächs geworden, eines Streits unter den Angestellten oder … eines Geständnisses. Wisst Ihr, diese erste Angestellte, die Lady Ambervale erwähnte, es muss vor etwa drei Jahren gewesen sein, eine gewisse Miss Constance Farradew … Ihr wisst nicht zufällig, ob sie ebenfalls bei den Beauforts beschäftigt war?"

„Farradew?" Eine Falte hatte sich auf seiner Stirn gebildet, während Lord Lancaster nachdachte. „Nein ... nein, ich denke nicht, dass jemand mit diesem Namen bei ihnen beschäftigt war – soweit ich das beurteilen kann. Wann soll das gewesen sein, sagtet Ihr?" Er schlenderte zu einer Anrichte, goss sich ein Glas Brandy ein und bot seinen Gästen ebenfalls eines an, die jedoch dankend ablehnten.

„Vor etwa drei Jahren", wiederholte Lord Calvert. „Sie ist verschwunden, wie auch Mistress Holworth ... ehe sich herausstellte, dass sie ermordet wurde."

„Verschwunden, sagt Ihr?" Lord Lancaster starrte aus dem Fenster, und seine Augen fixierten einen Punkt in der Ferne. „Nein, bedauere, ich habe noch nie von ihr gehört."

„Hat dir William möglicherweise etwas über Vorkommnisse innerhalb seiner Belegschaft erzählt? Gab es Streitigkeiten?"

„Streitigkeiten? Nein ... Ihr vermutet also, dass einer der Angestellten etwas damit zu tun haben könnte?"

„Möglicherweise", bestätigte Lord Calvert. „Wie Ihr bereits sagtet, dem Verbrechen im East End ist kaum Einhalt zu gebieten."

„Ein Mörder? In Williams Haus? Nein, ich denke kaum ... Mildred – Lady Beaufort – führt den Haushalt mit vorbildlicher Strenge und Gewissenhaftigkeit."

„Fehler sind nur allzu menschlich ... ja, es könnte praktisch jedem passieren. Selbst dem Tugendhaftesten ..."

„... unterläuft ab und zu ein Fehler. In der Tat, Ihr habt recht."

„Absolut, ja."

Lord Lancaster schwieg, dann fasste er sich.

„Nein. Ihr müsst Euch irren, Mylord. Und dieser Name sagt mir nichts. Ich bedauere.“

Er wischte sich über den Mund.

„Nun, wenn Ihr es mir nicht verübelt, es war ein langer Tag mit vielen geschäftlichen Unterredungen, und ich bin ein wenig erschöpft, also …“

„Oh, keineswegs, keineswegs. Ich denke, dieses Gespräch war mehr, als wir uns erhoffen konnten. Dieses Thema … es schlägt einem aufs Gemüt.“

„Ja, in der Tat.“

Lord Calvert wandte sich zu Lady Ambervale. „Dann werden wir Euch wieder Euren Pflichten überlassen. Wir danken Euch für Eure Zeit und Eure Gastfreundschaft, Lord Lancaster.“

Lord Lancaster führte sie zur Tür.

„Ihr seid jederzeit willkommen, Lord Calvert. Allerdings … Ich bin mir nicht sicher, ob ich eine große Hilfe war.“

„Doch, aber natürlich. Jedes Gespräch, jeder noch so kleine Hinweis kann eine große Unterstützung sein …“

Während die Ermutigungen aus Lord Calverts Mund sprudelten, verfiel Lord Lancaster in Schweigen. Er rieb seine Hände aneinander.

„Randolph?“, unterbrach Lady Ambervale.

„Ja?“

„Wo ist deine Frau, Randolph?“

„Meine Frau?“ Sein Blick verfinsterte sich. „Wie? Was meinst du … wo sie ist?“

„Ich habe sie lange nicht gesehen.“

„Sagte ich dir nicht …?“

„Manche Dinge werden einfacher, wenn man darüber spricht, Randolph. Erzähle mir, was passiert ist."

„Was passiert ist?" Aufkeimender Ärger mischte sich in seine Benommenheit.

„Randolph!", rief Lady Ambervale, die nun endgültig am Ende ihrer Geduld angelangt war und genug von Lord Calverts zurückhaltender Vorgehensweise hatte.

„Wo ist deine Frau, Randolph?"

Eine Furche entstand auf Lord Lancasters Stirn, während seine Kiefer mahlten, und seine Augen starrten wie die eines in die Ecke gedrängten Tieres.

***

Miss Delagores Augen brauchten einige Zeit, bis sie sich an die nahezu perfekte Dunkelheit im Inneren des Gebäudes gewöhnt hatten, während ein Geruch von feuchtem und modrigem Mauerwerk vermengt mit Urin und vermutlich Rattenkot ihren Verstand benebelte. Irgendwo in den Eingeweiden des Gebäudes hörte sie Stimmen und nahm ein schwaches Schimmern am Ende der Treppe wahr, die in die Tiefe führte. Und ehe sie sichs versah, näherten sich Schritte und die Stimmen zweier Männer, die lebhaft diskutierten. Sie kamen die Treppe empor. Miss Delagore sah sich um, konnte noch immer nichts erkennen und wollte schon fliehen, doch die Männer hatten den Kopf der Treppe bereits erreicht.

„Hast du seine Nase gesehen?"

„Ich sagte dir doch, setze auf James! Aber du wolltest ja nicht auf mich hören. Das hast du nun davon!"

Eine Wolke aus Schweißausdünstungen und der Gestank nach Rauch und Alkohol schlugen ihr entgegen, während die beiden Männer sie ignorierten und an ihr vorüber ins Freie stolperten.

„So 'nen Schlag hab ich in meinem Leben noch nicht geseh'n."

„Ja, vermutlich ist sie gebrochen."

„Wer?"

„Die Nase, du Idiot, die Nase, wovon sprechen wir?"

Miss Delagores Knie zitterten, als sie die Treppe nach unten schlich, und das Kellergewölbe, das an einem schweren Vorhang endete, schien sie förmlich zu erdrücken. Wenn dies das Geheimnis war, das Mistress Holworths Mörder hatte schützen wollen, stand sie nun möglicherweise kurz davor, denselben tödlichen Fehler zu begehen wie sie. Miss Delagore keuchte und wagte es zugleich kaum zu atmen. Sie wischte sich über den Mund und nahm sich vor, beim ersten Anzeichen von Gefahr die Flucht zu ergreifen. Sie ging zum Vorhang und schob ihn einen Spaltbreit zur Seite.

Das Kellergewölbe – vermutlich eine alte Lagerhalle – stand größtenteils leer, auf einigen Kisten leuchteten vereinzelte Kerzen, die die Schatten der etwa dreißig Personen, die in einer losen Gruppe zusammenstanden, in überlebensgroßen Proportionen an die Wände warfen.

„Los, schlag ihn zu Brei!", ertönte eine schrille Stimme über das allgemeine Gemurmel hinweg, und Miss Delagore zuckte zusammen. „Auf den Schädel, auf den Schädel, du Idiot!"

Sie vernahm den Schlag und das Knacken der Knochen, die aufeinanderprallten, und das zischende Einatmen all jener, die den Treffer gesehen hatten und sich bei der Vorstellung des Schmerzes wanden.

„Los, noch mal! Wehr dich doch!", schimpfte die Stimme, während eine andere Person rief: „Vorbei, vorbei! Mister Delaney gewinnt den Kampf gegen Mister Smith in der dritten Runde."

„Was? Nein, nein! Er war noch nicht fertig! Er hätte zurückkommen können."

„Mann, haben Sie den Treffer nicht gesehen? Der Kampf ist vorbei!"

„Aber nein, das ist doch ... Scheiße, nein!"

Ein breitschultriger Mann schob sich zwischen den protestierenden Gast und den Ringrichter.

„Ich denke, Sie beruhigen sich jetzt besser."

„Aber ich ..."

Der Stiernacken ballte eine seiner Pranken zur Faust.

„Schon gut, schon gut! Ich bin ruhig, in Ordnung? Ich bin ruhig."

Der schlaksige Mann, den Miss Delagore als den Angestellten wiedererkannte, den sie nun seit zwei Tagen verfolgte, löste sich aus der Konfrontation und humpelte davon. Er kramte in seiner Tasche, ging zu einem anderen Mann, der hinter einem aus Brettern und einigen Kisten gefertigten Tresen stand, und dieser füllte ihm im Austausch gegen ein paar Münzen eine dunkle Flüssigkeit in einen Becher. Miss Delagore betrachtete die Geschehnisse aus einiger Entfernung, während sich die Gruppe kurzzeitig auflöste und einer der beiden Kontrahenten mit einem nassen Tuch und einigen Klapsen ins Gesicht hochgehievt wurde, da er sich kaum selbst auf den Beinen halten konnte. Blut lief in einem Rinnsal aus seinem gespaltenen Nasenbein und tropfte zu Boden wie aus einem leckenden Weinfass. Der andere Kämpfer streckte die Arme empor, und die umstehenden Männer beglückwünschten ihn. Sein nackter Oberkörper glänzte im Kerzenschein vor Schweiß und anderen Körperflüssigkeiten. Jemand reichte ihm einen Becher und wischte ihm das Blut von der Brust und aus dem Gesicht, und Miss Delagore wandte den Blick ab. Dort, wo noch kurz zuvor der andere der beiden Kämpfer gelegen hatte, entdeckte sie in einer Pfütze aus Blut einen winzigen Gegenstand, der sich bei näherem Hinsehen als Teil eines ausgebrochenen Zahnes herausstellte, und Miss Delagore begann zu würgen. Sie wankte und stolperte dabei in die Arme eines anderen Mannes und stieß ihm um ein Haar den Becher aus der Hand.

„He, pass doch auf!" Ihre Blicke trafen sich, als Miss Delagore einen Schritt zurücktrat. Es war Mister Locke. Miss Delagores Beine begannen zu zittern, während das Adrenalin durch ihren Körper raste.

„Bitte verzeihen Sie ..."

„Moment mal", sagte er, und seine Augen wurden groß, während sich seine Lippen zurückzogen. „Sie sind ja eine Frau!" Und ehe er einen Ruf ausstoßen konnte, um den Aufpasser, dem er kurz zuvor entgangen war, zu sich zu rufen, fauchte sie: „Und Sie sind ein Angestellter von Lord und Lady Beaufort. Die würden sich bestimmt wundern, wenn sie erführen, mit welch lasterhaften Beschäftigungen Sie sich hier die Zeit vertreiben!"

Sein Mund blieb offen stehen.

„Lasterhaft? Was soll das bedeuten? Sie ... können nicht beweisen, dass ich gewettet habe!“ Er verstummte, während sich auf seiner Stirn ein Knäuel aus Falten bildete. „Was wollen Sie?“

„Nur reden. Niemand muss erfahren, was Sie hier treiben.“

Der Mann, dessen helle Augen hin und her sprangen, fing sich wieder.

„Und selbst wenn, ich wette auf Boxkämpfe, na und? Was ist schon dabei?“

Er gab sich gelassen, doch Miss Delagore erkannte seine Anspannung.

„Nichts, soweit es mich angeht. Aber sind Sie sicher, dass Lady Beaufort das Wetten auf Boxkämpfe als einen besonders tugendhaften Zeitvertreib ansehen würde?“

„Wer sind Sie?“

Miss Delagores Finger umklammerten den Griff ihrer Waffe, während ihre Stimme bebte.

„Eine Freundin ... von Mistress Holworth. Kennen Sie sie?“

„Holworth? Sie meinen Fanny?“

„Sie kannten sie?“

„Nun ja ... sie arbeitete ebenfalls bei den Beauforts.“

„Arbeitete, ja. Und wissen Sie, wo sie jetzt ist?“

„Nein. Ich kenne sie nicht besonders gut, deswegen ... Vielleicht hat sie eine andere Stelle gefunden oder wurde krank.“

„Wussten Sie, dass sie tot ist?“

„Tot? Nein. Wie ...?“ Er starrte sie an und nahm einen kräftigen Schluck von seinem Becher, und Miss

Delagore schlug der scharfe Geruch von billigem Alkohol entgegen.

„Wie ist das passiert?“

„Hören Sie, wenn Sie Ihre Anstellung behalten wollen, stelle ich hier die Fragen. Wusste Fanny von Ihrer Spielsucht?“

„Spielsucht? Also bitte … das ist doch lächerlich. Woher …?“

Miss Delagores Gedanken flogen schneller, als sie ihnen folgen konnte. Und ihr Mund sprach sie aus, ehe sie selbst wusste, was sie sagen würde.

„Sie haben Geldprobleme. Spielschulden. Wenn Sie nun auch noch Ihre Anstellung verlieren würden … könnten sie nicht bezahlen. Ich kann mir gut vorstellen, dass es Menschen gibt, die Ihnen dafür die Finger brechen würden oder Schlimmeres.“ Sie zog das Messer aus ihrer Tasche, und die Klinge funkelte im Kerzenschein, ehe sie sie an seine Brust drückte. „Wusste Fanny davon?“

„Was soll das?“

„Beantworten Sie meine Frage, sonst nehme ich Sie aus wie eine Makrele, gleich hier!“

„Ja, sie wusste es! Aber sie hat es niemandem erzählt. Sie … hat mir sogar angeboten, mir Geld zu leihen. Sie wollte mir helfen. Was soll das alles? … Sie sagten, sie ist tot? Wie ist das passiert?“

Miss Delagores Wut legte sich, aber sie schob das Messer dennoch nicht zurück in ihre Westentasche.

„Jemand hat sie ermordet.“

„Ermordet? Aber das ist nicht möglich … Fanny? Warum sollte jemand das tun?“

„Das versuche ich herauszufinden. Ihr Name ist Locke?“

„Rupert Locke, ja.“ Er wankte einige Schritte nach hinten. „Aber Mord? Wer sollte ihr das angetan haben?“

***

Lord Lancaster knirschte mit den Zähnen.

„Wo ist deine Frau, Randolph?“

„Das geht dich verdammt noch mal nichts an“, fauchte er.

„Ich bin hier“, sagte eine Stimme hinter ihnen, und ihre Blicke flogen zur Treppe, an deren Kopf Lady Lancaster stand, bleich und mit Ringen unter den Augen, aber lächelnd.

„Bitte verzeiht meine Aufmachung, ich war nicht auf Besuch vorbereitet. Dennoch wollte ich Euch unbedingt begrüßen. Wir ... haben selten Gäste im Haus, ganz zum Leidwesen meines Ehemanns.“

Lady Ambervale erblickte die blasse Frau, die ihr Haar zu einem schlichten Knoten hochgesteckt hatte und eine dicke Weste trug.

„Lady Lancaster! Ihr seid wohlauf.“

„Aber natürlich ... wobei wohlauf vielleicht etwas übertrieben ist. Aber mein Arzt versicherte mir, dass eine Besserung schon in wenigen Tagen eintreten würde, wenn ich nur wie ein artiges Kind meine Medizin nehmen und mir Ruhe und Schonung gestatten würde.“

Sie hielt die Augen für einige Zeit geschlossen und lächelte dann.

„Ihr wart auf Eurem Landsitz?“

„Zur Erholung, ja." Sie stellte sich an Randolphs Seite und hakte sich an seinem Arm ein. „Aber ich konnte die Einsamkeit in diesem großen Haus nicht länger ertragen. Deswegen bin ich vorzeitig zurückgekehrt."

„Aber Doktor Lieberman …", wollte Lord Lancaster protestieren.

„Doktor Lieberman wird meine Entscheidung akzeptieren müssen … und mich hier behandeln."

„Selbstverständlich, meine Liebste."

Lady Ambervales Lächeln gefror auf ihren Lippen. Meine Liebste. Randolph hatte sich nicht einmal die Mühe gemacht, den Kosenamen zu wechseln. Nur die Frau.

„Aber ich wollte eure Unterredung nicht stören", sagte Lady Lancaster. „Ich freute mich lediglich, Freunde zu begrüßen. Bitte seid mir nicht böse, wenn ich mich wieder zurückziehe. Ich fürchte, einige Tage wird es wohl noch dauern. Es war schön, Euch zu sehen."

„Gute Besserung, Mylady", sagte Lord Calvert und hauchte einen Kuss auf ihren Handrücken.

„Danke, das ist sehr freundlich. Aber Unkraut vergeht nicht, wie man so schön sagt." Ein kraftloses Lächeln umspielte ihre Lippen. „Guten Abend", sagte sie, und Erschöpfung und Müdigkeit lagen in ihrem Blick.

„Guten Abend … Ich wünsche Euch, dass Ihr schon bald wieder wohlauf seid."

Sie stieg die Treppe empor, Lord Lancaster wollte ihr helfen, doch sie winkte ihn fort.

„Nein, bitte. Bleibe hier bei deinen Freunden. Ich schaffe das schon."

„Aber natürlich, mein Schatz."

Und zum ersten Mal fühlte Lady Ambervale nicht den bohrenden Schmerz der Enttäuschung, als sie sie zusammen sah. Im Gegenteil, sie empfand Anteilnahme und Mitleid für Lady Lancaster.

„Wie geht es ihr?", fragte sie, als Lord Lancaster zu ihnen zurückgekehrt war.

„Sie hat Migräneanfälle. Und in letzter Zeit häuften sie sich wieder. Die Ruhe auf dem Land hätte ihr helfen sollen, aber ... nun ja, sie ist ein Sturkopf."

Lady Ambervale missfiel diese abfällige Bemerkung.

„Sie weiß, was ihr wichtig ist."

„Das mag sein", sagte Randolph. „Nun, kann ich sonst noch etwas für Euch tun?"

„Nein, vielen Dank, mein Freund", sagte Lord Calvert. „Wir überlassen Euch und Lady Lancaster nun Eurer wohlverdienten abendlichen Ruhe. Wir danken Euch, dass Ihr uns Eure Zeit geschenkt habt."

Lord Lancaster nickte, doch sein Gesicht war ernst.

„Wer auch immer das getan hat", sagte er. „Es war mit Sicherheit niemand aus Williams Haus."

„Ja, vermutlich habt Ihr recht."

Lady Ambervale und Lord Calvert verabschiedeten sich, und als sie in der Kutsche auf dem Weg zu ihrem Anwesen saßen, blickte sie aus dem Fenster, betrachtete die vorbeiziehenden Häuser und die Menschen auf den Straßen.

„Richard, denkt Ihr ebenfalls, dass ich auf der falschen Spur bin?"

„Nicht im Geringsten, wieso fragt Ihr mich das?"

„Ihr schient seiner Meinung zu sein."

Er versuchte sich an einem Lächeln.

„Nun, schreibt es meinem schaustellerischen Talent zu.“

„Ja, vielleicht …“ Sie musste wieder an den Blick in Randolphs Augen denken. „Wisst Ihr, für einen kurzen Moment dachte ich …“

Lord Calvert nickte.

„Ja, ich bemerkte es ebenso. Selbst wenn er nicht unser Täter ist und ihn auch nicht kennt, weiß Lord Lancaster dennoch, wer Miss Farradew war.“

- 20 -

Mister John Williams

Lady Ambervale stand am Fenster ihres Studierzimmers, und Lord Calverts Worte hallten in ihr nach. Randolph hatte gewusst, wer Miss Farradew war. Er wusste mehr, als er zugab. Deckte er seinem Freund den Rücken? Aber was sie viel mehr beschäftigte, waren die Worte: „Selbst wenn er nicht unser Täter ist." Wussten sie das mit Bestimmtheit, und woraus zogen sie diesen Schluss? Aus der Tatsache, dass Lady Lancaster am Leben war? ...

Miss Delagore betrat das Zimmer, und Lady Ambervale wirbelte herum.

„Mandy! Wo bist du gewesen? Geht es dir gut?"

„Ich bin wohlauf, Mylady. Bitte verzeiht mir, dass ich meine Pflichten vernachlässigte. Ich hätte Euch eine Nachricht zukommen lassen sollen, aber es ging alles so schnell. Ich habe den Hausangestellten von Lord und Lady Beaufort ausgeforscht. Ich weiß jetzt, wie er heißt und wo er wohnt."

„Welchen Angestellten?"

„Den, der mich in jener Nacht verfolgte. Ich habe mit ihm gesprochen."

„Bist du verrückt geworden? Wie konntest du dich in solche Gefahr begeben? Wir hätten Constable Daniels verständigen können! Wir hätten ... Was hast du dir nur dabei gedacht?" Sie schloss die Frau in die Arme. „Lass dich ansehen."

Miss Delagore errötete, während Lady Ambervale sie an den Armen hielt und begutachtete.

„Ich weiß, es war töricht, Mylady. Aber ... Ihr hattet meinetwegen schon mehr als genug Sorgen. Deswegen dachte ich ..."

„... du könntest es besser machen, indem du dich dem Mörder geradewegs in die Arme stürzt?"

„Ich dachte, ich könnte den Fall lösen. Aber der Angestellte, Mister Locke ... er ist nicht unser Täter. Er hat Fanny nicht ermordet."

„Woher weißt du das?"

„Er hat es mir gesagt."

„Und du glaubst ihm?"

Miss Delagore knetete ihre Finger, während sie darüber nachdachte. „Ich denke schon, ja. Er wettet auf Boxkämpfe und andere Wettkämpfe, und er steckt in großen finanziellen Schwierigkeiten ... die sich durch die unregelmäßigen Gehaltszahlungen der Beauforts noch verschlimmerten. Fanny wusste von seinen Problemen und hat ihm sogar angeboten, ihm Geld zu leihen. Aber sie hatte selbst kaum welches, weswegen er ihr Angebot ausschlug. Er wusste, dass sie eine kleine Tochter hatte ... Und ich dachte mir, da er kein Geld hatte, hätte er sich auch kein Morphium leisten können und keine Spritzen ... er hätte vermutlich auch keinen Grund gehabt, eine Person zu töten, die ihm sogar Geld leihen wollte ..."

„Er könnte gelogen haben! Und das Morphium könnte er aus dem Haus der Beauforts entwendet haben."

„Ja, das ... wäre möglich, aber ..." Miss Delagore schüttelte den Kopf. „Seine Geldnöte sind jedenfalls echt. Ich habe gesehen, wie er von zwei Geldverleihern bedroht wurde. Ich kann mir nicht vorstellen, dass er es war ... dann müsste er seine Dienstherren bestohlen haben für etwas, das er auch mit einem einfachen Messer hätte tun können. Warum hätte er sich unnötig diesem Risiko aussetzen sollen? Und ..." Miss Delagore begann zu zittern. „Er kannte Miss Farradew nicht. Er arbeitet seit vielen Jahren bei den Beauforts und hat ihren Namen noch nie zuvor gehört."

„Aber das könnte ebenfalls gelogen sein, Mandy!"

„Ja. Nun, jetzt, wo ich darüber nachdenke ... bin ich wohl der lebende Beweis dafür, dass er es nicht war." Sie versuchte sich an einem Lächeln, doch weder ihre Mundwinkel noch ihre aufgerissenen Augen wollten ihr gehorchen. „Sonst hätte er mich vermutlich auch beseitigt."

„Es war leichtsinnig von dir, dies zu riskieren!"

„Ich ... weiß. Ich bin ihm gefolgt und immer weiter gefolgt ... und dann stand er plötzlich vor mir! Mir blieb keine Zeit ... Aber wenn ich recht habe und er es nicht war, dann ... bedeutet das auch, dass wir wieder ganz von vorn anfangen müssen."

„Vielleicht nicht ganz", entgegnete Lady Ambervale. Sie betrachtete eine Kette, die sie in ihren Händen hielt. Sie war ein Geschenk ihres Vaters an ihre Mutter gewesen. In ihrer Mitte glänzte ein tropfenförmiger blauer Stein.

„Ich habe nachgedacht. Selbst wenn Randolph Lord Beaufort niemals verraten würde ... und dieser wiederum ihm die Treue hält, gibt es vielleicht noch eine andere Möglichkeit, den Mörder zu überführen. Dafür müssen wir nur herausfinden, woher Lady Beaufort ihren Schmuck bezieht."

„Ihren Schmuck?"

„Ja, ich gehe davon aus, dass eine ehrgeizige Frau wie sie auch bei Schmuck und Juwelen ihre eigenen Vorstellungen hat. Vielleicht haben wir Glück und Lord Beaufort hat auch den Schmuck seiner Geliebten dort gekauft."

„Miss Farradew? Ihr meint, Lord Beaufort war ihr Geliebter? Und ... der Vater ihres ungeborenen Kindes?"

„Das gilt es herauszufinden."

***

Die späte Herbstsonne blinzelte durch das Astwerk der Kastanienbäume, und Lady Ambervale saß auf einer Parkbank, während einige Tauben zu ihren Füßen darauf warteten, ob ein paar Krümel für sie abfallen würden. Sie ignorierte sie, hielt die Kette, in deren Steinen sich das Licht brach, in der Hand und versuchte, sie sich am Hals ihrer Mutter vorzustellen. An jener jungen, wunderschönen Frau, deren Gesicht sie beinahe nur noch von dem Porträt kannte, das im Speisezimmer hing. Ihr Vater hatte es nicht übers Herz gebracht, es in die Ahnengalerie zu hängen. Stattdessen hatte er es an der Wand direkt hinter jenem Stuhl anbringen lassen, auf dem sie stets gesessen hatte. Mittlerweile hing dort auch sein eigenes Bild neben ihrem, und manchmal wirkte es so, als würden sie sich ansehen. Ein Gedanke, der Lady Ambervale gelegentlich Trost spendete.

Sie versuchte, sich an den wärmenden Strahlen auf ihrem Gesicht zu erfreuen, was ihr jedoch schwerfiel. Denn obwohl sie von der Richtigkeit ihres Vorhabens überzeugt war, fühlte sie sich schäbig. Sie war dabei, eine Frau hinters Licht zu führen, die möglicherweise ebenfalls nur ein Opfer von Umständen war, von denen sie nichts ahnen konnte. Dann, wenige Minuten später, sah sie sie, wie sie am anderen Ende des Parks mit einigen ihrer Freundinnen über die Wege flanierte und seufzte. Sie versuchte erneut, sich das Gesicht ihrer Mutter in Erinnerung zu rufen, doch alles, was da war, war nur ein Porträt.

Lady Beaufort an jenem Nachmittag aufzuspüren war keine allzu große Herausforderung gewesen. Alles, was Lady Ambervale dafür hatte tun müssen, war, den Bediensteten, der ihr öffnete, nach ihr zu fragen. Der in eine ordentliche Hausuniform gekleidete Mann hatte ihr die Auskunft gegeben, dass Lady Beaufort wie an jedem Mittwoch um diese Uhrzeit mit einigen ihrer Freundinnen ausgegangen war, um in einem nahe gelegenen Café zu speisen und anschließend einen ausgiebigen Spaziergang im Regent's Park zu unternehmen. Seine Frage, ob sie ihr eine Nachricht hinterlassen wolle, hatte sie dankend verneint und sich anschließend ebenfalls auf den Weg in den Park gemacht.

Sie erhob sich, woraufhin die Tauben aufstoben und davonflatterten, spazierte über die Wege, und weder die Boote auf dem Teich, die es an jenem Tag noch einmal nach draußen gelockt hatte, noch die Seevögel konnten ihre Aufmerksamkeit gewinnen. In Gedanken war sie immer noch bei ihren Eltern. Dann geschah, worauf sie gehofft hatte, und Lady Beaufort erblickte sie.

„Hallo, Lady Ambervale", rief diese ihr zu, und Lady Ambervale hob die Hand zum Gruß. „Was für ein unerwartetes Vergnügen. Ihr seid nicht allzu oft hier im Park, nicht wahr? Jetzt, wo ich darüber nachdenke, glaube ich, dass ich Euch hier noch kein einziges Mal begegnet bin."

„Das stimmt. Ich ... brauchte ein wenig Abwechslung. Ein wenig Zerstreuung vielleicht."

„Ach, wem sagt Ihr das?", rief Lady Beaufort, deren rosige Wangen darauf hindeuteten, dass sie mit ihren Freundinnen, die sich nun um sie scharten, bereits einige Gläschen Champagner oder Brandy getrunken hatte. „Oh, seht mich an, wie unmöglich ich bin! Ich bin so überrascht, dass ich ganz vergessen habe, Euch vorzustellen. Ich bin schrecklich!"

„Keineswegs ..."

„Dies hier sind Amalia, Emberly und Clara."

„Sehr erfreut."

„Und das hier ist Lady ..."

„Lydia."

„Lydia, richtig." Lady Beaufort lächelte, und Lady Ambervale meinte sogar, so etwas wie Dankbarkeit in ihrem Blick zu erkennen, weil sie sie vor der Schmach bewahrt hatte, ihren Vornamen nicht nennen zu können.

„Und? Was führt Euch heute in den Park, meine Liebe? Oh, was habt Ihr denn da? Die ist ja zauberhaft."

„Ach, das ..." Lady Ambervale warf einen Blick auf die Kette, als ob sie sie ganz vergessen hätte. „Sie ist ein Erbstück meiner Mutter." In die Gesichter der umstehenden Ladys stahl sich ein Hauch von Unbehagen ob des tragischen Themas.

„Manchmal ... hilft es mir, mich an sie zu erinnern. Es tut mir leid, ich wollte Euch die Stimmung nicht trüben."

„Oh, keineswegs!", entgegnete Lady Beaufort, rückte näher an sie heran und legte ihr eine Hand auf die Schulter.

„Manchmal fällt es mir schwer, mich an sie zu erinnern. Dann weiß ich nicht einmal mehr, wie ihr Gesicht aussah." Lady Ambervale wusste nicht, warum sie ausgerechnet jener Frau, vor der man sie gewarnt hatte, weil sie eine Intrigantin und Klatschtante sei, die Wahrheit erzählte. Vielleicht tat sie es, weil sie erkannte, dass man sich manchem leichter stellen konnte, wenn man es offen aussprach.

„Wisst Ihr, dieses Stück bedeutet mir sehr viel. Eigentlich ist es viel zu kostbar, um es einfach so herumzutragen. Häufig wage ich nicht, es anzulegen, aus Angst, es zu verlieren. Deswegen spiele ich mit dem Gedanken ..."

„Ihr wollt sie doch nicht etwa verkaufen?"

„Nein, das nicht. Ich hatte eher daran gedacht, mir eine andere Kette zu kaufen, die ich mit weniger Sorge tragen könnte."

„Eine ... andere? Wie meint Ihr das, eine andere? Wollt Ihr damit andeuten, dass Ihr kein anderes Collier besitzt?"

Einige der Ladys kicherten, und Lady Beaufort warf ihnen einen strafenden Blick zu. Lady Ambervale errötete, obwohl sie wusste, dass es ihr nichts ausmachen sollte.

„Es … Ihr findet das bestimmt schrecklich undankbar von mir, nicht wahr?"

„Oh, nein, meine Teuerste, nicht im Geringsten! Es ist nicht undankbar, wenn man auch etwas für sich haben möchte, etwas Eigenes, über das man selbst bestimmen kann. Ab und zu muss man für das, was man möchte, kämpfen. Starke Frauen wie wir wissen das, nicht wahr?"

„Ja, da habt Ihr bestimmt recht. Könnt Ihr mir einen Rat geben? Wo würdet Ihr ein Collier kaufen?"

Lady Beaufort grinste.

„Nun, sagen wir es so … ich kaufe meinen Schmuck selten selbst. Ich habe meinem William durch diskrete, kleine Hinweise zu verstehen gegeben, welchen Schmuck ich bevorzuge. Seitdem kauft er ihn für mich."

Ihr vom Brandy benebelter Blick klärte sich, und sie erschrak.

„Bitte vergebt mir. Das war schrecklich unsensibel von mir …"

„Keineswegs. Macht Euch keine Gedanken. Die meiste Zeit ist es ohne Mann wesentlich einfacher. Auch wenn ich meinen Schmuck dadurch gelegentlich selbst kaufen muss."

Die beiden Frauen lächelten in einem kurzen Moment des gegenseitigen Verständnisses.

„Oh, aber wenn Ihr Euch tatsächlich nach einer neuen Kette umsehen wollt, dann müsst Ihr unbedingt

Mister Williams' Juwelierladen einen Besuch abstatten. Er hat mit Abstand die schönsten Colliers in ganz London, ich verspreche es Euch hoch und heilig!"

Lady Ambervale grinste.

„War das einer Eurer diskreten, kleinen Hinweise?"

Die Frauen lachten, und für einen kurzen Moment meinte Lady Ambervale zu verstehen, warum Lady Beaufort so war, wie sie war. Ihre Dominanz und ihre Allianzen halfen ihr, im Leben das zu erreichen, was sie wollte. Im Grunde waren sie sich gar nicht so unähnlich, auch wenn sie unterschiedliche Wege gewählt hatten.

„Nun ja, vielleicht nicht ganz so diskret. Aber geht zu ihm, und vielleicht ... wollt Ihr uns ja kommenden Mittwoch davon berichten, ob Ihr in seinem Laden fündig geworden seid?"

„Ja ... sehr gerne."

***

Der leicht untersetzte Mann mit den silbergrauen Locken und dem dichten Backenbart wippte hinter dem Verkaufstresen auf und ab, während er eine Kundin anwies, durch ein Monokel mit einem länglichen, hölzernen Gehäuse zu blicken und damit einen bestimmten Stein zu betrachten, worauf diese mit freudigen Ausrufen reagierte.

„Oh, Sie haben recht! Dieser Stein ist fabelhaft!"

„Seht Ihr die einzigartige Lichtbrechung, Mylady?"

„Oh, ja. Er ist zauberhaft! Wie heißt er?"

„Es ist ein leuchtender, grüner Beryll. Ein Smaragd."

„Und diese Linie hier?"

„Dies ist ein äußerst seltenes Exemplar ... man nennt es Katzenauge. Dieser Stein stammt aus dem fernen Kolumbien. Ich nenne ihn das Auge von Bogotá, auch wenn er in einer entlegenen Bergregion geschürft wurde. Eine echte Rarität.“

„Sie haben dem Stein einen Namen gegeben?“

Der Juwelier wirkte verlegen.

„Nun ja, ich denke, er hat einen verdient, findet Ihr nicht auch?“

Die Lady hielt den grünen Stein, der im Zentrum einer opulent gearbeiteten Goldkette prangte, vor ihre Brust und blickte in den Spiegel, der auf dem Tresen stand.

„Können Sie sich denn überhaupt davon trennen? Ich sehe, er ist etwas ganz Besonderes für Sie.“

„Ja, er ist außergewöhnlich. Aber es wäre mir eine Ehre und eine große Freude, wüsste ich ihn in den Händen einer Person, die ihn ebenso sehr zu schätzen weiß und für die er ebenfalls etwas ganz Besonderes ist.“

„Oh ja, das ist er. Mister Williams, Sie haben mich bezaubert! Was soll dieses wundervolle Stück kosten?“

Während sich die Lady und der Juwelier auf einen Preis einigten und das Schmuckstück von einem Angestellten sorgsam verpackt wurde, schlenderte Lady Ambervale durch den Schauraum und sah sich nach roten Steinen um.

„Guten Tag. John Williams lautet mein Name, willkommen in unserem Laden.“

„Ambervale ... Lady Ambervale.“

„Es ist mir eine außerordentliche Freude, Mylady. Ich sehe, Ihr seid auf der Suche nach einem bestimmten

Stück? Darf ich Euch bei Eurer Expedition zur Seite stehen?“

„Expedition?“

„Oh ja, viele dieser Steine stammen aus dem fernen Königreich Birma, wo Gefahren jenseits aller Vorstellung lauern.“

„Ihr meint wegen der Birmanischen Kriege?“

„Oh, nicht nur das. In den Dschungeln lauern Leoparden, Elefanten und Tiger, ganz zu schweigen von den Wilden, die überall hausen. Man spricht sogar von Kannibalismus.“

„Kannibalismus?“

„Gewiss! Man sagt, sie hätten einen König an der Spitze ihres Reiches, was durchaus für ihre Zivilisiertheit sprechen würde. Allerdings ... wenn Ihr mich fragt, ich halte es für eine Finte, eine geschickte Maskerade, mit der sie Fremde in ihre Länder locken, um sie dann am Spieß zu braten ... aber diese Steine“, er deutete auf einige der ausgestellten Schmuckstücke, „nun, so manche Gefahr wären sie auch mir wert, findet Ihr nicht auch?“

Lady Ambervale, die während seiner Ausschmückungen erneut an Lord Beaufort und seine Beteiligung an der Niederschlagung der Aufstände in den ostindischen Kolonien denken musste, wandte ihm den Blick zu.

„Ich interessiere mich für Rubine.“

„Das kann ich sehen, Mylady. Und wenn Ihr mir die gewagte These erlaubt, Rubine würden Euch ausgezeichnet stehen. Sie würden ... Eure Persönlichkeit unterstreichen.“

„Was wissen Sie über meine Persönlichkeit?“

Der Mann zupfte seine maßgeschneiderte Weste zurecht, wodurch ein Schwall seines schweren Parfüms aufstieg, und räusperte sich.

„Nun, es tut mir leid, falls ich Euch zu nahe getreten sein sollte, aber ich wittere bei Euch einen Hauch ebenjener Gefahr, über die wir gerade sprachen."

Lady Ambervale zog die Augenbrauen zusammen und seufzte.

„Mister Williams, ich bin hier, weil ich mich für einen speziellen Rubin interessiere, nicht wegen Ihrer Abenteuergeschichten."

Das Gesicht des Juweliers wurde ernst.

„Selbstverständlich. Ich möchte Euch um Entschuldigung bitten. Manchmal verschafft es mir ein gewisses Vergnügen, mir beim Anblick dieser wundervollen Steine den Weg vorzustellen, den sie zurückgelegt haben. Ihre Geschichten, ihre Abenteuer. Vielleicht ist es das Schauspiel ihrer Farben, das meine Fantasie zu sehr beflügelt. Ihr sagtet, Ihr interessiert Euch für einen bestimmten Rubin? Wie kann ich Euch bei Eurer Suche behilflich sein?"

„Es ist ein herzförmiger Stein, etwa von der Größe eines Fingernagels. Er sitzt in der Mitte eines bezaubernden, glitzernden Colliers. Führen Sie ein Stück, auf das diese Beschreibung zutrifft?"

„Nun, gewiss, wir führen Rubine in einer Vielzahl unterschiedlichster Formen und ... Ihr sagtet, als Hauptstein eines glitzernden Colliers? Herzförmig?"

Der Juwelier wandte sich seinen ausgestellten Schmuckstücken zu, rubinbesetzte Broschen, Ohrringe, Ringe und Halsketten.

„Wie viele Orte gibt es in London, an denen man solche Ketten kaufen könnte?“

Der Händler betrachtete sie.

„Nun, es gibt einige gut sortierte Juweliere in der Stadt. Rubine sind sehr beliebte Steine. Sie stehen für das Feuer und die Leidenschaft, die ihnen innewohnt.“

„Und die Liebe?“

„Selbstverständlich. Kaum ein anderer Stein wird häufiger von Liebenden verschenkt.“

„Wissen Sie, ich will ehrlich mit Ihnen sein. Lady Beaufort hat mir Ihren Laden aufs Höchste empfohlen. Kennen Sie sie? Ich denke, ihr Mann kauft gelegentlich bei Ihnen. Lord William Beaufort?“

„Oh, gewiss, ja! Lord und Lady Beaufort. Sie sind ganz wundervolle Menschen! Richtet Ihnen meine allerwärmsten Grüße aus!“

„Das werde ich. Dieses Rubin-Collier, ich bin mir nicht mehr sicher, bei wem ich es gesehen habe, aber könnte es sein, dass Lord Beaufort es bei Ihnen gekauft hat, vor etwa drei Jahren vielleicht?“

„Lord Beaufort ... vor drei Jahren, sagt Ihr?“

„Im Frühling ... 1859 vermutlich?“

„1859, ja, das war ein gutes Jahr für uns. Ach herrje, wie die Zeit verfliegt. Aber ich erinnere mich an ein Collier, auf das Eure Beschreibung zutreffen könnte. Es enthielt viele kleinere Diamanten, dem Sternenhimmel gleich, und in der Mitte saß ein großer, tropfenförmiger Rubin, sehr rein, keinerlei Einschlüsse, ein unglaublicher Stein, ebenfalls aus Birma. Nun, er war tropfenförmig, aber jetzt, da Ihr es erwähnt, er stand – sehr raffiniert – auf seiner Spitze, womit man ihn tatsächlich für ein Herz halten könnte.“

„Haben Sie diese Ketten entworfen?“

„Die meisten von ihnen, ja.“

„Und wissen Sie, ob Lord Beaufort nun der Käufer jener Kette war?“

„Lord Beaufort, nun ja …“

Der Juwelier betrachtete das Monokel in seiner Hand, und Lady Ambervale ermahnte sich, Ruhe zu bewahren.

„Groß gewachsen, breite Schultern, blondes Haar“, half sie seiner Erinnerung auf die Sprünge.

„Diese Kette, von der wir sprechen? Nein, nein. Ich denke …“

„Er geht aufgrund einer Rückenverletzung am Stock.“

„Lord Beaufort, ja, selbstverständlich! Ein wundervoller Mensch! Aber nein, der Käufer … ging nicht am Stock, und ich könnte schwören, dass er dunkles Haar hatte …“

„Sie wissen nicht zufällig seinen Namen?“

„Nein, ich …“

„War vielleicht seine Frau bei ihm? Eine bezaubernde junge Lady, dunkles Haar, leuchtend blaue Augen?“, wagte Lady Ambervale einen Versuch.

„Nein, er war allein hier. Lord Lane… Lance…?“

Lady Ambervales Pulsschlag dröhnte in ihren Ohren, während der Juwelier grübelte, und drohte, ihre Welt in einer gigantischen Explosion mit sich fortzureißen. Sie kannte die Antwort bereits, dennoch musste sie die Frage stellen. Sie brauchte Gewissheit. Sie öffnete den Mund, aber der Name wollte nicht herauskommen. Der Juwelier verstummte und starrte sie an, und für einen schier endlos scheinenden Moment standen sie einander gegenüber, und keiner von beiden sprach ein Wort.

„Lancaster?“, hauchte Lady Ambervale, tonlos, kraftlos, während sich eine einzelne Träne ihre Wange hin-
abstahl.

„Ja, genau!“, rief der Juwelier. „Das war sein Name.
Lord Lancaster! Ein wundervoller Mensch!“

- 21 -

Doktor Abraham

Lieberman

Sie wusste, was vor ihr lag – was vor ihr liegen musste –, und dennoch waren in den vergangenen Tagen jeglicher Antrieb und jegliche Lebenslust von ihr abgefallen. Der Hunger und die Erschöpfung waren gekommen und gegangen, ganz ohne ihr Zutun. Sie fiel wie eines jener späten Herbstblätter, die der Wind vor sich hertrieb, doch egal, wie sehr er auch blies, der Weg nach unten war ein unausweichlicher.

Miss Delagore sah häufiger nach ihr als gewöhnlich, brachte Mahlzeiten und Getränke und trug sie einige Stunden später nahezu unangetastet wieder fort. Und mit jedem Besuch und jeder Störung rückte sie nur in noch weitere Ferne und zog sich weiter von dieser Welt zurück, die ihr völlig fremd geworden war. Gelegentlich kam Lord Calvert zu Besuch und fragte nach ihr, aber sie hatte Miss Delagore angewiesen, keine Besucher vorzulassen, und dennoch bemerkte sie, dass diese ihn ab und zu einließ, um sich heimlich mit ihm auszutauschen und in der Küche eine Tasse Tee zu trinken.

Dann berichtete sie ihm gewiss über Lady Ambervales Verfassung, darüber, ob sie gegessen oder geschlafen hatte, über ihren Gemütszustand.

Lady Ambervale hatte eine Vorstellung davon, was geschehen sein musste, warum Mistress Fanny Holworth und Miss Constance Farradew hatten sterben müssen. Aber der Abschluss des Falles stellte sie vor eine Herausforderung, der sie nicht gewachsen war. Sie wusste, dass sie es nicht allein schaffen konnte, so wie ihr Vater es damals nicht allein geschafft hatte, die Waffe wegzulegen und in den Teich zu werfen. Sie hörte die tuschelnden Stimmen von Miss Delagore und Lord Calvert im Untergeschoss. Wenn sie den Fall abschließen wollte, brauchte sie ihre Hilfe. Doch genau das war die entscheidende Frage. Wollte sie einen Mann zum Tode verurteilen, den sie ihr gesamtes Leben lang kannte, seit ihrer frühesten Kindheit? Dem sie vertraut, den sie geliebt hatte, mit ihrem ganzen Wesen? Und wofür? Die beiden Frauen aus Stepney würden davon nicht wieder lebendig werden, und die kleine Lilly Holworth würde trotzdem ohne ihre Mutter aufwachsen müssen. Was hätte sie also damit gewonnen? Sie hätte eine Welt zerschlagen, in der sie unlängst angefangen hatte, sich auf merkwürdige Weise wohlzufühlen und heimisch. Sie hatte Anschluss gefunden und Freunde an den unerwartetsten Orten, Menschen, die ihr gar nicht so unähnlich waren, wie sie gedacht hatte. Dieses neu gewonnene Zuhause würde sie in Flammen aufgehen lassen, alle Brücken erneut abbrechen. Aber war es nicht alles nur eine schöne Fassade, die versuchte die Hässlichkeit zu verbergen, die dahinterlag? War die Wahrheit nicht eine viel grauenvollere? Aber Randolph konnte sich bessern. Sie konnte ihm dabei helfen …

Lady Ambervale schüttelte sich. Was war nur aus ihr geworden? Aus der starken und intelligenten Frau, als die sie sich selbst immer gesehen hatte, die sich nicht mit vordergründigem Geplänkel zufriedengab, die nach der Wahrheit strebte und nach Wissen? Die verhassten H's, hatte sie ihnen nicht die Maske herunterreißen wollen, um in ihr wahres Gesicht zu blicken? Und wer konnte solch abscheuliche Taten begehen und hoffen, ungeschoren damit davonzukommen? Sie hatten die kleine Lilly um ihre Kindheit betrogen, um die Erfahrung, mit einer liebenden Mutter aufzuwachsen.

„Es tut mir leid", sagte Lady Ambervale, während sie immer noch aus dem Fenster blickte, wo die langen Äste der Weiden im Wind wehten, wischte sich über die Augen und erhob sich. Auf wackeligen Beinen, die deutlich schwächer waren, als sie es sein sollten, stakste sie aus dem Zimmer und die Treppe hinab. Sie hörte die Stimmen, ohne den Sinn der Wörter zu erfassen, und als sie die Küche betrat, wandten sich ihr die Gesichter ihrer Freunde zu. Miss Delagore, Lord Calvert und sogar Mister O'Learey waren da. Sie stützte sich am Türrahmen ab.

„Horace."

„Mylady?"

„Ich … brauche Constable Daniels, wenn du so freundlich wärst? Ich benötige ihn hier."

„Sehr wohl, Mylady."

„Mandy …"

Sie schwankte, während einige Lichter um sie herum tanzten wie kleine funkelnde Feenwesen.

„Mylady!"

Miss Delagore und Lord Calvert eilten zu ihr, doch sie krallte sich in das dunkle Holz des Türstocks, um zu verhindern, dass sie fiel. Sie riss die Augen auf, damit sie ihr Umfeld nicht verlor. Nein!, rief sie sich zu. Noch war sie keines jener fallenden Blätter. Noch nicht.

„Ihr müsst Euch setzen", drängte Miss Delagore. „Ihr müsst essen!"

„Los, Horace, schnell! Wir brauchen Brandy!", rief Lord Calvert.

„Sehr wohl, Mylord!" Mister O'Learey spurtete davon.

„Nein", keuchte Lady Ambervale. „Kein Brandy. Ich brauche ... Klarheit."

„Gut, dann nehme ich ihn", sagte Lord Calvert, als der Gärtner mit der Karaffe und einigen Gläsern zurückkehrte.

„Aber Ihr werdet essen!", verlangte Miss Delagore, keinen Widerspruch duldend. „Und Ihr werdet trinken. Hier."

Sie reichte Lady Ambervale eine Tasse Tee, und diese begann in kleinen Schlucken zu trinken. Dann ließ sie sich zu dem schmalen Tisch begleiten, an dem sonst nur die Bediensteten ihre Mahlzeiten zu sich nahmen, und setzte sich. Kurz darauf stand ein Teller dampfenden Eintopfs vor ihr und ein Korb mit Brot.

„Esst."

„Dafür ist keine Zeit. Wir müssen ..."

„Ihr müsst essen!", beharrte Miss Delagore und hielt ihr den Löffel hin. „Bitte."

Lady Ambervale betrachtete den silbernen Gegenstand.

„Nun gut ... aber wir müssen handeln."

Mit zitternden Fingern griff sie nach dem Löffel, während die anderen um sie herumstanden.

„Horace?"

„Ja, Mylady, ich weiß ... der Polizist."

„Warte." Sie strich sich einige Haare aus dem Gesicht, die an ihrer Stirn klebten. „Ich denke, es ist besser, wenn Miss Delagore mit dir kommt. Er kennt sie und wird die Dringlichkeit verstehen."

„Wie Ihr wünscht, Mylady."

Sie kostete den Eintopf und spürte, wie die wohlige Wärme ihren Körper durchströmte, während die Aromen ihren Gaumen umspielten.

„Das schmeckt vorzüglich, Mandy. Ich danke dir."

„Ihr müsst mir nicht danken. Ich bin Eure Angestellte. Es ist meine Aufgabe. Es wird mir Lob genug sein, wenn Ihr wieder bei Kräften seid."

„Du bist mir weit mehr als nur eine Angestellte. Wo wäre ich ohne dich? Ohne euch alle?"

„Aber wir sind hier", bekräftigte Lord Calvert. „Wir sind alle hier."

„Mylady", sagte Miss Delagore. „Wenn Ihr mich hier nicht mehr braucht, werden wir nun Constable Daniels holen."

„Ja, tut das ... Und sputet euch."

Die Haushälterin und der Gärtner verließen den Raum, und Lord Calvert setzte sich zu Lady Ambervale an den schmalen Tisch und sah ihr dabei zu, wie sie aß, während er sich selbst ein weiteres Glas eingoss.

***

Miss Delagore saß auf dem Kutschbock, und der Fahrtwind schnitt ihr ins Gesicht wie eisige Messer. Die Sonne strahlte, und dennoch ging keinerlei Wärme von ihr aus, beinahe so, als wäre ihr Licht selbst der Ursprung aller Kälte. Mister O'Learey trieb die Pferde, deren schwitzende Körper in der Morgenluft dampften, mit immer neuen Rufen an, während sie über die Straßen preschten. Die Stadt war nahezu menschenleer, denn bei diesem Wetter hielt sich niemand freiwillig länger im Freien auf als unbedingt nötig. Und die wenigen, die sich nach draußen wagten, waren in dicke Westen und Mäntel gehüllt und trugen Kapuzen oder Tücher über ihren Köpfen.

„Wenn wir diesen Fall nicht bald gelöst haben, holen wir uns noch alle selbst den Tod!", blaffte Mister O'Learey.

„Ja", rief Miss Delagore gegen den Wind an. „Oder wir werden als Helden gefeiert, wenn wir die Stadt von diesem Monster befreien! Vielleicht errichten sie noch Denkmäler für uns!"

Der Gärtner lachte blechern.

„Und ich dachte schon, unsere Lady wäre verrückt!"

Ja, dachte Miss Delagore, die nichts darauf zu erwidern wusste, vielleicht sind wir das auch. Vielleicht sind wir das alle.

Als sie die Polizeistation erreichten, sprang Miss Delagore vom Wagen und eilte die Treppe hoch, und obwohl sie sich des Ernstes der Lage bewusst war, glühte ihr Gesicht bei dem Gedanken daran, den Polizisten wiederzusehen.

„Ich muss Constable Daniels sprechen. Sofort!“, rief sie dem Laufburschen am Empfang zu, dessen Uniform an seinem schmalen Körper hing und davon zeugte, dass es noch einige Jahre brauchen würde, bis er ganz in sie hineingewachsen war. „Es ist dringend. Lady Ambervale schickt mich.“

Der Bursche nickte und eilte davon, und kurz darauf stand jener Polizist mit den kräftigen Armen und den dunklen, intelligenten Augen im Türrahmen, dessen zurückhaltendes Lächeln sie von Anfang an für sich eingenommen hatte.

„Miss Delagore! Wie geht es Ihnen? Ist Lady Ambervale wohlauf?“

Er lief zu ihr, mäßigte sich, und sein Blick suchte den ihren.

„Es ... geht ihr gut“, sagte Miss Delagore, während ihre Brust brannte. „Sie schickt nach Ihnen. Ich denke, sie hat einen Verdacht in unserem Fall.“

„Das ist gut, denn unsere eigenen Ermittlungen stecken fest. Bisher haben wir keine neuen Hinweise. Und ... Sie wirken aufgelöst.“

„Nein ... ich bin die Treppe hochgelaufen, das ist alles. Es ... geht mir gut. Es wäre hilfreich, wenn Sie uns begleiten könnten – zu Lady Ambervale.“

„Ja. Ich hole meinen Mantel.“

***

Lord Lancaster saß auf seinem Stuhl und räusperte sich, während er mit der Gabel in dem Stück Torte stocherte. Es war nicht leicht gewesen, ihn davon zu über-

zeugen, sie zu besuchen. Aber ein durch einen Postboten überbrachter und mit einem Hauch Parfüm besprühter Brief mit einer Entschuldigung und der dringenden Bitte, ihn der alten Zeiten wegen noch einmal
sprechen zu wollen, hatten ihn schließlich dazu gebracht, ihrer Einladung zu folgen.

Sie saßen im Speisezimmer an den gegenüberliegenden Seiten des langen Tisches, tranken Tee und aßen
Kuchen und Zuckergebäck. Lord Lancaster nippte an
seinem dritten Glas Brandy und schien zunehmend Gefallen an ihrem Treffen zu finden, was wohl nicht zuletzt daran lag, dass Lady Ambervale ein tailliertes
Kleid trug, das ein wenig figurbetonter saß, als es dem
Anlass entsprochen hätte. Sie trug die Kette ihrer Mutter, deren blauer Stein nur eine Handbreit über ihrem
Dekolleté saß und immer wieder seine Blicke einfing.

Lord Lancaster schlug die Beine übereinander, lehnte
sich in dem hohen Stuhl zurück und lächelte.

„Ich weiß gar nicht, warum wir so lange damit gewartet haben, uns wieder gelegentlich zu verabreden – als
Freunde, meine ich. Ich denke, ich könnte mich daran
gewöhnen.“

„Ja, das finde ich auch.“ Lady Ambervale senkte den
Blick, was wie eine Einladung für ihn war, sie erneut zu
betrachten. „Ich hoffe, deiner Frau macht es nichts aus?
Aber wie du schon sagtest, es ist ein Treffen unter
Freunden. Mehr nicht.“

„Nicht der Rede wert. Francine kennt mich ... sie weiß,
dass ich ab und zu unter Menschen sein muss und die
Unterhaltung brauche. Immerhin muss man sich informiert halten, was in der Welt vor sich geht, nicht
wahr?“

„Ja, selbstverständlich. Wie geht es ihr ... ihrer Migräne?"

Lord Lancaster, der offenbar nicht erwartet hatte, ein Gespräch über seine Ehefrau zu führen, nahm einen weiteren Schluck, legte die Gabel beiseite, und sein Blick wurde nachdenklich.

„Nun ja, wenn du mich fragst, ist ihr Arzt, Doktor Lieberman, entweder ein Quacksalber oder nicht gerade ein Experte auf seinem Gebiet. Aber Francine besteht darauf, bei ihm in Behandlung zu bleiben. Seine Therapien ... nun ja, bisher war keine von allzu langem Erfolg gekrönt. Gelegentlich lassen ihre Anfälle nach und sie ist voller Hoffnung, aber dann kommen wieder Tage und manchmal ganze Wochen, in denen es kaum auszuhalten ist ... Sie schließt sich in ihrem Zimmer ein, zieht die Vorhänge zu und erträgt keine andere Person um sich. Kein Geräusch. Dann ist es, als ... hausten wir in einer Gruft. Schon das Trappeln eines Mäuschens würde genügen, um sie in Agonie zu versetzen. Diese Schwermütigkeit ... ist unerträglich. Sie ist wie ein stummer Vorwurf ... gegen sich selbst und die Welt ... gegen mich." Er fasste sich, und das Lächeln in seinem Gesicht zeugte von Verzweiflung.

„Habt ihr auch andere Ärzte aufgesucht?", ließ ihn Lady Ambervale nicht vom Haken.

„Selbstverständlich, aber Francine besteht auf Doktor Lieberman, und ich muss zugeben, dass es bisher auch keinem anderen gelungen ist, ihre Anfälle dauerhaft zu lindern. Und Francine ... ist sehr streng mit sich. Zu streng, wenn du mich fragst. Sie verlangt sich zu viel ab und macht sich Vorwürfe, aber das ist Blödsinn. Sie trägt keine Schuld an ihrer Erkrankung ... niemand trägt Schuld daran ... und sie ist auch keine Strafe Gottes ... oder eine Prüfung. Das ist alles Humbug. Zusätzlich ... leidet sie darunter, dass wir keine Kinder haben, und gibt ihrer Krankheit die Schuld daran. Und wieder einmal sich selbst ... Weißt du, ich wollte nie ... es war mir nie wichtig."

Seine Offenheit schmerzte sie mehr, als jede Lüge es gekonnt hätte.

„Das ... klingt schrecklich."

„Ja, das ist es. Und zu meiner Schande muss ich gestehen, dass ich in den besonders schlimmen Phasen mein Heil in der Flucht suche. Ich versuche ihr Ruhe zu gönnen, indem ich Zeit außerhalb des Hauses verbringe. Dann gehe ich in den Gentlemen's Club, auf Partys oder besuche Freunde ... Manchmal wandere ich auch einfach nur durch die Straßen ... allein. Nicht besonders ehrenhaft, nicht wahr?"

Er suchte ihren Blick, als würde ihm ihr Urteil immer noch etwas bedeuten. Dann schüttelte er den Kopf.

„Tja, aber aktuell befindet sie sich auf dem Weg der Besserung, und das ist alles, was zählt."

„Das freut mich zu hören. Bitte, richte ihr meine allerbesten Wünsche aus. Ich hoffe, dass sie bald wieder auf den Beinen ist."

„Danke, das werde ich. Aber ... wenn die Frage nicht zu dreist ist, warum bin ich wirklich hier, Lydia? Du hast mich doch gewiss nicht hergebeten, um dich mit mir über Francine zu unterhalten, oder? Du denkst doch nicht immer noch ... an diese Haushälterin, oder? Bitte sag mir, dass du mich nicht deswegen hergebeten hast ... es ist ermüdend und beunruhigend. Aber ... wenn du mich brauchst, bin ich hier. Ich weiß, das war nicht immer so ..."

Lügner!, rief eine Stimme in Lady Ambervales Innerem. Heuchler!

„Ich weiß nicht, was du meinst. Was denkst du, warum du hier bist?"

„Nun, wenn ich raten müsste, würde ich sagen, du bist vielleicht ein wenig ... eifersüchtig."

„Eifersüchtig?"

„Du hast mich mit Francine gesehen, du hast mich mit der jungen Lucy Armand gesehen, auf jener Party. Aber ich versichere dir, wir sind nur Freunde ... ich denke, nun ja, du hast womöglich deine Gefühle ergründet und festgestellt, dass du es vermisst ... Zeit mit mir zu verbringen?"

Lady Ambervale stieß ein Lachen aus, das zu gleichen Teilen aus Belustigung und Entrüstung bestand. Hatte sie tatsächlich den Eindruck erweckt, dass sie sich nach ihm sehnte? Nichts entsprach weniger der Wahrheit! Dann verstummte sie und erinnerte sich an jenen Abend, der so weit zurückzuliegen schien, als entstamme er einem anderen Leben. Aber das war davor gewesen, bevor sie erkannt hatte, wie er tatsächlich war ... illoyal, ohne jegliche Treue, ohne Anstand oder Skrupel, ohne Liebe für irgendjemanden außer sich selbst. Das genaue Gegenteil von dem, was sie in einem Mann suchte. Und entgegen ihrem Willen flogen ihre Gedanken zu jenem anderen Abend auf der Polizeiwache von Stepney, an dem sie in eine Decke gehüllt vor einem Kamin gesessen und gefroren hatte und sich dennoch geborgen gefühlt hatte wie an kaum einem anderen Ort zuvor. Nein, insgeheim war sie heilfroh, und im Grunde musste sie Lady Lancaster sogar dankbar dafür sein, dass sie sie von Randolph befreit hatte.

„Randolph, du ... hast recht. Ab und zu habe ich jene Zeit vermisst ... aber nicht mehr. Die Dinge haben sich geändert."

Er lachte und trank sein Glas leer.

„Nun, es mag sein, dass du das glaubst, Lydia. Aber ... mich kannst du nicht täuschen. Ich kenne dich zu gut, und niemand ändert sich jemals wirklich. Auch du nicht."

„Ja, du kanntest mich ... besser als irgendjemand sonst – damals. Aber ich habe dich nicht eingeladen, um über damals zu sprechen."

„Und warum hast du mich dann eingeladen? Doch nicht wegen deiner Haushälterin, Lydia? Bitte sag mir, dass das nicht wahr ist ..."

„Eigentlich ... wollte ich dir etwas zeigen." Sie erhob sich, und sein Blick folgte ihr, skeptisch und dennoch voller Erwartung.

„Bitte ... folge mir. Ich möchte dir zeigen, woran ich gearbeitet habe."

„Gearbeitet?"

***

Als Lord Lancaster vor den Korkwänden mit all den Aufzeichnungen, den Straßenkarten, Zeichnungen und Notizen stand, wurde er still, und sein Gesicht glich einer wächsernen Maske.

„Damit verbringst du deine Zeit? Lydia, das ist schrecklich ..."

Er wollte sich abwenden.

„Nein, bitte, ich will, dass du es dir ansiehst."

„Aber wozu?" Er betrachtete eine Zeichnung von der Einstichwunde an Mistress Holworths Hals, die Lady Ambervale aus der Erinnerung angefertigt hatte und die zusätzlich mit handschriftlichen Notizen versehen war.

„Warum gibst du dich mit alldem ab? Warum beschäftigst du dich mit diesen Gräueltaten ... diesen Abgründen der menschlichen Natur? Du hast es verdient, glücklich zu sein, Lydia. Wer, wenn nicht du?"

Lady Ambervale musterte ihn.

„Es geht hier nicht um mich, Randolph!"

„Aber natürlich tut es das. Es geht ausschließlich um dich ... aber du kannst nicht ungeschehen machen, was geschehen ist. Ich weiß, es war schrecklich für dich ..."

Er wollte sie am Arm berühren, doch sie zuckte zurück.

„Niemand sollte seine Mutter so früh verlieren. Und seinen Vater ..."

„Randolph, du missverstehst mich! Wir sind nicht meinetwegen hier ..."

Sie sah den Anflug eines Lächelns auf seinen Lippen und vergaß sich.

„Sondern deinetwegen, Randolph! Wir sind deinetwegen hier, Herrgott noch mal!"

„Meinetwegen? Ich verstehe nicht. Was hat das zu bedeuten?"

Er wagte es, zu lachen, und sie packte ihn am Arm und zerrte ihn vor die Korkwand.

„Hier, sieh hin! Kanntest du diese Frau, Randolph?"

Er las die Notizen, überflog die Beschreibung, und sein Blick blieb an ihrem Namen hängen und dem

Kreuz, das Lady Ambervale danebengemalt hatte. „Constance Farradew † Frühling 1859."

Sein Körper spannte sich.

„Was hat dieses Zeichen zu bedeuten? Dieses Kreuz hier?"

„Kanntest du sie?"

Seine Kiefer mahlten, und Zorn flammte in seinen Augen auf.

„Lydia, sag mir, was hier vor sich geht! Was willst du von mir?"

„Ich frage dich zum letzten Mal, Randolph! Kanntest du Miss Constance Farradew? Warst du es, der ihr diese Kette schenkte?"

Sie setzte alles auf eine Karte, auf diesen einen Augenblick der Schwäche, und hielt ihm das Collier vor die Nase, das mit unzähligen glitzernden Diamanten verziert war und einem tropfenförmigen, auf der Spitze stehenden Rubin in der Mitte.

Randolph stieß einen Schrei aus und riss die Hände vors Gesicht. „Das ist unmöglich!", rief er. „Woher hast du die? Du kannst sie nicht haben ... sie war ein Geschenk!" Er keuchte und blickte sich um. „Ist sie hier?"

„Wen meinst du?"

„Constance, ist sie hier? Hast du die Kette von ihr?"

Lady Ambervale legte die Kette wieder in ihre Hand und ballte sie zur Faust.

„Sie hatte sie von dir, nicht wahr? Constance hat niemals bei William gearbeitet, habe ich nicht recht? Sie war nicht seine Angestellte – sondern deine!"

„Ja!" Er brüllte es förmlich hinaus. „Ja, verdammt! Sie hat bei uns gearbeitet! Sie war ein Zimmermädchen ..."

„Sie war deine Geliebte!"

„Was …?“ Er schnaubte vor Entrüstung.

Lady Ambervale stand zwischen ihm und der Tür und versperrte ihm den Weg.

„Ja!“, rief er erneut. „Bist du nun endlich zufrieden? Sie war meine Geliebte! Sie war ein Zimmermädchen, aber … wir hatten unseren Spaß, nichts weiter!“

„Nichts weiter?“ Lady Ambervale fühlte das Gewicht der Kette in ihrer Faust. „Wann hast du sie zum letzten Mal gesehen, Randolph?“

„Ich … weiß es nicht mehr. Francine hat sie entlassen … irgendwann. Sie ist fortgelaufen, ich weiß es nicht!“

„Sie ist nicht fortgelaufen, Randolph, und das weißt du! Sie dachte, du würdest sie lieben … würdest sie möglicherweise sogar heiraten!“

Ein Lachen, das wie ein Schrei klang, verschaffte sich Platz.

„Sie heiraten? Wie stellst du dir das vor …? Ich bin verheiratet! Außerdem war sie nur eine einfache Angestellte. Wie hätte ich sie jemals heiraten können?“

„Sie erwartete ein Kind von dir.“

„Ein was?“, er fuhr zurück, als hätte er sich an dem Wort verbrannt wie an einem Teller heißer Suppe. Dann fing er sich an der Rückenlehne eines gepolsterten Stuhls.

„Sie erwartete …?“

„… ein Kind, Randolph … sie war schwanger. Von dir, nicht wahr?“

„Das ist nicht möglich! Das ist …“

Seine Augen schwammen in Tränen, die er wütend wegblinzelte.

„Hast du sie geliebt?“

Er krallte sich an den Stuhl, doch als er zu sprechen versuchte, kamen keine Worte aus seinem Mund. Er schnappte nach Luft wie ein Fisch an Land, während sich sein Gesicht vor Trauer verzerrte.

„Sie war ... wunderschön, immerzu fröhlich, kokett ...“

Er wischte sich übers Gesicht, während er nach Luft rang.

„Du hast sie also geliebt. Was hast du dir nur dabei gedacht, Randolph?“

Er schüttelte den Kopf.

„Und Fanny Holworth kanntest du ebenso, nicht wahr?“

„Wen?“

„Mistress Fanny Holworth! Lord Beauforts Angestellte. Sie soll Constance sehr ähnlich gesehen haben, fast so, als wären sie Schwestern gewesen. Dasselbe dunkle Haar, dieselben blauen Augen, jung, schön. Du hast sie bei ihm gesehen, nicht wahr? Warst du deswegen so häufig bei ihnen zu Besuch?“

„Ich ... Nein ...“ Er ballte die Fäuste. „Ja, vielleicht!“ Er erkannte den unnachgiebigen Ausdruck in Lady Ambervales Augen, sah ihren Mund, der nur noch eine schmale Linie war. „Ich habe sie gesehen. Aber wir haben kaum ein Wort gewechselt.“

„Warst du ihretwegen dort? Weil sie dir gefallen hat? Aus Sehnsucht nach Constance?“

„Nein, ich ... Francine hatte ihre Anfälle, ich habe es nicht länger ausgehalten ... wo sollte ich denn hingehen, verdammt?“

„Ich weiß es nicht, Randolph. Wohin solltest du schon gehen, wenn deine Frau krank ist? Aber du konntest nicht anders. Du musstest dich in die Arme dieser jungen Frauen flüchten ..."

„Du verstehst gar nichts!", spuckte er förmlich aus. „Du hast keine Ahnung, wie das ist! Mit jemandem zusammenzuleben, der deine bloße Anwesenheit nicht erträgt, der dich dafür verachtet, wie du isst, wie du schläfst, wie du atmest! Der keinen einzigen Sonnenstrahl aushält und dich verflucht und dir Beschimpfungen hinterherruft wegen der Art, wie du riechst, oder wegen des Raschelns des Zeitungspapiers, wenn du liest. Der dich meidet wie ... wie einen Pestkranken! Du hast keine Ahnung, wie das ist ... wie es sich anfühlt!"

Er schlug sich gegen die Brust, doch Lady Ambervale sprach ungerührt weiter.

„Hat Mistress Holworth gedroht, dich zu verraten? So wie Constance damit drohte, aller Welt zu erzählen, dass es dein Kind war, das sie erwartete? War das der Grund, warum du ihr diese Kette schenktest? Wolltest du sie für ihr Schweigen bezahlen?"

„Nein! Ich wusste es nicht ... ich wusste nichts von alldem!"

„Hast du sie deswegen ermordet?"

„Ermordet?" Sein Gesicht wurde blass und noch wächserner – wie das einer Puppe, nicht mehr menschlich. „So denkst du also von mir? Nein ... ich habe ..."

„Randolph! Hör auf damit! Fanny Holworth wurde mit einer Injektion betäubt und in den Kanal geworfen, wo sie anschließend ertrank! Mit Morphium, Randolph! Hast du Lord Beauforts Morphium genommen, so wie du es auch schon bei Miss Farradew gemacht hast?"

„Nein, ich wusste es nicht", wimmerte er. „Ich wusste nicht, dass sie schwanger war ... Woher hätte ich ...?"

„Hast du Williams Morphium genommen?“

Lord Lancaster überflog abermals die Korkwände, als würde er darauf nach der Antwort suchen.

„All das hast du dir hier zusammengereimt? Auf diesen Tafeln? Das ist Irrsinn, Lydia! Du bist krank. Du brauchst Hilfe. Der Tod deiner Eltern ... du musst darüber den Verstand verloren haben ... Ich verstehe nicht, wie ...?“

„Randolph! Erkläre es mir! Was ist passiert? War es ein Unfall ... ein Versehen? Vielleicht ... warst du betrunken und sie hat dich unter Druck gesetzt, hat gedroht, dich zu ruinieren ... Vielleicht gab es ein Handgemenge, Randolph?“

Sie marschierte vor ihren Notizen auf und ab.

„Du hattest ein Motiv, als Einziger – für beide Morde! Du hattest Zugang zur Mordwaffe ... Wo warst du an jenem Freitagabend, am 24. Oktober 1862?“

„Oktober? Ich weiß es nicht, für gewöhnlich bin ich freitags im Gentlemen’s Club, manchmal auch bei Freunden. Vielleicht war ich bei William, ist es das, was du von mir hören willst?“

„Ich will die Wahrheit, Randolph! Warum ...? Erkläre mir, was geschehen ist!“

„Ist das alles ... ein Versuch, dich an mir zu rächen ... für damals? Weil ich dich verlassen habe? Warum jetzt? Nach all diesen Jahren?“

„Sie war deine Geliebte, Randolph! Diese Kette ist der Beweis dafür. Du hast sie Miss Farradew geschenkt.“

„Sie war ein Geschenk, ja. Ich wollte, dass sie glücklich war ...“

„Sie hat damit gedroht, dich zu verraten. War es nicht so? Wollte sie Geld von dir? Wollte sie dich zwingen, sie zu heiraten?"

„Nein, ich ..."

„Und Mistress Holworth? ... Du hast sie beseitigt, bevor sie die gleichen Forderungen stellen konnte, nicht wahr? Wusstest du, dass sie eine kleine Tochter hatte?"

„Nein ..."

„Du hast das Morphium genommen ... und bist ihr in jener Nacht gefolgt ..."

„Nein! ... Ich habe kein Morphium ..." Er verstummte, und sein Blick wandelte sich, als ob etwas in seinem Inneren zerbrochen wäre.

„Du lügst! Niemand sonst hatte einen Grund. Die Polizei wird dich befragen, Randolph. Und vielleicht ..."

„Die Polizei? Nein! Genug mit diesem Wahnsinn! Du ... wirst mich nicht ruinieren!"

Lord Lancaster brüllte, und mit einem Satz stürzte er sich auf sie, warf sie zu Boden und war plötzlich über ihr. Seine breite Gestalt beugte sich über sie, und Lady Ambervale wollte um Hilfe rufen. Dann schlug er zu – nicht mit der flachen Hand, wie sie es erwartet hätte. Stattdessen raubte ihr der Fausthieb die Luft, während ein weiterer Schlag ihren Kopf nach hinten warf, wo er gegen den Boden prallte. Ein hoher Pfeifton und eine Woge aus rotem Schmerz schossen durch ihren Schädel, während sie die Arme nach oben riss und erneut versuchte, um Hilfe zu rufen. Ein weiterer Hieb traf sie seitlich am Kopf, und Dunkelheit drang von allen Seiten auf sie ein ...

Ein tosendes Stimmengewirr überflutete ihren Verstand. Sie meinte, Lord Calvert zu hören und Constable

Daniels, während Randolph tobte ... Sie sah das verschwommene Gesicht ihrer Mutter, die sich über sie beugte und etwas rief, während die Wärme aus ihrer Stirn sickerte. Sie versuchte, danach zu tasten, aber fühlte sich, als säße sie auf einem Karussell, auf dem die Fliehkräfte ihr die Kontrolle über ihren Körper raubten. Ihre Arme gehorchten ihr nicht länger. Das Letzte, was sie sah, war die kleine Lilly Holworth, die vor ihr stand und ein selbst gebasteltes Püppchen im Arm hielt ... mit Haaren aus gelber Wolle. Sie lächelte und legte ihre kleine Hand in ihre. „Heckst du wieder etwas aus?", fragte sie, und das kleine Mädchen nickte. Lady Ambervale lächelte stumm, ehe die Finsternis sie vollends umfing.

- 22 -

Richter Jeremy Stonewell

Das Erste, was sie wahrnahm, war der donnernde Schmerz. Ihre Augen schmerzten, ihr Schädel, ihr Verstand. Und wenn sie Atem schöpfte, war es, als säße jemand auf ihrer Brust, der sie mit aller Macht nach unten presste. Aber mehr als alles andere schmerzte sie ihr Herz. Insgeheim ärgerte sie sich, dass keines der Wörter Naivität, Dummheit oder blindes Vertrauen mit einem H begann. Lady Ambervale fand sich in ihrem Bett wieder, auf einem Stapel weicher Kissen, als das Tosen in ihren Ohren allmählich Wörter formte ...

„Mylady, Ihr seid wach!"

Miss Delagore, die auf einem Stuhl an ihrer Seite gesessen und offenbar selbst geschlafen hatte, schreckte hoch und beugte sich zu ihr. Sie betastete ihren Kopf und ihre Wangen.

„Wie fühlt Ihr Euch?"

„Als hätte mich eine Lokomotive überrollt. Wo sind die anderen? ... Randolph?"

„Sitzt in einer Gefängniszelle, nehme ich an. Constable Daniels hat ihn festgenommen. Es war sehr gefährlich, Euch allein mit ihm zu unterhalten ... und töricht, wenn Ihr mir die Bemerkung verzeiht."

„Nur so konnte ich sichergehen ... Wie lange liege ich schon hier?“

„Zwei Tage.“

„Zwei Tage? Wieso hast du mich nicht eher geweckt?“

„Oh, Ihr wart wach, gelegentlich. Aber Eure Sinne waren verwirrt ... Ihr habt mit Menschen gesprochen, die nicht hier waren. Habt getrunken, geschlafen. Ab und zu ist es mir gelungen, Euch ein paar Löffel Suppe einzuflößen, aber jetzt seht Ihr besser aus ... Was habt Ihr vor?“

„Ich ... muss aufstehen.“

„Oh, das ist keine gute Idee. Noch nicht.“

„Es geht mir gut, größtenteils. Mein Kopf schmerzt ...“

„Der Arzt sagte, das würde auch noch für einige Tage so bleiben.“

Lady Ambervale betastete ihr Gesicht. Um ihren Kopf war ein dicker Verband gewickelt.

„Wieso ...?“

„Eine Wunde an Eurer Stirn. Aber macht Euch keine Sorgen, man wird sie später kaum noch sehen. Sie sitzt in etwa hier, am Haaransatz. Mit ein wenig Puder wird es aussehen, als wäre es nie geschehen.“

„Aber es ist geschehen. Ich sorge mich nicht um mein Aussehen. Wie ... geht es Randolph?“

„Ich weiß es nicht, Mylady. Ihr hattet großes Glück. Er hat sich auf Euch gestürzt, obwohl Constable Daniels und Lord Calvert sofort zur Stelle waren. Sie haben im Raum nebenan gewartet und Euer Gespräch belauscht, so wie Ihr es vorgeschlagen hattet. Dennoch war dieser kurze Augenblick genug, um Euch so zuzurichten. Und ... ich bin mir sicher, wenn sie nicht rechtzeitig gekommen wären ... sie hätten keinen Augenblick später eintreffen dürfen. Lord Lancaster wurde verhaftet, und Constable Daniels sagt, er wird angeklagt werden wegen der Morde an Mistress Holworth und Miss Farradew, auch wenn man ihren Leichnam nie gefunden hat. Es ... ist ein enormer Skandal. Die Zeitungen sind voll davon. Ganz London spricht darüber!"

Lady Ambervale schlug die Hände vor den Mund und begann zu weinen.

„Oh, keine Sorge, Mylady ... es ist vorbei. Ihr habt es geschafft."

„Ich habe ihn zum Tode verurteilt, Mandy. Es ist meine Schuld. Ich habe ihm diese Falle gestellt ..."

„Nein. Das dürft Ihr nicht sagen. Ihr tragt keine Schuld an seinen Taten."

„Vielleicht ... hätte er sich gebessert. Ich hätte ihm dabei helfen können. Er war ... ein guter Mann ... damals. Vielleicht hätte er es wieder werden können."

„Aber war er das wirklich? Er hätte diese Frauen nicht töten müssen. Und dennoch tat er es. Es war seine Entscheidung. Er hat sie betrogen und ermordet und ... Euch hätte er ebenso getötet."

Lady Ambervale wischte sich über die Augen.

„Ja. Er hat sie alle betrogen ... diese Frauen aus Stepney. Arme Francine."

„Lady Lancaster?"

„Ich kann mir gar nicht ausmalen, wie sie sich jetzt fühlen muss. Wurde ... sonst jemand verletzt?"

„Nein. Ich denke, Lord Calvert hat vielleicht den einen oder anderen Kinnhaken abbekommen. Aber er ist robust, auch wenn man es ihm nicht ansieht. Im Grunde sind alle wohlauf. Mister O'Learey hat den Kampf schließlich beendet, indem er Lord Lancaster einen Schlag mit der Tischuhr versetzte."

Lady Ambervale musste durch ihre Tränen hindurch lachen.

„Mit der Tischuhr meines Vaters? Ist sie noch intakt?"

„Ich denke schon."

„Und Constable Daniels?"

„Es geht ihm gut. Er ... war jeden Tag hier, um sich nach Euch zu erkundigen."

Miss Delagore senkte den Blick, und Lady Ambervale ergriff ihre Hand.

„Vielleicht war er ja auch deinetwegen hier."

„Meinetwegen?"

„Um nach dir zu sehen."

Miss Delagores Wangen röteten sich, und Lady Ambervale hob ihr Kinn an.

„Mach dir keine Gedanken, Mandy. Es ist gut, wie es ist."

„Und diese Kette, Mylady?", fragte die Haushälterin nach einiger Zeit. „Wie habt Ihr sie gefunden?"

„Ich habe sie gekauft. Sie ist ein Duplikat."

„Sie ist nicht echt?"

„Doch, echt ist sie wohl. Ich habe sie bei demselben Juwelier erstanden, bei dem Randolph die ursprüngliche Kette kaufte, im Laden von Mister Williams. Sie sehen sich zum Verwechseln ähnlich."

„Beinahe so, wie Mistress Holworth und Miss Farradew?"

„Ja ... beinahe so."

***

Lady Ambervales Genesung schritt voran, und sie ließ die regelmäßigen Besuche des Arztes und die Fürsorge ihrer Freunde über sich ergehen, so gut sie konnte. Sie tat es ihretwillen – um ihnen das Gefühl zu geben, ihr von Nutzen zu sein, weil sie letztlich verstanden hatte, dass es dabei nicht um sie selbst ging. Es ging nicht um ihr eigenes Bedürfnis, umsorgt zu werden, sondern um das Bedürfnis ihrer Freunde, sich um ihr Wohlergehen kümmern zu dürfen.

Miss Delagore, Lord Calvert und sogar Mister O'Learey sorgten sich um sie, und Lady Ambervale ließ sie gewähren. Nur Constable Daniels ließ sie nicht zu sich, obwohl sie mittlerweile gelegentlich das Haus durchwanderte und kurze Spaziergänge zu den Stallungen und durch den Garten unternahm. Vermutlich verdankte sie ihm ihr Leben, mehr noch als den anderen. Dennoch brachte sie es nicht über sich, ihn zu sehen. Selbst wenn sie gelegentlich bemerkte, dass er an der Tür nach ihr fragte und mit Miss Delagore ein paar Worte wechselte. Ab und zu hörte sie die beiden für einen kurzen Moment scherzen oder gar lachen und verstand, dass es besser war, wenn sie ihn nicht sah, wenn sie für sich blieb. Vorerst. Sie wusste natürlich, dass sie schon bald mit ihm sprechen musste, über den Fall und wie jetzt alles weitergehen würde ... über Randolph. Aber noch fühlte sie sich nicht bereit dazu. Sie schob es vor sich her, zögerte es hinaus und ließ eine Gelegenheit nach der anderen ungenutzt verstreichen.

Eines Abends, als sie beim Essen saß, rief sie ihre Haushälterin zu sich.

„Mylady?"

„War Constable Daniels heute hier?"

Miss Delagore senkte den Blick.

„Er ist beinahe jeden Tag hier."

Lady Ambervale schloss die Augen und atmete ein.

„Hat er dir erzählt, wie es Lord Lancaster geht?"

„Nein, nun … nicht heute. Aber soviel ich weiß, sitzt er im Gefängnis von Coldbath Fields und wartet auf seinen Prozess."

„Coldbath Fields?"

„Ja, Mylady."

„Wurde Lord Beaufort zu dem Fall befragt? Konnte er bestätigen, dass Teile seines Morphiums entwendet wurden?"

„Das weiß ich nicht, Mylady. Aber die Beweislast gegen Lord Lancaster soll erdrückend sein. Er hatte ein Motiv, Zugang zu Lord Beauforts Morphium und die Gelegenheit für die Tat … aus den Lohnbüchern der Lancasters soll außerdem hervorgehen, dass Miss Farradew tatsächlich bei ihnen in Anstellung war, aber … all das kann Euch Constable Daniels besser erklären. Ich bin mir sicher, dass ich nicht einmal die Hälfte davon richtig verstanden habe."

Lady Ambervale stocherte in ihren Erbsen, von denen keine einzige auf ihrer Gabel bleiben wollte.

„Mandy, bitte sei so gut und richte Mister O'Learey aus, dass ich morgen früh nach Stepney gefahren werden will. Ich denke, es ist an der Zeit."

„Sehr wohl, Mylady."

***

Das Gespräch mit Constable Daniels verlief völlig anders, als sie es sich vorgestellt hatte. Sie trug ein angemessenes Kleid, hatte sich von Miss Delagore das Haar zu Locken drehen lassen und das Collier ihrer Mutter angelegt. Bisher hatte sie es stets abgelehnt, Schmuck zu tragen und sich, um irgendjemandes Aufmerksamkeit zu erheischen, zurechtzumachen. Und das war vielleicht auch nicht der einzige Grund, warum sie es jetzt trug. Mittlerweile empfand sie das Tragen der Kette als beruhigend. Sie fühlte sich ihrer Mutter und ihrem Vater dadurch näher und den Erinnerungen an sie, von denen ihr mit den Jahren nur noch wenige geblieben waren.

Lady Ambervale hatte mit einem herzlichen Wiedersehen gerechnet, vielleicht sogar mit einer Wiederkehr des Gefühls der Geborgenheit, das sie seither so sehr vermisste. Doch Constable Daniels stand vor ihr und legte zusammen mit Sergeant Pembrook die Fakten des Falls dar, geschäftsmäßig und offiziell, während Lady Ambervale sie im Geiste mit ihren eigenen Aufzeichnungen abglich und sich dabei wie eine Närrin fühlte – eine Närrin, die sie auch war.

„Lord Lancaster hatte ein Motiv, Miss Constance Farradew zu töten, die seit Mai 1859 als vermisst gilt, da sie dem Vernehmen nach sein Kind in sich trug. Wäre diese Information an die Öffentlichkeit gelangt, hätte es für ihn einen Skandal und den Verlust seines guten Rufes bedeutet. Bis zu dem Zeitpunkt ihres Verschwindens war sie bei den Lancasters in Anstellung, was uns mittlerweile von einigen der anderen Angestellten des Hauses bestätigt wurde und auch aus den Büchern der Familie hervorgeht. Als Beweis für ihre Liebschaft und den wahrscheinlichen Mord dient das Collier, welches er für sie im Laden von Mister John Williams gekauft und ihr zum Geschenk gemacht hatte. Ihre Beziehung war offenkundig nicht nur die eines Lords und seiner Angestellten. Über den Verbleib ihres Leichnams schweigt Lord Lancaster bisher, und somit können wir auch ihre Schwangerschaft nicht eindeutig beweisen. Sollte die Tötungsmethode identisch mit jener bei Mistress Holworth sein, besteht die Möglichkeit, dass ihre Leiche in der Themse verschwunden ist und wir uns somit keinerlei zusätzliche Beweise zur Aufklärung des Falles erhoffen können.

Was uns zu Mistress Fanny Holworth bringt. Der Mord an ihr scheint nach dem gleichen Muster verlaufen zu sein wie jener – vermeintliche – an Miss Farradew. Lord Lancaster war bei Lord und Lady Beaufort häufig zu Gast, bei denen Mistress Holworth in Anstellung war. Sie hatten also ausreichend Gelegenheit, sich häufiger zu begegnen. Womöglich hatte Lord Lancaster auch mit ihr eine Liebschaft oder erhoffte sich eine, da sich die beiden Frauen äußerst ähnlich sahen. Er fühlte sich zu ihr hingezogen, vermisste womöglich die gemeinsame Zeit mit Miss Farradew. Er machte Annäherungsversuche. Womöglich drohte Mistress Holworth damit, ihn zu verraten, sollte er sie nicht in Ruhe lassen. Vielleicht, falls sie in der Tat eine heimliche Liebschaft unterhielten, bekam er es mit der Angst zu tun, dass sie ebenfalls schwanger werden und anfangen könnte, Forderungen zu stellen. Lord Lancaster hatte jedenfalls Zugang zu den Morphiumvorräten seines Freundes, Lord William Beaufort. Dieses nutzte er, um Mistress Holworth an den Kanälen zu überfallen, vermutlich nahe den Tobacco Docks, nachdem er ihr an der Kirche

St Mary-at-Hill aufgelauert hatte. Er folgte ihr an jenem Freitagabend, betäubte sie mithilfe des Morphiums, welches er zuvor entwendet hatte, und warf sie in die Kanäle, wo sie anschließend ertrank. Vermutlich tat er dies in der Hoffnung, dass die Strömung auch ihren Leichnam forttragen würde. Zu unserem Glück handelt es sich bei der Themse um ein überaus langsam fließendes Gewässer, weswegen Mistress Holworths Körper bei Ebbe am Ufer des Flusses angeschwemmt und gefunden werden konnte. Ob Lord Lancaster auf diese Weise auch andere Frauen getötet und beseitigt hat, wissen wir nicht und können darüber bestenfalls Vermutungen anstellen.“

Er machte eine Pause und warf einen Blick auf seine Aufzeichnungen.

„Was sein Alibi für jenen Abend betrifft, so verfügt er unserer Meinung nach über keines, das einer Befragung vor Gericht standhalten könnte. Laut Lord Beauforts Aussagen sei Lord Lancaster an jenem Freitag, dem 24. Oktober, tatsächlich bei ihnen zu Gast gewesen und hätte das Haus nicht vor zweiundzwanzig Uhr verlassen. Er hätte nach dem Dinner lediglich einen kurzen Abendspaziergang unternommen. Darüber hinaus sei er ein Freund der Familie und ein Ehrenmann, was alle Welt bezeugen könne … er verbürge sich für ihn und halte derlei Anschuldigungen für eine bodenlose Dreistigkeit. Darüber hinaus würde er nichts unversucht lassen, diesen Skandal aufzuklären, und forderte eine sofortige Entschuldigung der Polizei, die Entlassung und Bestrafung aller beteiligten Beamten und so weiter und so fort. Er hat uns über seine Anwälte mehrere Briefe zukommen lassen, ebenso wie dem Bürgermeister, dem Erzbischof sowie der London Times und zweifellos auch allen anderen Zeitungen der Stadt."

Er hob den Blick.

„Lord Lancasters sogenannter Abendspaziergang könnte jedenfalls ausreichend gewesen sein, um Mistress Holworth zu folgen, ihr aufzulauern und sie zu töten. Was wir allerdings nicht beweisen können, da er weder bei der Kirche noch an den Docks gesehen wurde."

„Lord Beaufort würde seinen Freund nie dem Henker ausliefern."

„Haltet Ihr ihn für einen Mitwisser?"

„Nein, aber für einen loyalen Freund, der vermutlich alles tun würde, um Lord Lancasters Ruf zu schützen – und seinen eigenen."

„Darüber hinaus ist Lord Lancaster – bitte verzeiht mir den Ausdruck – für seine Vorliebe für Champagner und Brandy bekannt. Womöglich hat er sich in einem Moment der Schwäche zu einer niederen Tat hinreißen lassen, als er nicht mehr Herr seiner Sinne war ... was die Tat in keiner Weise rechtfertigen oder sich mildernd auf das Urteil auswirken könnte", ergänzte Sergeant Pembrook.

„Was allerdings sehr schwer wiegt und ihm durchaus als Geständnis ausgelegt werden wird, ist der Angriff auf Euch, Lady Ambervale. Es zeigt, dass dieser Mann, Lord oder nicht, dazu fähig ist, jemanden tätlich anzugreifen und ihm schwerste Gewalt anzutun. Und Constable Daniels' Aussage in dieser Sache ist eindeutig. Lord Lancaster griff Euch in der Absicht an, Euch ...

unschädlich zu machen. Womöglich hätte er Euch ebenfalls getötet.“

Lady Ambervale betastete die Narbe auf ihrer Stirn.

„Denken Sie wirklich?“

Zum ersten Mal blickte Constable Daniels ihr direkt in die Augen.

„Ich bin mir sicher, Mylady. Er hätte nicht von Euch abgelassen. Ihr ... hattet großes Glück.“

„Ja, vielleicht ...“

„Lord Lancaster wird sich vor Gericht verantworten müssen und Ihr – ich weiß, die Vorstellung muss unangenehm für Euch sein, aber möglicherweise werden wir Eure Aussage aufnehmen und sie dem Richter ebenfalls vorlegen müssen.“

„Gewiss.“

„Ihr habt der Polizei von London und der ganzen Stadt einen großen Dienst erwiesen, Mylady. Auch wenn manche Zeitungen etwas anderes berichten mögen.“

„Es ist mir gleich, was sie berichten.“

„Lord Beaufort scheint nichts unversucht zu lassen, seinen Freund vor dem Galgen zu bewahren. Er hat Anwälte engagiert und offenbar seine Verbindungen zu einigen angesehenen Politikern und Richtern in die Waagschale geworfen.“

„Darüber hinaus ist es ein großer Skandal, dass einfache Polizeibeamte aus dem East End ein Mitglied des Londoner Adels festgenommen haben. Unsere Beweise müssen eindeutig sein. Wir dürfen uns keine Fehler erlauben.“

„Denken Sie, er wird freikommen?“

„Nein. Wir werden den Fall in allen Einzelheiten
schlüssig darlegen. Das Alibi, das Lord Beaufort ihm
durch seine Aussage verschafft, wird nicht ohne Gewicht sein, auch wenn es jene besagte Lücke kurz nach
dem Dinner nicht zu schließen vermag. Es wird also
durchaus im Ermessen des Richters liegen, wie er die
Aussagen in seinem Urteil berücksichtigen möchte.“

„Wie heißt der Richter? Kennen Sie ihn?“

„Richter Jeremy Stonewell, ein äußerst erfahrener
und angesehener Mann mit einigen Verbindungen. Er
gilt als umsichtig und überaus rechtschaffen. Die Stellung Lord Lancasters könnte in seinem Urteil zwar Be-
rücksichtigung finden, allerdings nicht mehr als das
Leben dieser beiden Frauen, wenn Ihr mich fragt. Es
wäre jedenfalls nicht das erste Mal, dass er ein aufse-
henerregendes Urteil fällt, und es ist ihm durchaus zu-
zutrauen, auch ein Mitglied des Adels zu verurteilen.“

„Jener Abendspaziergang … wurde Lord Lancaster von
irgendjemandem gesehen?“

„In der Nähe des Hauses, ja … aber dann verliert sich
seine Spur. Er wurde weder an den Docks gesehen,
noch konnte er anhand der Aussage des Priesters eindeutig identifiziert werden.“

„Der einzige Beweis, den wir haben, ist also die Liebschaft mit einer der beiden Frauen, noch dazu jener,
von der wir nicht wissen, ob sie tatsächlich ermordet
wurde …“

„Alles deutet darauf hin, dass sie ebenfalls getötet
wurde … die Parallelen zwischen den beiden Frauen
sind zu groß, als dass es bloßer Zufall sein könnte, die
Anstellung in seiner unmittelbaren Nähe … das Collier.
Darüber hinaus haben wir die Mordwaffe … wir haben

den Angriff auf Euch, der ihm als Schuldgeständnis ausgelegt werden wird. Wir haben die Aussagen einiger Personen, die ihn im West End durch die Straßen laufen sahen.“

„Wirkte er betrunken?“

„Das könnte sein ... er war allein. Aber auch hierzu haben wir keine eindeutigen Aussagen. Lord Beaufort verbittet sich jeden Kommentar zu den Details jenes Abends und verbürgt sich für seinen Freund.“

„Das heißt, wir können auch zu dem gestohlenen Morphium keine Aussage von ihm erwarten.“

„Nein. Vermutlich nicht.“

„Und Lady Lancaster?“

„Sie war bisher zu keiner Aussage bereit ... ich denke, der Skandal war ein zu großer Schock für sie. Und selbst wenn sie davon gewusst hätte, würde sie kaum öffentlich zugeben, dass ihr Mann eine Liebschaft mit einem einfachen Dienstmädchen hatte.“

„Natürlich nicht. Damit würde sie zusätzlich sein Motiv bekräftigen. Das heißt, alles, was wir jetzt noch tun können, ist abzuwarten?“

„Wir haben getan, was wir konnten. Nun liegt es am Richter, zu entscheiden.“

„Aber haben wir genug getan?“

„Ich weiß es nicht. Ich wüsste nicht, was wir mehr hätten tun können.“

- *23* -

Mister Andrew Dameron

Die Straßen vor den Fenstern der Kutsche waren ihr fremd geworden, die Welt, die sie zu kennen geglaubt hatte, eine völlig andere. Sie war nicht nur heuchlerisch und voller Arglist, sie war mörderisch. Lady Ambervale klopfte an das Dach der Kutsche und rief Mister O'Learey eine Adresse zu.

„Nicht nach Hause, Mylady?"

„Nein, Horace. Noch nicht. Aber bald."

Das Anwesen in der York Street, das sie seit ihrer frühesten Jugend kannte, lag vor ihnen wie ein blasser Abklatsch seiner einstigen Größe und Lebensfreude. Damals, als Randolphs Eltern noch hier gewohnt hatten, war dieser Ort so etwas wie ein Refugium für sie gewesen, ein zweites Zuhause. Randolph war ihre Zuflucht gewesen, wenn sie die Regeln und Vorschriften ihres Vaters nicht länger ausgehalten hatte. Sie waren füreinander da gewesen, und irgendwie hatte es der junge Lord, der zu jener Zeit gerade einmal sechzehn Jahre alt gewesen war, geschafft, dass sie ihm ihr Vertrauen schenkte ... und ihr Herz. Sie konnte nicht mit Sicherheit sagen, welches der beiden ihr schwererfiel zu geben, doch Randolph hatte beides gehabt ... und beides hatte er Jahre später verschenkt. Er hatte es nicht mutwillig mit Füßen getreten, um ihr Schmerzen zuzufügen, sondern er schien es schlicht und einfach vergessen zu haben, was sogar noch viel schlimmer war. Vielleicht hatte es für ihn mit den Jahren auch einfach den Reiz verloren, sobald er es einmal gewonnen hatte – das Mädchen, das niemanden an sich heranließ, das niemand erobern konnte. Sie hatte ihm vertraut, und er hatte sie abgelegt wie einen alten Mantel, zu einer Zeit, als sie ihn am dringendsten gebraucht hätte ... All das lag Jahre zurück, und dennoch beeinflussten die Geschehnisse der Vergangenheit die Art, wie sie das Gebäude wahrnahm, das nun vor ihr lag. Es wirkte verlassen und leer.

„Warte auf mich", sagte sie zu Mister O'Learey, ging die letzten Schritte zum Anwesen zu Fuß und läutete. Ein Bediensteter öffnete ihr, und auch er wirkte matt und erschöpft, als wäre er auf merkwürdige Weise mit dem Bauwerk verbunden, in dem er seinen Dienst versah.

„Lady Ambervale, was für eine Freude", sagte er mit einer Stimme, die keinerlei Gefühlsregung erkennen ließ, und dennoch wirkten seine Worte aufrichtig.

„Hallo, Andrew. Ist Lady Lancaster zugegen? Ich weiß nicht, ob sie mich empfangen möchte, aber ... ich würde sie gerne sehen."

„Ich werde gerne für Euch fragen, Mylady."

„Danke."

Wenige Minuten später saß sie im Salon im oberen Stockwerk, der dem ihren in vielem ähnelte. Andrew servierte Tee, während sie wartete, und schenkte ihr ein Lächeln.

„Es ist schön, Euch zu sehen, Mylady. Wir bekommen nicht allzu oft Besuch in diesen Tagen.“

„Gleichfalls, Andrew. Danke.“

„Keine Ursache. Falls Ihr sonst etwas benötigt, zögert nicht zu läuten. Ich ... muss Euch allerdings um ein wenig Geduld bitten. Lady Lancaster wird Euch demnächst empfangen.“

„Ich warte hier.“

Als der Diener den Salon verlassen hatte, war sie mit den Porträts von Randolphs Vorfahren allein, die von den Wänden auf sie herabstarrten, als würden sie nun ebenfalls über sie zu Gericht sitzen. Ihre anschuldigenden Blicke verfolgten jede ihrer noch so kleinen Bewegungen, darunter auch jene von Randolphs Eltern, Lord und Lady Lancaster, die sie in ihrem Heim stets willkommen geheißen und sich um sie gekümmert hatten, als wäre sie ihre eigene Tochter. Hatte sie ihr Vertrauen missbraucht, so wie Randolph das ihre missbraucht hatte? Die Minuten verlangsamten sich zu kleinen Ewigkeiten, als würden sie ebenfalls innehalten, um sie anzustarren, bis ihre stillen Vorwürfe nicht länger auszuhalten waren.

„Es tut mir leid“, sagte Lady Ambervale in den leeren Raum und wischte sich über die Wangen, als sich die Tür öffnete und Lady Lancaster den Salon betrat.

„Hallo, Lady Ambervale.“

„Lady Lancaster, danke, dass Ihr mich empfangt.“

„Aber natürlich. Wir freuen uns über den Besuch einer Freundin – in diesen schweren Zeiten. Danke, Andrew, du kannst uns allein lassen.“

„Sehr wohl, Mylady.“

Lady Lancaster trug ein adrettes Kleid und eine Frisur, als hätte sie sich soeben zurechtgemacht, um auszugehen.

„Wie fühlt Ihr Euch? Wie ... geht es Eurer Migräne?", fragte Lady Ambervale, um das offensichtliche Thema zwischen ihnen zu vermeiden.

Lady Lancaster lächelte, ohne darauf einzugehen.

„Wisst Ihr, es ist schwer für mich", sagte sie. „All das. Ich verstehe nicht, wie es dazu kommen konnte ... Randolph wurde ins Gefängnis gesperrt wie ein gemeiner Verbrecher, und man sagt mir, er würde verdächtigt ..." Sie hielt die Hand vor den Mund und rang um Fassung. „Er soll Euch angegriffen haben? Ich kann das nicht glauben. Randolph ... ich weiß, er kann bisweilen temperamentvoll sein, ungezügelt gar, aber ein Angriff ... auf Euch? Und dann diese beiden Frauen ...? In den Zeitungen stehen abscheuliche Verleumdungen. Er wird beschuldigt, sie getötet zu haben, könnt Ihr Euch das vorstellen? Zwei einfache Zimmermädchen ... welchen Grund sollte er gehabt haben? Es muss sich um einen schrecklichen Irrtum handeln, um eine Verwechslung ..."

Lady Ambervale versuchte in Worte zu fassen, was sie selbst nur schwer begreifen konnte. Sie wusste nicht, wie Randolph von dem gutherzigen und lebensfrohen jungen Mann zu dem hatte werden können, der sie an jenem Nachmittag in ihrem Studierzimmer angegriffen hatte. Aber sie verstand, dass er mehr trank, als gut für ihn war, dass er ein Getriebener war ... ein Verlorener. Ehe sie antworten konnte, sprach Lady Lancaster weiter.

„Ich überlege unentwegt, was ich tun kann, um dieses Missverständnis aufzuklären ... Ich habe sogar eine Aussage bei der Polizei gemacht ... Es ist beschämend."

„Es tut mir sehr leid", wiederholte Lady Ambervale, als wäre es das Einzige, wozu sie noch imstande war.

„Das muss es nicht", überraschte sie Lady Lancaster mir ihrer Antwort. „Es muss eine Erklärung geben, wie es dazu kommen konnte ... und dann können wir den Fehler korrigieren, wir beide ..."

„Wir ...?"

„Ihr seid Randolphs älteste Freundin ... ihr kennt ihn wie kaum jemand sonst. Vielleicht sogar besser als ich ... Ihr wisst, dass er jene Taten, die ihm vorgeworfen werden, nicht begangen haben kann."

Lady Ambervale fühlte erneut seine Hände um ihren Hals, die Schläge auf ihrem Gesicht und ihrem Schädel. Doch, dachte sie. Sie wusste, dass Randolph zu alldem fähig war, denn sie hatte es am eigenen Leib erfahren ... beinahe alles davon. Und dann dachte sie erneut an jenen Abend auf der Party, als sie ihn zusammen mit der jungen Lady Lucy Armand gesehen hatte. War er denn jemals der aufrichtige und gutmütige Mann gewesen, für den sie ihn gehalten hatte?

„Nun ... ich denke, dass Randolph vielleicht nicht immer die Person war, die er vorgab zu sein."

„Ja, vielleicht", räumte Lady Lancaster ein. „Wisst Ihr, ich bin nicht dumm ... Ich liebe ihn mehr als alles auf der Welt, aber ... ich bin nicht blind. Ich weiß, dass er ... einen schwierigen Charakter hat. Er ist kompliziert und ... wie ein seltener Vogel. Er braucht seine Freiheit. Das habe ich schon früh verstanden ... aber der Mord an zwei einfachen Frauen aus dem East End? Dazu wäre er niemals in der Lage. Und welchen Grund sollte er gehabt haben?“

„Vielleicht unterschätzt Ihr ihn.“

„Nein! ... Ihr kennt ihn besser und länger als jeder andere ... Ihr müsst Euch für ihn aussprechen! Ich flehe Euch an. Ihr müsst der Polizei sagen, dass jener Angriff auf Euch ... ein schreckliches Missverständnis war. Dass Ihr einem Irrtum unterlegen seid.“

Lady Ambervales Verstand gefror zu einem Klumpen aus Eis.

„Ein Irrtum? Es war kein Irrtum, Francine. Randolph hat mich angegriffen. Er hat mich geschlagen, wieder und wieder ...“

„Aber doch nur, weil er keinen anderen Ausweg wusste. Er war verzweifelt ... manchmal ist er wie ein kleines Kind. Könnt Ihr das denn nicht sehen?“

„Es tut mir leid, Francine.“

„Nun ...“ Lady Lancaster wirkte verloren, und ihr Gesicht wurde sogar noch blasser, während die Versuche eines Lächelns ihre Verzweiflung nicht länger zu überdecken vermochten. „Aber ... ihn wegen des Mordes an zwei Bediensteten am Galgen hängen zu lassen? ... Diese Strafe ist zu hoch ... es ist zu viel, Lydia! Ihr müsst diese Sache beenden! Ihr müsst ihn davor bewahren ... es ist der einzige Weg!“

„Ich ... bin nicht für das verantwortlich, was er getan hat. Es liegt im Ermessen des Richters. Ich kann ihm nicht helfen.“

„Ihr könnt nicht?“ Tränen liefen über Lady Lancasters Gesicht, doch sie verzichtete darauf, sie wegzuwischen. „Oder wollt Ihr nicht? ... Aber Ihr müsst! Ihr liebtet ihn einst, vielleicht genauso sehr wie ich! Wie könnt Ihr ihn zu einer so grausamen Strafe verdammen?“

Lady Ambervales Hände zitterten.

„Ja, ich liebte ihn. Früher. Aber es war ein Irrtum … er gab vor, jemand zu sein, der er nicht war.“

„Ich kann Euch genau sagen, was er war und was er nicht war – und was er ist. Randolph mag vielleicht kein ehrenvoller Mann sein, vielleicht lügt er … und trinkt. Vielleicht trifft er sich sogar mit anderen Frauen … hat Liebschaften. Er mag ein Ehebrecher sein! Aber er ist kein Mörder!“

„Das … kann ich nicht entscheiden. Allem Anschein nach ist er es.“

„Wie könnt Ihr es wagen, das zu behaupten?“

Lady Lancaster fasste sich an die Schläfe.

„Ich weiß, das ist eine schwere Belastung für Eure Gesundheit“, sagte Lady Ambervale. „Ich vermag es mir nicht vorzustellen, was in Euch vorgeht … Aber Ihr müsst die Möglichkeit in Betracht ziehen …“

„Ich muss gar nichts! Und zum Teufel mit meiner Gesundheit! Ich sage Euch, Ihr irrt Euch!“

„Er hatte eine Liebschaft mit einer Eurer Angestellten, mit ebenderselben Miss Constance Farradew, die seit dem Frühling 1859 vermisst wird und vermutlich ermordet wurde. Er schenkte ihr ein wertvolles Collier …“ Lady Ambervale zögerte, aber nun, da sie einmal damit begonnen hatte, war es gewiss das Beste für Lady Lancaster, wenn sie alles hörte. „Sie trug … höchstwahrscheinlich sein Kind unter ihrem Herzen. Es gibt Aussagen, die dies nahelegen.“

„Nahelegen …“, wiederholte Lady Lancaster die Worte, als würde sie kaum spüren, was sie sagte. „Ja.“

„Was meint Ihr?"

„Ja, sie trug sein Kind unter ihrem Herzen." Tränen bahnten sich ihren Weg, doch sie erlaubte sich nicht, zu blinzeln.

„Ihr wisst davon?"

„Natürlich weiß ich davon. Ich bin seine Frau."

„Gewiss ..."

„Aber ich bin krank ... meine Migräne, die Anfälle. Ich bin keine einfache Person, wenn sie mich überfallen. Dann bin ich launenhaft, gereizt ... schwer zu ertragen."

„Aber das ist gewiss keine Entschuldigung für ihn ..."

„Entschuldigung oder nicht, er ist mein Mann! Er mag nicht perfekt sein, aber das bin ich auch nicht ... und ich weiß, woran ich bei ihm bin. Er würde mich niemals verlassen." Sie lachte in einem Aufschrei der Entrüstung. „Und wer kann schon von sich behaupten, perfekt zu sein? Ihr etwa? Oder Lady Beaufort, diese aufgeblasene, intrigante Pute? Nein, niemand ist perfekt, Lydia! Niemand! Warum sollte also Randolph als Einziger dafür bestraft werden? Sollten wir nicht vielmehr alle bestraft werden? Wir sind alle schuldig ... derselben Lügen und Niedertracht."

„Diese beiden Frauen sind tot, Francine. Welche Schuld traf sie? Miss Farradew und Mistress Holworth? Was haben sie getan?"

Lady Lancaster wurde plötzlich still.

„Sie ... wollten mir meinen Mann nehmen. Wisst Ihr, ich habe viel über unsere Unterhaltung nachgedacht, an jenem Abend auf der Terrasse, über die Arktisexpeditionen. Die Nord-West-Passage, erinnert Ihr Euch?"

„Ja, ich erinnere mich."

„Über die Entbehrungen dieser Männer, für etwas,
woran sie glaubten. Wenn sie mit ihren Kameraden
über Wochen und Monate im Eis festsaßen. Wenn sie
die unaussprechlichsten Dinge taten, um zu überleben
… ohne Nahrung, ohne Hoffnung. Könnt Ihr Euch vorstellen, wie das ist? Wenn es keinen Unterschied mehr
macht, ob das Stück Fleisch, das Euch nährt, einst Euer
Freund war …"

„Nein, Francine, das kann ich nicht … ich glaube, niemand kann das …"

„An manchen Tagen glaube ich, ich könnte es … diese
Krankheit ist wie ein Fluch, aber gelegentlich stelle ich
mir vor, sie wäre zugleich ein Segen. Sie lässt mich die
Dinge klarer sehen, lässt mich erkennen, was wichtig
ist … und sie lehrt mich, Entbehrungen zu erdulden."

Lady Lancaster erhob sich von ihrem Stuhl und
wankte ans andere Ende des Raumes.

„Ich weiß, dass Randolph diese Taten nicht begangen
hat."

Lady Ambervale folgte ihr mit ihren Blicken, bis etwas anderes ihre Aufmerksamkeit auf sich zog. Es war
ein Schmuckkästchen, eine hölzerne Schatulle, die auf
einer der Kommoden stand.

„Francine? … Womit behandelt Ihr Eure Migräne?"
„Meine Migräne?"

Lady Lancaster stand mit dem Rücken zu ihr vor einem der hohen Fenster und blickte nach draußen.

„Welche Medikamente nehmt Ihr dagegen? Ist es …
Morphium?"

Lady Lancaster legte eine Hand an den Vorhang.
„Gewiss. Es ist Morphium, ja."

***

„Francine ... was habt Ihr getan?"

„Ich weiß nicht, was Ihr meint."

„Randolph hat diese Frauen nicht ermordet."

„Nein."

„Ihr wart es! Warum, Francine?"

Lady Lancaster wandte sich ihr zu, und ihr Blick wurde starr.

„Das sagte ich Euch bereits. Sie haben versucht, mir meinen Mann zu nehmen. Und eher sterbe ich, als das zuzulassen. Anfangs dachte ich, es wäre schwer. Aber das war es nicht. Es war ganz leicht, so wie manche Dinge leicht sind, wenn man nur weiß, was einem wichtig ist."

Sie neigte den Kopf.

„Nun? Werdet Ihr mir jetzt helfen, Randolph aus diesem grässlichen Gefängnis zu holen? Ich hätte ihn gerne wieder."

Lady Ambervale erhob sich, und die Welt begann vor ihren Augen zu wanken. Lichtpunkte verglühten.

„Ich ... kann nicht, Francine. Ich muss ..."

Sie versuchte zur Tür zu gelangen, ohne den Blick von Lady Lancaster abzuwenden, tastete sich rücklings vorwärts, stolperte, fing sich wieder.

„Ihr müsst mir helfen, Lydia. Es sind Eure Anschuldigungen, die in dieser Sache den Ausschlag geben ..."

„Ich kann nicht."

Lady Ambervale legte die Hand auf die Türklinke und presste sie nach unten, doch die Tür bewegte sich nicht.

„Was könnt Ihr nicht, meine Liebe?"

„Die Tür ... sie ist verschlossen.“

„Natürlich. Ich konnte doch nicht zulassen, dass Ihr mir davonlauft, ehe ich Gelegenheit hatte, mich zu erklären.“

„Wie ... wollt Ihr mir das erklären?“

„Habt Ihr jemals etwas gewollt, Lydia? So sehr, dass Ihr alles dafür gegeben hättet, alles dafür geopfert?“

„Ihr müsst Euch der Polizei stellen, Francine. Nur so werdet Ihr Randolph befreien können ...“

Lady Lancaster kam von den Fenstern auf sie zu.

„Ich wollte immer nur eines ... eine Mutter sein. Das war mein sehnlichster Wunsch. Doch leider blieb er mir verwehrt. Ich träumte schon als kleines Mädchen davon. Aber ... diese Krankheit, diese Schmerzen ... sobald ich sie besiegt habe, werde ich Randolph Kinder schenken. Kleine, glückliche Jungen und Mädchen, eine ganze Schar davon. Dutzende. So viele mein Körper zu geben bereit ist ...“

„Warum habt Ihr sie getötet, Francine?“

„Sie hat mich ausgelacht, diese kleine, dreckige Göre ... Sie dachte, Randolph würde sie heiraten, wenn er erst einmal erführe, dass sie schwanger war. Könnt Ihr Euch das vorstellen? ... Sie hätte alles getan, um unser Leben zu ruinieren.“

Lady Lancaster lachte.

„Ich habe ihr Geld angeboten, viel Geld ... Ich schlug ihr sogar vor, das Kind als unser eigenes aufzuziehen. Randolph hätte nichts davon erfahren müssen ... niemand hätte es erfahren. Wir wären glücklich gewesen, eine Familie ... aber sie lachte nur. Sie sagte, dass dieses Baby das Beste wäre, was ihr jemals passiert wäre ... und dass sie selbst bald die neue Lady im Haus sein würde. Und falls ich nett und artig wäre, würde sie mich vielleicht als Gouvernante einstellen ... für die Nachkommen, die sie Randolph schenken würde. Ich hätte ihr am liebsten ihr hübsches, makelloses Gesicht zerschnitten und ihre kleine ... Aber dann musste ich wieder an das ungeborene Kind in ihrem Leib denken und entschied mich ... für eine humanere Methode. Ich wählte Morphium ... es nimmt einem die Schmerzen, wisst Ihr?"

„Francine, öffnet die Tür. Ich werde Euch helfen, Randolph aus dem Gefängnis zu holen, wenn Ihr Euch der Polizei stellt ..."

Lady Lancaster kam weiter auf sie zu.

„Aber wie stellt Ihr Euch das vor? Wie soll ich Randolphs Kinder gebären, wenn ich am Galgen baumle? Soll ich sie aus meinem kalten, toten Schoß pressen? Nein. Es gibt nur einen Weg. Ihr werdet ihnen sagen, dass es ein Irrtum war. Ein Missverständnis."

„Francine, Ihr müsst Euch dafür verantworten."

„Francine, Francine, Francine! Warum sagen mir alle ständig, was ich zu tun habe? Randolph! Doktor Lieberman! Ihr ...? Ich habe es so satt! ... Ich habe es satt, bevormundet zu werden!"

Sie kniff die Augen zusammen.

„Oh, ich weiß, was hier los ist ... Ihr wollt ihn für Euch selbst, nicht wahr? Ihr habt ihn auf den Empfängen wiedergesehen und ... Ihr liebt ihn immer noch, ist es nicht so?"

„Nein, Francine. So ist es nicht gewesen ..."

„So? Wie war es dann? Was empfandet Ihr, als Ihr ihn wiedersaht? Sagt es mir!"

Sie schritt zu einer Kommode, zog eine Schublade auf und hielt plötzlich die lange Klinge eines Tranchiermessers in der Hand, die im Sonnenlicht glänzte.

„Ihr tragt kein Baby in Euch, nicht wahr?"

Lady Ambervale ging hinter einem der hohen Polsterstühle in Deckung.

„Nein. Aber was ist mit Mistress Holworth? Was hat sie getan? Sie hatte keine Affäre mit Randolph ... sie war nicht schwanger. Sie hatte bereits eine Tochter ... und war glücklich verheiratet mit einem guten Mann im East End ... wieso musste sie sterben?"

Lady Lancaster hielt inne. Die Sehnen auf ihrem Handrücken zuckten, als sie die Klinge umklammerte.

„Sie hatte eine Tochter?"

„Ja. Lilly Holworth, ein kleines, unschuldiges Mädchen ... das jetzt ohne seine Mutter aufwachsen muss."

„Aber ich sah sie ... mit ihm. Er lief ihr hinterher wie ein kleiner Schoßhund, auf offener Straße, wo alle Welt es sehen konnte! ... Wo ich es sehen konnte! Zuerst dachte ich, es wäre Constance ... aber das war nicht möglich! Diese Frau ... sie war ihr so ähnlich. Sie hatte diesen Blick, dieselben Augen ... Ich wusste genau, was er von ihr wollte, von dem Moment an, als ich sie das erste Mal sah ... Ich wusste es!"

„Was ist geschehen, Francine? Ich verstehe es nicht! Erzählt es mir."

„Randolph war ... ausgegangen, wie so oft, wenn ich meine Anfälle hatte. Er war bei den Beauforts ... er war ständig dort. Aber an jenem Abend fühlte ich mich besser. Die Schmerzen waren fort. Deswegen beschloss ich, ihn zu überraschen. Ich kleidete mich an und machte mich zurecht, trug sein liebstes Parfüm auf. Ich war mir sicher, er würde sich freuen, wenn er sah, dass es mir besser ging ... aber dem war nicht so. Stattdessen war ich es, die überrascht wurde ...

Es war ein milder Herbstabend, wie geschaffen für einen Spaziergang, und ich fühlte mich gut. Deswegen lief ich zu Fuß. Und dann sah ich sie. Randolph war ... ich erkannte ihn kaum wieder. Er war betrunken und liebestoll. Er ist ihr hinterhergelaufen und bat sie immerzu, stehen zu bleiben und mit ihm zu sprechen. Er versuchte, sie zu umarmen und zu küssen ... auf offener Straße. Mich hat er nie in der Öffentlichkeit umarmt ... kein einziges Mal ... er behauptete stets, es würde sich nicht schicken ... doch dort stand er ... mit diesem Dienstmädchen, und es kümmerte ihn einen Dreck, ob ihn jemand sah, oder nicht sah ... er hatte nur Augen für sie. Ich stand auf der gegenüberliegenden Straßenseite, direkt vor seiner Nase, und er hat mich nicht einmal wahrgenommen ...“

„Es war ein Irrtum, Francine! Sie wollte ihn nicht!“

„Sie ... hatte eine Tochter?“

Lady Lancaster war mit der Klinge nun ganz nah, der gepolsterte Stuhl war alles, was noch zwischen ihnen stand.

„Ja. Ich habe sie kennengelernt, in Stepney. Ein süßes, kleines Mädchen namens Lilly. Sie hätte es verdient, mit einer Mutter aufzuwachsen, Francine! Und ihr Mann ... er liebte sie über alles.“

„Sie hatte alles, was mir stets verwehrt blieb. Ich hätte alles dafür getan ...“

Sie betrachtete das Messer in ihrer Hand.

„Alles, was ich jemals wollte, war, eine Mutter zu sein. Und jetzt ... habe ich einem Mädchen die ihre genommen. Zu was macht mich das?“

Ihre Augen schwammen in Tränen.

„Randolph ... er hat mich dazu gebracht.“

„Er hat diese Frauen nicht getötet, Francine.“

„Nein, Ihr habt recht ... ich war es.“

Sie hob den Blick, und für den Bruchteil einer Sekunde schien sie völlig klar.

„Ich habe diese Frauen getötet.“

Lady Ambervale wagte es nicht, sich zu bewegen.

„Ich weiß“, sagte sie.

„Wie konnte es so weit kommen ...?“

Wut und Trauer verzerrten ihr Gesicht zu einer grotesken, wächsernen Maske.

„War es denn zu viel verlangt, glücklich sein zu wollen ... nur ein einziges Mal? Nicht das Gespött der Leute zu sein ... denkt Ihr, ich wüsste nicht, wie sie über mich reden? Denkt Ihr, ich würde sie nicht hören, wie sie tuscheln und sich über mich lustig machen? ... Ich wollte das nicht.“

„Ich weiß.“

„Ihr Mann und ihre Tochter ... sagt ihnen, dass es mir leidtut.“

Das Messer blitzte auf, und während sich Lady Ambervale nach hinten warf und die Hände vors Gesicht riss, hob Lady Lancaster den Arm und trieb die Klinge tief in ihren eigenen Hals. Blut schoss zwischen ihren Fingern hindurch, strömte ihre Arme bis zu ihrem Ellenbogen hinab, und mit jedem Herzschlag ergoss sich ein weiterer Schwall aus der Wunde. Sie öffnete den

Mund, doch statt des Sauerstoffs, nach dem ihre Lungen gierten, quoll dort ebenfalls Blut heraus, bildete hellroten Schaum.

„Francine!"

Lady Ambervale stürzte zu ihr, während die Kräfte Lady Lancasters Körper in röchelnden Schüben verließen und sie in ihren Armen zusammensackte. Des Sprechens nicht mehr fähig, formte ihr Mund lautlose Worte, wie aus einer weit entfernten Erinnerung. Ihre Augen, weit aufgerissen, als würden sie die Welt nicht aus dem Blick verlieren wollen, fanden die ihren und richteten sich starr auf sie.

„Francine. Ihr hättet das nicht tun sollen ... Ihr ..."

Lady Ambervales Sicht verschwamm in Tränen, und sie bemerkte, dass die Worte kaum noch zu ihr durchdrangen.

„Randolph liebt Euch, Francine ... er hat Euch immer geliebt."

Und während die rote Lache um sie herum immer größer wurde und sich mehr und mehr Teile ihres Kleides mit dem Blut ihrer Freundin durchtränkten, schien es plötzlich so, als würde sie diese verstehen, und in ihren letzten Sekunden, zwischen ihren Tränen hindurch, lächelte Lady Lancaster. Und Lady Ambervale konnte nicht anders, als ihre Hand zu ergreifen und ihr übers Gesicht zu streichen und sie zu trösten.

„Es ist gut, Francine. Alles ... wird gut, Ihr werdet sehen. Er liebt Euch."

***

Nach unzähligen Minuten, die sie bei ihr gesessen hatte, reglos, als wolle sie ihre Ruhe nicht stören, klopfte es an der Tür.

„Mylady? Lady Lancaster, Lady Ambervale? Ist bei Euch alles in Ordnung? Die ... Tür scheint verschlossen zu sein."

„Ja. ... Wir sind hier." Lady Ambervale blickte erneut auf die tote Lady Lancaster zu ihren Füßen, die wie ein Engel in Flügel aus Blut gehüllt auf dem Boden lag. Sie wirkte friedlich, und Lady Ambervale konnte keinen Gräuel oder Hass gegen sie empfinden. Sie war lediglich eine weitere verlorene Frau von Stepney.

„Wir sind hier."

- 24 -

Lady Lydia Ambervale

Sie legte das Collier ihrer Mutter an, betrachtete sich im Spiegel und fand, dass sie deutlich älter wirkte als noch vor wenigen Wochen. Auf dem Schminktisch vor ihr lag eine Ausgabe der London Times. Die Schlagzeilen der Titelseiten überschlugen sich, und seit Tagen gab es kaum ein anderes Thema in der Stadt als die Morde an Mistress Holworth und Miss Farradew. Natürlich nicht, weil man deren Leben nun plötzlich größere Bedeutung beimaß. Lediglich der Umstand der Verwicklung der Lancasters in die Verbrechen sorgte für Aufruhr. Der tragische Fall eines hohen Hauses ... es war Sensationslust, gepaart mit Missgunst und Neid, die die Berichterstattung und die Verkaufszahlen der Zeitungen befeuerten.

Lady Ambervale warf die Zeitung in den Kamin, wo sie in gleißenden Flammen aufging. Die Aufklärung der Morde und das Lösen des Falles hätten sie eigentlich glücklich stimmen müssen. Doch das taten sie nicht. Vor den Fenstern stieben Schneeflocken auseinander, die der Kälteeinbruch mit sich gebracht hatte. Und tatsächlich konnte Lady Ambervale, die den Winter stets geliebt hatte, keine Freude daran empfinden.

In ihm lag nichts als Kälte und Trostlosigkeit. Der Fall der verlorenen Frauen von Stepney war gelöst, und es war zum größten Teil ihr Verdienst gewesen, aber zu welchem Preis?

Sie betastete die Narbe an ihrer Stirn – eine Angewohnheit, die sie unlängst angenommen hatte und nicht mehr ablegen konnte – und dachte an Randolph. Er hatte sich, nur wenige Stunden nachdem er die Nachricht von Francines Tod erhalten hatte, in seiner Gefängniszelle erhängt, an einem Strick, den er aus seinem Hemd geknotet hatte. Er hatte gewusst, dass er demnächst freigesprochen werden würde ... aber eine Freiheit ohne Francine war offensichtlich nicht das gewesen, was er sich für sein Leben gewünscht hatte. Vielleicht hatte er sie tatsächlich geliebt, auf seine ganz eigene Art. Vielleicht hatte er in ihr eine Person gefunden, die ihn verstand und ihn mit all seinen Fehlern akzeptierte ... und liebte. Vielleicht hatte er sie auch geliebt, weil sie selbst Fehler hatte und ihm deshalb nicht ständig seine eigenen Unzulänglichkeiten vorhielt.

Ob er ihr ihre Taten verziehen oder seinen eigenen Beitrag daran erkannt hatte, bevor er gegangen war, konnte Lady Ambervale nicht erahnen. Sie wünschte ihnen, dass sie, wo auch immer sie nun sein mochten, wieder zueinandergefunden hatten, und empfand weder Entsetzen noch Hass gegen sie, sondern Mitleid, trotz der Gräueltaten, die Francine begangen hatte. Machte sie das zu einem schrecklichen Menschen?

„Mylady?“ Mister O'Learey hatte die Tür geöffnet, und Miss Delagore stand an seiner Seite. „Die Kutsche steht bereit.“

„Danke, Horace. Ich komme gleich. Gib uns nur eine Minute, bitte.“

„Sehr wohl, Mylady.“

„Mandy, komm bitte kurz zu mir.“

Sie hatten sich zurechtgemacht, um auf Randolphs und Francines Beerdigung zu gehen. Vermutlich würden sie die Einzigen sein, denn niemand, der etwas auf sich hielt und auf seinen guten Ruf bedacht war, würde dem Begräbnis beiwohnen. Lord und Lady Lancaster waren in der feinen Gesellschaft zu so etwas wie Geächteten geworden. Man sprach nicht mehr über sie – zumindest nicht in der Öffentlichkeit –, und natürlich gab auch niemand offen zu, jemals mit ihnen befreundet gewesen zu sein. Selbst Lord und Lady Beaufort schwiegen. Vielleicht sah Lady Ambervale es gerade deswegen als ihre Pflicht an, ihnen die letzte Ehre zu erweisen. Sie vermisste Randolph und wünschte sich insgeheim die Zeit zurück, in der sie miteinander gelacht hatten. Sie legte das Collier mit dem herzförmigen Rubin in ein kleines Schmuckkästchen und wandte sich an Miss Delagore.

„Ich möchte, dass du diese Kette der jungen Lilly Holworth bringst. Gib sie ihr von mir. Ich habe keine Verwendung mehr dafür.“

„Oh. Aber das steht mir nicht zu. Dieses Geschenk ist viel zu wertvoll, um einfach so überbracht zu werden. Ihr müsst sie ihr selbst geben.“

„Das kann ich nicht. Vielleicht … wird sie das Geld eines Tages brauchen.“

Sie grübelte.

„Und falls du Constable Daniels siehst, sage ihm …“

„Ja?“

„Ach nein. Nichts. ... Es ist besser so. Nur manchmal ...“

Lady Ambervale verschränkte die Arme vor der Brust, und Miss Delagore nickte.

„Ich weiß, Mylady. Ich weiß.“

***

Sie kleideten sich an und verließen ohne größere Eile das Haus. Niemand würde sie erwarten, und sie würden auch niemandem begegnen außer vielleicht dem Priester und den Totengräbern. Auf dem Absatz der Treppe wartete dennoch ein fein gekleideter Mann auf sie, und Lady Ambervale freute sich, sein vertrautes Gesicht zu sehen.

„Richard. Ich wusste nicht, ob Ihr kommen würdet.“

„Aber natürlich. Ich kannte die beiden zwar nicht halb so gut wie Ihr, aber ihnen nicht die letzte Ehre zu erweisen erscheint mit heuchlerisch und schäbig. Außerdem will ich Euch Beistand leisten, sofern Ihr mich lasst.“

„Es wäre mir eine große Ehre.“

Sie machten sich auf den Weg zu Lord Calverts Kutsche, in der sie gemeinsam fuhren, auch wenn sie kaum ein Wort miteinander wechselten.

„Wisst Ihr, ich habe nachgedacht“, sagte Lord Calvert, als sie am Friedhof angekommen waren. „Jetzt, da diese ganze Sache vorbei ist ... Wir sind ein gutes Team, wir beide, findet Ihr nicht?“

Lady Ambervale lächelte und deutete auf Miss Delagore und Mister O'Learey.

„Wir vier“, sagte sie.

„Ja, in der Tat“, gab Lord Calvert zu. „Ich habe mir überlegt … nun, falls Ihr gerne wollt …“

Er stellte den Mantelkragen hoch und zog seinen Hut tiefer in die Stirn. „Dies mag ein denkbar ungeeigneter Zeitpunkt dafür sein, aber … Ich habe den englischen Winter stets als zu streng empfunden und werde demnächst zu einer Reise nach Italien aufbrechen oder, wer weiß, vielleicht sogar bis nach Griechenland, um die antiken Tempel, die Kunst und Kulturstätten zu studieren. Und ich dachte mir … Warum begleitet Ihr mich nicht? Wir könnten im Frühling wieder zurück sein … oder auch erst im nächsten Herbst, wie es uns beliebt.“ Der Adelige, der gut einen Kopf kleiner war als sie und durchaus alt genug, um ihr Vater sein zu können, hob den Blick. „Wart Ihr je im Süden Europas? Die Winter dort sind wunderbar mild, und die Natur ist von einer unglaublichen Kraft und Schönheit.“

Lady Ambervale blieb stehen.

„Nein, ich war noch nie auf dem Festland. Ich muss gestehen, ich war bisher immer nur in London und seiner näheren Umgebung.“

„Ihr müsst Euch selbstverständlich nicht sofort entscheiden, aber würdet Ihr es zumindest in Erwägung ziehen? Sollen wir die Zelte hier für eine Weile abbrechen und diese heuchlerische Bande sich selbst überlassen?“

Lady Ambervale hob den Blick zu den Dächern Londons, von wo aus sich dunkle Rauchsäulen gen Himmel schoben.

„Es ist eine Schlangengrube, nicht wahr?“, sagte sie. „Randolph pflegte dies stets zu sagen … Aber sie ist auch ein Zuhause.“

„Ja, das ist sie. Beides zugleich."

Lady Ambervale betrachtete ihn und schaute dann erneut zu Mister O'Learey und zu Miss Delagore, die lächelte und kaum merklich nickte.

„Richard."

„Lydia?"

„Es wäre mir eine Freude, Euch zu begleiten."

Er hauchte einen Kuss auf ihren Handrücken.

„Ihr habt das Herz eines alten Mannes soeben sehr glücklich gemacht, Mylady." Er verschnaufte. „Ich glaube, jetzt fühle ich mich auch stark genug, das hier durchzustehen." Er bot ihr seinen Arm an, und sie hakte sich ein.

„Danke", sagte Lady Ambervale. „Euch allen. Ich wüsste nicht, was ich ohne euch täte."

„Ihr würdet verzweifeln, Mylady", sagte Mister O'Learey und gackerte. Und obwohl sie nun unmittelbar vor den Friedhofsmauern standen, lachte sie für einen kurzen, befreienden Augenblick ebenfalls.

„Ja, das würde ich. Und ihr wisst, dass ich diese Reise nicht ohne euch antreten kann."

„Oh, nein, Mylady", sagte Mister O'Learey. „Die Pferde brauchen mich. Ihr wisst, dass Euer Vater es nicht gutgeheißen hätte, wenn ich meine Pflichten dermaßen vernachlässigte. Ich fühle mich geehrt und danke Euch für Euer großzügiges Angebot, Mylady. Aber mein Platz ist hier – sofern Ihr erlaubt."

„Gewiss, Horace. Und du, Mandy? Was sagst du?"

Miss Delagore schnappte nach Luft.

„Ich … weiß nicht, was ich sagen soll, Mylady. Es wäre gewiss schön, ja. Abenteuerlich. Aber …"

„Du weißt, dass mir deine Dienste unverzichtbar geworden sind."

„Nun, selbstverständlich, wenn Ihr es als meine Pflicht anseht …"

„Gut. Dann ist es also beschlossen."

Sie hatten die Kapelle des alten Friedhofs erreicht, wo kein Mensch auf sie wartete und der Wind den Schnee zu dünenförmigen Haufen zusammenschob.

„Aber zuerst werden wir unsere Pflicht hier erfüllen und diese armen Seelen auf ihrem letzten Weg begleiten. Danach treten wir unsere Reise an. Hier hält mich nichts mehr."

„Hört, hört!", sagte Lord Calvert, ehe er still wurde und lächelte. „Eure Eltern wären sehr stolz auf Euch."

Lady Ambervale, die erneut an die kleine Lilly Holworth denken musste, blickte gen Himmel, und alles, was sie sah, war die graue, schneeverhangene Wolkendecke über ihnen und einer Stadt, die sie vielleicht niemals wirklich gewollt hatte.

„Das ist ein schöner Gedanke, Richard. Ich danke Euch. Euch allen. Aber nun lasst uns hineingehen … Es ist kalt."

Danksagung

Ich möchte mich bei all den wundervollen Menschen bedanken, die dieses Buch möglich gemacht haben, die mich unterstützt haben und der Erzählung und den Charakteren mit ihren Ideen und ihrer unermüdlichen Arbeit mehr Tiefe und Glaubwürdigkeit verschafft haben, als ich es allein je gekonnt hätte.

Allen voran Manu, ohne deren Unterstützung ich mich vielleicht nie soweit gewagt hätte.

Alisha, meiner Agentin, die so vieles überhaupt erst möglich gemacht hat. Ich könnte mich nicht besser aufgehoben fühlen.

Anne und dem gesamten Team bei dp DIGITAL PUBLISHERS, die auf so vielen Ebenen großartige Arbeit geleistet haben und niemals zu ruhen scheinen.

Birgit, die dieser Geschichte mit ihrem unfehlbaren Gespür den perfekten Schliff verpasst hat.

Und Dani, die alldem erst einen Sinn verleiht.